角川春樹事務所

目次

第一章　逃亡の美姫

1

激しい雨が、濁流となって山肌を走る。巧みに濁流を避けた位置に作られている出作り小屋さえ押し潰しそうな強い雨足だった。

出作り小屋というのは、百姓や木樵が山作業のために作った粗末な小屋のことだ。

中に二人の人間がいた。少年と老いた侍だ。

老侍は、がっしりとした体つきをしていた。着ているものがびしょ濡れだったが少しもかまわず、串に刺した肉を焚火の炎であぶっている。

少年の方はボロボロの着物を着ていた。ツギハギだらけで、薄汚れている。水呑百姓の着るものだが、顔は百姓のものではなかった。濡れた黒髪を後で束ねた顔は、凜々しい若武者のものだ。澄んだ眼が強く輝き、ひきしまった唇が負けず嫌いの激しい性格を表わしている。ただ、若武者にしては、体つきが華奢で、項も細く肌も白いのが、何となく頼りなかった。着物が濡れていないところを見ると、小屋に置いてあったものと着替えたらしい。

小屋の隅にぶら下っていた筵(むしろ)が揺れた。

若い娘が出て来た。女らしい華やいだ着物を着ている。高貴な娘の着る衣装が、美しい顔によく似合った。

娘は恥ずかしそうに顔を伏せて、遠慮がちに焚火に近づいて来た。

「よう似合うぞ、小萩(こはぎ)」

老いた侍が言った。

「申し訳ありません」

小萩と呼ばれた娘は、身を縮めて頭(こうべ)をたれた。

「私よりずっとお姫さまらしい」

ボロ衣装を着た若武者が言った。

「そんな」

美しい娘はますます身を縮めた。

「その着物、まだ濡れているであろう。もっと火の方に寄って乾かさなければ駄目じゃ」

若武者の声は、艶(つや)のある女のものだった。

ボロをまとった若武者は、里見成義(さとみなりよし)の一人娘、静姫(しずひめ)。老いた侍は、家老の杉倉木曽介(すぎくらきそのすけ)で、もう一人の若い娘は、姫の衣装を借りた腰元の小萩だった。

三人は、逃亡の旅を続ける途中で豪雨にあったのだ。

2

里見成義は、義実の嫡子である。犬と共に城を去って行った伏姫の、年の離れた弟に当る。

伏姫が城を出て以来、義実は酒色に耽るようになった。

何かにつけて側室の五十子に当るようになり、あれほどよかった夫婦仲も冷えていった。五十子はやがて、義実に追い出されるようにして城を出たのだ。義実は一層ひどく酒に溺るようになり、最後には酒に意識を冒されるようにして死んでいった。

「火が燃える……赤い火が燃える……」

最後の一年、義実はそればかり言い続けていた。

すべては、あの時、義実が、山下城を何百という死骸もろとも焼きはらった時から始まっていたのだ。

妖婦・玉梓は言った。

「よう来たな、里見義実……末代まで祟るとも知らず、よう来たな……」

山下城は、七日七晩にわたって燃え続けた。血塗られたような赤い炎を暗黒の空に上げながら、ゆらりゆらりと燃え続けた。

その時から里見家の不幸が始まっていた。

「伏姫、許してくれ」

それが、義実の最後の言葉だった。死ぬ一瞬だけ、意識がはっきりとしていたのかも知れない。義実が最後まで気にしていたのは、やはり伏姫のことだったのだ。

「敵将の首をとってくれれば、何でも欲しいものをやる」

自分が戯れに言ったたったひとことが、娘に思いも寄らぬ不幸をまねいた。

「私と八房の行方を探すようなことは決してしないで下さい」

伏姫が固く言い残していったので、義実は姫を探したい気持をずっと抑えていた。

重臣であった金碗八郎孝吉が、どうしても伏姫のことを諦め切れず、秘かに捜索の旅に出たことを義実は知らなかった。

金碗八郎孝吉は、体の不調を理由に暇乞いをし、黙って旅に出てしまったのだ。

義実は、八郎孝吉が、富山の山中で伏姫と八房を見つけたことも、過まって伏姫を矢で射てしまったことも、伏姫の体から光が飛び散り、それが里見家をこの世の悪から守るために伏姫が残していった八つの光の子となったことも、何も知らないまま死んでいった。

義実が歿した後は、成義が後を継いだ。

成義は、十歳の時に姉を失い、二十になって母を失い、二十六の時に父を失うという不幸な育ち方をしたが、それだけに性格はしっかりしていた。人心をつかむことにもすぐれ、父・義実が酒色に耽っていたためすっかり荒廃していた里見城を、建て直し、立派に領地を守り抜いた。

義実の時代は、房総は激しい戦乱にあけくれていたのだが、成義の時代になると、乱を好まず和を貴ぶ城主が増えて来た。お互いに攻めることも攻められることもなく、房総の気候そのもののように穏やかな時代がしばらく続いていた。

「末代まで祟ってやる」

玉梓の恐ろしい呪いの言葉も、成義の代になると忘れ去られていた。

3

静姫は、成義のたった一人の子供だった。成義としては、嫡子となるべき男子が欲しかったのだが、こればかりはどうしようもない。

男子が欲しいという成義の心が静姫に乗りうつったのか、静姫は、幼い時から、人形遊びよりも合戦の真似事の方が好きな子供になった。

成義も面白がり、静姫に武術を教え込んだ。

静姫は呑み込みの早い子供で、体も男子に負けず敏捷で、十歳の頃には、城中の同じ年頃の子供なら誰にも負けない武術の遣い手になっていた。

成義も相好を崩して喜んだのだが、

「あなたはそれでよろしいのでしょうが、娘の将来を案じると、男のような姫では困ります」

側室の廉子に強くたしなめられると、返す言葉がなかった。

静姫は樹に登ることにも、荒馬に乗ることにも、弓矢を射ることにも、男子に引けを取りたくない負けず嫌いの性格に育っていった。自分が女であることなど、まるで意識にないようだった。

「あれが男であったら立派な世継ぎとなるのにのう」

成義は嘆いたが、

「いくら言っても、女が男に変る訳ではありません」

と、廉子に言い返される。

それ以後、廉子の娘教育が始まった。でも少し眼を離すと、静姫は馬にまたがって城を走り出ていってしまう。

小うるさい乳母から、行儀作法を手とり足とり教えられるのは敵わなかった。若侍たちと一緒になって、流鏑馬の真似事をしている方が楽しかったのだ。

馬にまたがって野山を駈けめぐる静姫を見た百姓たちは、静姫は、木曽義仲と共に闘った巴御前のようになるのではないかと、秘かに噂していた。

しかし、年頃になると、静姫には女らしい美しさが溢れるようになった。

静姫自身は、その女らしさがいやで仕方がないらしく、ますます若侍たちと荒馬に興じたのだが、この頃には若侍たちは静姫を男同様には扱わなくなっていた。

静姫がどんなに髪をふり乱して馬を走らせようと、力一杯矢を射続けて顔一杯に汗を浮べようとも、静姫は美しい女だった。むしろ、髪を乱し汗を浮べたその顔に、若侍たちは強烈な女の匂いを感じたのだ。

気性が強く激しいように、その美しさも、強く激しかった。若侍たちは、その強さに、その激しさに、その美しさに魅かれ、叶わぬと知りつつ恋慕の念を燃やした。

静姫が十七になった時、妖婦・玉梓の呪いの言葉を人々の心に甦らせるような事件が、突如として起った。

4

その日は、朝から深い霧が出ていた。

山城の千田城は、周囲の樹々も見えぬ深い霧に覆われていた。城の中でも、眼と鼻の先にいる人間も見えないくらいの濃霧だった。

春先にはよくあることで、城内の人間もそのうちに晴れるだろうと、陽が昇り気温の上るのを待っていた。その日はなかなか気温が上らず、昼近くになっても厚い霧は去ろうとしなかった。

里見成義は胸騒ぎを感じた。霧の向うに、得体の知れないものがいるような気がしてならなかった。

成義は、寵臣の杉倉木曽介を呼び、城の警備を固めさせた。自らも天守閣に登ったが、雲のなかにすっぽりと入りこんでいるようで、自分たちの城さえ見えない。

城全体が重く沈んでいた。

昼が過ぎ、八つ（午後二時頃）になった頃、海から風が吹きはじめた。厚かった霧がまたたくまに晴れた。同時に、櫓に登っていた警備のものが大きな声を上げた。

「あれは何だ⁈」

城の周囲が黒い帯で囲まれていた。黒い鎧に身をかため、黒い兜で顔を被った全身黒ずくめの侍たちが、おびただしい数で城を取り囲んでいたのだ。

「何者だ？」

天守閣の成義が、杉倉木曽介に言った。

「おそらく、館山の蟇田素藤……」

木曽介が答えた。

黒い侍たちは、所在を示す旗印を持っていなかった。ただただ黒い大きな流れとなって、ひたひたと千田城に押し寄せてきていた。

安房の隣地・館山城が、蟇田素藤という男に乗っ取られたという噂は成義も聞いていた。得体の知れない男だったから、成義も隣地に対して警戒を深め、間者を館山に入らせて様子を探らせていた。しかし、素藤のことは何も分からなかった。突如として館山に現れ、諏訪神社の神主を追い出し、淫教でもって民百姓に取り入ったという以外のことは何も分からない。館山城へ入ってからは、素藤はめったに城から出ていなかった。しかし、城内で何が行われているのか、外のものには何も分からない。

館山の里の若い男や若い娘は、すべて城に召し上げられていた。しかし、城内で何が行
館山の里は乱れきっていた。人々は眼を血走らせ、一日に何度となく流血の沙汰が起っ

た。

争うことを好まない善良な人々は脅(おび)えていた。脅えて口をつぐみ、ほとんど外へは出ずに息を詰めて生きていた。

断崖絶壁(だんがいぜっぺき)の上に立つ黒々とした館山城が、里の人々をじっと睥睨(へいげい)している。

人々は、城の姿に脅え、噂した。

「あの城は生きている」

「あれは悪霊の城だ」

その素藤の軍勢が、深い霧に包まれて千田城を取り囲んだのだ。

黒い軍勢は、ひたひたと押しよせて来ていた。城の間近まで来ると、素藤の兵は、いっせいに黒い棒のようなものを取り出して構えた。

轟音(ごうおん)が森の中にとどろいた。それがおびただしい数の鉄砲であることを知った時、成義は敗北を覚った。

「静姫を連れて来い」

成義は、木曽介に命じた。

「ただちに、木曽介と一緒に城から逃げ出せ」

静姫は即座に拒否した。

「ここで父上や母上と共に死にます」

「私は命令をしているのだ。お前の気持を聞いているのではない‼」

日頃は温厚な成義の珍しく激した口調に、静姫は父を見つめた。

成義が静かな口調で言う。

「女だとはいえ、お前はたった一人の里見家の子供なのだ。お前までが死んでしまっては、里見の血を継いでいく者はいなくなってしまう。お前は、お前一人の体ではない。黙って私の言うことを聞いてくれ」

静姫は、無言で父の言葉に従った。成義と別れる時も廉子と別れる時も、乳母や沢山の侍女や若侍と別れる時も、静姫は涙を見せなかった。

成義は、静姫に、老臣の杉倉木曽介と腰元の小萩を付けた。木曽介は、城から逃れることなど断固として受け入れなかったが、

「お前が一番ふさわしいと思って、私が選んだのだ」

と、成義に懇願されて、しぶしぶ任を受けた。

「早く行け。秘密の通路もすぐに敵に見つかってしまう」

城から外へ、細い地下道が掘ってあった。いざという時のためのものだった。林の中の岩穴が出口になっている。

ぐるりと城を取り囲んで押し寄せられては、通路が見つかるのも時の問題だった。

静姫と木曽介と小萩は、通路をくぐって城を出た。

「父上、母上、またすぐに逢(あ)いましょう」

成義たちと別れる時には、静姫は笑って見せた。静姫も成義も廉子も、二度と逢うこと

のないことが分かっていた。

金毘羅山まで逃れた時、三人は、城の方で銃声が轟くのを聞いた。

その夜、御殿山の山頂から、夜空に炎を上げる千田城を見たのだ。火は、暗い空に赤く、一晩中燃え続けた。

木曽介は思わず涙した。

小萩も泣いた。

しかし、静姫は涙を見せなかった。

「何があっても、私は泣かない」

そう決意した静姫は、悲しみを必死で耐えながら、千田城の最期を知らせる炎を、身じろぎもせずに見つめていた。

5

雨はまだ出作り小屋に叩きつけている。追われるものにとっては、恵みの雨だった。

「この雨では追手も来ますまい」

木曽介が焚火であぶっていた肉をさし出した。

「姫……」

「欲しゅうない」

「一日何も食べずに歩きました。お食べいただかなくては力がつきませぬ」

「こんな旅はもういやじゃ」

気の強い性格だったから、城ではしたい放題に振舞ってきた。泥まみれの逃亡生活に耐える忍耐力はなく、体よりも心の方が参りかけていた。

木曽介は、静姫の眼の前に焼けた肉をさし出した。

「雨が上れば、また山路（やまみち）を歩かねばなりません。力をつけなくては追手にすぐ追いつかれてしまいます。お食べ下さいませ」

木曽介はいつの間にこんな肉を手に入れて来たのだろうと静姫は思った。小屋にたどりついてから、雨の中へ出て行った気配もない。少しばかりの兵糧（ひょうろう）は身につけてきていたが、とっくに食べ尽していた。こんな肉など持ってきたはずはない。

「何の肉じゃ？」

静姫は言った。

「黙ってお食べ下さいませ」

木曽介は、有無を言わせぬように肉を静姫に手渡した。

体力をつけなくては、山を幾つも越えることなど出来はしない。静姫が食べたかろうと食べたくなかろうと、腹に入れてもらわなくては困るのだ。

「何の肉か分からぬものを、口に入れる訳にはいかぬ」

静姫も頑張った。腹はすごく空（す）いていたのだが。

「言えば食べて下さいますか？」

木曽介が、顔を覗き込んで言った。

姫は返事に窮した。負けず嫌いな性格だから、食べないとは言いたくない。でも、得体の知れない肉を口に入れる気にはなれない。

「言えば、食べて下さいますか?」

木曽介がさらに迫る。

静姫は、とうとう、「食べる」と、言ってしまった。

木曽介は得たりとばかりに、

「その肉は、この小屋にいた青大将でございます」

「蛇?!」

静姫が、慌てて肉を顔から遠ざけた。

「青大将もあぶると結構うまいものでございます」

木曽介がすました顔で食べてみせる。

静姫は小萩と顔を見合せた。二人共気味の悪そうな顔になっている。

「兵糧はもうありません。いつになれば口にするものが手に入るか分かりません」

どうあっても食べてもらわなくては困るのだ。

「川で魚を獲(と)ればいい」

静姫もあくまで頑張る。

「この雨では、川が濁ってしばらくは魚は獲れませせぬ」

木曽介の言う通りであった。

「小萩、お前も食べるのか、この肉を？」

静姫が小萩に言った。

木曽介が素早く眼くばせする。

「いただきます」

小萩は自分も肉を手にした。老臣の命令とあれば仕方がない。眼をつぶって口に入れた。恐る恐る嚙(か)んでみると、肉は意外と柔かく、あの形さえ想像しなければ食べられないことはない。

小萩が食べるのを見て、静姫はますます困った。

「何の肉か言えば、お食べ下さると言われましたな」

木曽介が追い討ちをかける。

「約束でございますな」

約束と言われると静姫は弱いのだ。勝気な性格だから、一度した約束を守らないとなると誇りに傷がつく。

木曽介は、静姫の性格を知り尽していた。若侍ならとっくに姫のわがままをもて余している。

「さ、お食べ下さいませ」

木曽介は最後の一押しをした。

こうなってはもう仕方なく、静姫は肉を口に入れた。

何ともいえない顔をする。ひと噛みふた噛みして、たまらぬように慌てて飲み下した。

口だけは負けてはいなかった。

「美味じゃ‼」

第二章　闇を走る騎馬侍

1

館山城の大広間の壇上で、蓑田素藤は満足そうに脇息にもたれかかっていた。念願通り里見一族を滅したのだ。

素藤の眼の前には、里見成義と廉子の首が並べられている。首板に載せられた二人の首が、揃って無念そうな表情を浮べているのが、素藤の気に入っていた。

「私のような得体の知れぬ男に首をとられて、さぞかし無念であろう」

素藤はかすれ声で言った。

ただひとつ残念なことは、里見の一人娘を逃がしてしまったことだ。静姫は、素藤がぜひ手に入れたかったものだったのだ。首ではなく、生身の肉体で。

遠くへ逃げられる訳はない。いや、どんな遠くへ逃げたところで、必ず見つけ出して自分の眼の前にひきずってきてみせる。

「すべてが一気に成就しては面白くない……そうではないか、成義」

素藤は首に笑いかけた。

「お前の一人娘はなかなかの美姫だと聞いた。私は、その美しさに用があるのだ。どうしてもしてもらわなくてはならぬことがある。里見の姫のすべすべした肌が、私には必要なのだよ、成義、フフフフ……」

静まり返った大広間に、素藤のかすれ声だけが気味悪く響いた。

大広間では、何十人という娘たちが声ひとつ立てずに踊っていた。里見の里から奪い去ってきた娘たちである。いずれも美しい娘たちばかりで、館山城の腰元の衣装を着せられて、踊らされていたのだ。

何十人という娘たちが、広間一杯に踊っているというのに、足が床をする音しかせず、声ひとつ聞えなかった。娘たちは体をこわばらせ、息を詰めて踊っていたのだ。

静まり返る大広間で、ひたすら手と足を揃えて踊り続ける娘たちの姿は、死の踊りをおどっているように見えた。その娘たちを取り囲むように、黒装束の侍たちがずらりと壁際に並んでいた。いずれも、まっ黒い鎧をきてまっ黒い兜を被っている。

顔も分からない黒ずくめの一団が、ゆらりゆらりと燃え上る蠟燭の赤い炎の後に、身じろぎもしないで坐っているのは不気味という他はない。

娘たちは、恐怖にかられて必死で手足を動かしていた。踊っているというよりも、揃って手足を動かしているだけだ。自分たちを取り囲む顔の見えない黒い侍たちも怖ろしかったが、壇上の素藤はもっと不気味だった。つるりと皺ひとつないその顔は、年も定かではない。眼のふちを妙に紅くして、ニタニタ嬉しそうに笑い、眼の前のふたつの首を見ながら酒を飲んでいる。その酒も普通の酒のように白くはなく、何やらどろりと赤い。

素藤のそばに並んでいる人間たちも恐ろしかった。

右に坐っているのは体の大きな逸東太。

左に坐っているのが、精悍な顔つきの奈四郎。

二人は、身じろぎもしないで娘たちの踊りを見ていた。二人共、感情というものがまったくないかのように、ひたすら無表情だった。

素藤の後方には、幻人と毒娘、妖之介がいた。

幻人は、毒娘と並んで坐り、しまりなく笑いながら腰元たちの踊る様を見ていた。何が面白いのか分からないが、ただ笑い続けている。時折、毒娘の耳に何か囁き、またニタニタと笑っている。

思わず眼を見張るほど愛くるしい娘の横で、背の小さく痩せた老人がひたすら笑っているのは、異様としか言いようがなかった。

二人から離れて、妖之介が一人坐っていた。じっと娘たちの踊りを見ている。

美少年に熱っぽく見つめられて、普通なら娘たちは胸を熱くするところだが、妖之介の眼の光に気づくと背筋が寒くなる。

美しい顔立ちをしているのに、表情がない。眼は見事なガラス細工のようだ。そのくせ強い光を持っている。獲物をうかがう爬虫類の眼だった。

娘たちは必死で踊った。動きをとめれば、恐ろしい災厄が身にふりかかってくる気がして、ひたすら手足を動かし続けた。

船虫(ふなむし)が広間に入って来た。

だらしなく着物を着るのが似合っていた娼婦(しょうふ)だったが、上品な着物をまとうと顔つきまできりりとして、昔から城にいた奥女中のような身のこなしだった。

素藤の前にひざまずくと、

「里見の娘の行方が分かりました、殿様」

「分かったか?!」

素藤が身を乗り出した。

「三石山(みついしやま)の山中を、雨に打たれながら上って行く三人の男女を木樵(きこり)が見ております。老いた侍と若い男女であったと言っております」

「それじゃ、それじゃ」

「三石山を越え亀山峠(かめやまとうげ)へ出るものと思われます。追手を遣わしましたので、まもなく捕えて、殿の御前に……」

船虫が意味あり気にニタリと笑った。

「フフフ……」

素藤も顔を見合せて笑った。つるりと白い顔が一層艶をましたような気がした。眼のふちがさらに紅く染まる。

素藤は、満足気な顔で、眼の前の成義と廉子の首を見つめた。

「聞いたか、成義……お前の一人娘も、そのうちにここへ来るぞ……無念であろう、成義。やっとの思いで娘一人を城から逃した。世継ぎを失うまいとしたその心は、あっぱれじゃ。だがな、成義、今や安房も下総(しもうさ)もすべて私の領地なのだ。里見の人間をかくまうものなど誰一人としておらぬ……成義、私は御霊様(みたまさま)に誓ったのだ。里見の人間は一人残らず殺すとな……皆殺しにするとな」

素藤は、盃(さかずき)の酒を成義と廉子の首に浴びせかけた。

どろりと赤い酒が二人の顔にかかった。無念そうに歪(ゆが)んだ首が、本物の血を滴(したた)らせているように見える。

「フフフ……」

素藤が楽しくてたまらぬように笑った。そのかすれ声が大広間に響くと、踊っている娘たちは背に冷水をあびせられたような気がして、必死になって手足を振りつづけた。

脇息にもたれかかった素藤が、大広間を見渡す。その眼が、なかほどで踊っている、咲きかかった花のような唇をした大柄な娘の前で止まった。

船虫が素早くそれを察した。白い手が、娘に向って伸びた。

「おいで、おいで」

と、手招く。

招かれているのが自分であることに娘が気づいた。

体がこわばって動かなくなる。それを見たまわりの娘たちは、必死な顔で機械のように踊る。

「おいで、おいで」

船虫の手が招く。引き寄せられるように、娘が前に出る。

船虫がさらに招く。魂を抜きとられたように、娘がさらに前に出る。

「殿様の前へお坐り」

船虫の言うままに娘が素藤の前に坐った。

「なかなか美しい娘じゃ……。どうだ。一杯飲むか」

素藤が震える娘の手に盃を持たせた。

船虫が酒を注(つ)いでやる。どろりとした赤い酒を。

素藤が娘の顔の前に乗り出すようにして、かすれ声で囁いた。

「お前は、血を飲んだことがあるか？　血は少し粘々(ねばねば)するものだ。少し生温かいものだ。そして真赤(まっか)なものだ」

娘は、盃の中の赤い酒を見て気を失いかけた。

船虫の白い手が、ゆらりと伸びて娘を支える。

2

亀山峠に向って、静姫と木曽介と小萩の三人は夜もかまわず歩いた。昨日の雨で足許(あしもと)が泥濘む。

静姫が手をさしのべて、小萩を引き上げてやった。

「恐れ入ります」

何も知らない人間が見たら首をかしげるだろう。ボロをまとった少年が、お姫さまに手をさし出してやると、助けられたお姫さまの方が恐縮している。

小萩に姫の衣装を着せたのは、万一のことを慮ってのの木曽介の考えだった。敵に見つけられた時は、小萩を敵に追わせるつもりだった。小萩にも覚悟は出来ていた。

山の斜面を、百姓の子供のボロ衣装を着た静姫は、軽々と上って行った。固くるしいお姫さまの衣装よりも、男の格好をしている時の方が、静姫は生々としていた。

静姫は、木曽介にも手をさしのべた。

「私は大丈夫でございます」

姫に助けられるなどとんでもないと、木曽介は首を振った。そのとたん、つるりと滑った。木曽介の手を静姫がつかんでいた。一方の手で木の幹をしっかりと捉えている。おかげで木曽介は転ばずにすんだ。

「恐れ入ります」

平身低頭する木曽介に、静姫は怒ったように言った。

「たった三人の旅じゃ。私を特別扱いにしないで欲しい」

そんなことを言われても、姫は特別の人間なのだ。姫を安全な場所まで送りとどけることが、木曽介と小萩に与えられた使命なのだ。命賭けの使命なのだ。

樹々の間の斜面をよじ登ると、突然ひらけた場所へ出た。

道があった。片方は切り立った岩肌だが、片方は崖となって、遠くの山なみまで見渡せる。

「亀山峠です」

木曽介が言った。

満月にはまだ間があるが、明々とした月が頭上に出ていた。激しい雨のあとの空は、小気味いいほどに澄んでいる。

「いい月じゃ」

静姫が足をとめた。

「姫、急いで下さい。峠は身をかくすものがございません」

木曽介は、静姫をうながして走った。小萩も走った。

「馬の蹄の音がする、爺」

静姫が足をとめて振り返る。

「馬の蹄の音⁈」

木曽介も振り返った。峠には動くものは何もなかった。月の光に照らし出された白い路だけが伸びている。

深夜の峠は静まり返っていた。静寂のなかに音が聞えてくる。周囲の山々にこだまして、しだいに大きく響いてきた。

一騎ではない。少なくとも四、五騎。

「姫！」

静姫が走った。

木曽介が走った。

小萩が走った。

峠の頂上に、黒い騎馬侍が四、五騎、せり上るように姿を現してくる。

小石を蹴る蹄が、闇のなかで火花を放っていた。黒い騎馬侍たちは、火花を散らしながら静姫たちを追って走った。

切り立った岩肌が長く続いている。身を隠すところはない。

「追いつかれる！」

木曽介が走りながら、静姫を思いきり突きとばした。静姫が道のわきに転がる。木曽介は、前を走る小萩に向って大声で叫んだ。

「姫！　早くお逃げ下され、姫！」

小萩が美しい衣装をひるがえして走った。

木曽介が騎馬侍に追いつかれる。

しっかりと刀を構えて、騎馬侍を斬り落そうとした。老いたりといえども、里見家では武芸者として鳴らしていたのだ。

黒い騎馬侍は、木曽介には眼もくれなかった。白刃をかざす木曽介の横を、速度をゆるめずに走り抜ける。

馬が走り去った後に、木曽介が転がっていた。

路の脇に転がっていた静姫が、跳ね起きて木曽介の傍に駈け寄った。

「爺！　爺！」

木曽介は虫の息だった。

「爺！　死んでは駄目じゃ！　爺！　死んでは駄目じゃ！」

黒い騎馬侍たちが来た時と同じ素早さで戻ってくる。先頭の侍に小萩が横抱きにかかえられていた。

「木曽介！　何をしている！　わらわを助けてくれ！」

小萩はわざと大声で叫んでいた。

静姫が木曽介の刀をつかんだ。走って来る騎馬侍に立ち向おうとする。

木曽介がその手首をぐいとつかんだ。静姫をねじ伏せる。

「なりませぬ……姫……なりませぬ」

残る力をふりしぼって、木曽介が静姫をねじ伏せた。姫の上に被いかぶさる。

騎馬侍たちが走り抜けた。

木曽介がのけぞる。騎馬侍の一人が背に刀を突き立てていったのだ。刀は、木曽介の心臓を背の方から刺し貫いていた。

「昴星（すばる）へ……北極星に向って……星の降るところ……」

「爺！　爺！」

しんとした峠に静姫の叫び声だけがこだまする。

峠に静寂が戻ってきた。月の光が、動くものひとつない路を照らし出している。静姫の悲しい声だけが、彼方の山々へ流れていった。

木曽介が二度と動かないことを覚ると、静姫は起き上った。

騎馬侍が走り去った方を、激しい表情で睨（にら）みつける。静姫は月に向って叫んだ。

「爺の仇（かたき）は必ず取る……小萩の仇は必ず取る……父上の仇、母上の仇、蟇田素藤、いつかきっとその首を討ってやる‼」

3

石で作られた大きな台があった。台の上はつるりと磨きぬかれている。

台の上に大柄な娘が仰向けに寝かされていた。腰元の中から選び出された、花びらのような唇をした娘だ。

そばにいるのは、素藤と船虫だけだった。その部屋は、壁も床も、同じ磨かれた石で出来ていた。石の部屋の石の台の上に、大柄な娘は横たえられていた。これからどんな目にあわされるのか、娘には分からない。

素藤が普通の男ではないことは分かっていた。船虫が、普通の女でないことも分かっていた。自分が、女として肉体を弄ばれるためだけに選ばれたのではないことも分かってきていた。

「どんな目にあわされるのだろうか」

異常な恐怖が、娘の体を金縛りにしていた。船虫が娘の帯を解いていく。着ているものを一枚一枚剝いでいく。

包みでも開くように、船虫が娘の着物を左右に拡げた。娘の白い体が露になった。

大柄で豊満な娘だ。白い肌がみずみずしく艶いている。乳房が石の天井に向って突き上げていた。石造りの部屋だったので、女体の柔かさがいっそう際立つ。大柄な肉体が、石の冷たさの上で匂い立った。

素藤の紅い眼が、娘の全身を見下している。素藤は、娘の頭から足先まで吟味するように眺め廻すと、満足そうにうなずいた。

「裏を見せてくれ」

かすれた声が言った。

「うつ伏せにおなり」

船虫が娘に言った。

娘は動かなかった。体が小きざみに震えている。恐怖の限界で耐え切れなくなっていたのだ。

「仕様がないねえ……」

船虫が、娘の体に手をかけてゆっくりと裏返した。

娘が動くと、女の匂いが強く石の部屋に漂った。恐怖が娘の体を汗ばませているのだろうか。恐怖が娘の香腺を刺激しているのだろうか。

冷めたい石の台の上に、量感のある尻が晒しものにされる。

娘の体には若さが漲っていた。生命が肌を押しあげている。白い肌は一点のたるみもなく張りつめていた。

「若い娘というものはいいねえ……」

船虫の手が娘の手を撫でた。その瞬間、娘が背をのけぞらせるようにして叫んだ。狂ったように大声で叫び続ける。

恐怖の極に来ている娘は、一度叫び声を上げると、とまらなくなったのだ。

船虫が思わず苦笑いした。

「手間のかかる娘だよ」

そう言いながら、娘の体をもう一度転がして仰向けにした。

娘はまだ叫び続ける。娘の脅える様を、素藤は気持よさそうに見下していたが、

「あまり脅えさせては、肌の張りがなくなる」

と、船虫に言った。

船虫がうなずく。叫び続ける娘の顔を、船虫の両手がはさんだ。白い手で、顔をゆっくりと愛撫していく。柔かな耳たぶを、船虫の細い指がやさしく揉んだ。もう一方の手が、

娘の黒髪のなかに差込まれていく。

娘は、いつの間にか叫ぶのをやめていた。

船虫の唇が、男を誘うように半開きになった娘の唇を塞ぐ。長い時間をかけて、娘の唇を吸った。手が娘の体を這う。盛り上った柔かなふくらみに指が達した時には、娘は喘ぎ声を上げていた。

「やっと柔かくなりました。心も体も……」

船虫が、素藤を見て言った。

「もう少し喘がせてみてくれ。興奮すれば肌の艶もそれだけよくなる」

船虫がうなずいて、娘の足許に廻った。娘の足の指をひとつひとつ開かせていく。指と指との間を、柔かく擦り上げていく。

「ううう……」

娘が大きな声を出した。体が耐えきれないようにくねり出している。自分が冷たい石の台に寝かされていることも忘れ始めている。

「どうして……どうして……」

悲鳴をあげ始めた。

船虫の指が、娘の足の指の上で忙しく動く。

「うッ……」

息の詰ったような声を出したかと思うと、娘の体が硬直した。小きざみに震えはじめる。

船虫が素藤の顔をうかがった。

「うむ……」

素藤が満足気にうなずく。

船虫が細い銀の針を出した。小きざみに震えている娘の、耳たぶの下の柔かなところに当てがって、

「これからお前の体を素藤さまにさし上げるのだよ」

と、囁いたかと思うと、一気に針を刺し貫いていった。

娘の体が動かなくなる。意識はあるらしく、ゆったりとした呼吸をしている。

「どうだ。いい気持か？」

と、素藤に尋ねられると、

「はい」

と、蕩(とろ)けるような声で答えた。

「お前の肌のなかで一番きれいだと思うところはどこだ？」

素藤がかすれ声で聞いた。

娘が、快楽の極みに達したままの顔で答えた。

「お腹(なか)……」

「そうか、腹か……」

素藤が懐(ふところ)から何かを出した。

その手に握られたものは、刃先の鋭い細く小さな刀であった。

「お前の一番きれいな肌を貰おう」

細い鋭い刃先が、娘のたっぷりとした柔かな腹に押し当てられた。

「すべすべと柔かいのう……きれいだのう……」

素藤の小刀が娘の肌を裂いた。

白い肌の上に刃を走らせながら、素藤は船虫に言った。

「血は、お前にやろう、船虫」

第三章　竹笛と星曼荼羅

1

荘助が、しなやかに伸びた若竹を切った。節と節との間を切り落して、幾つかの穴を巧みに開けていく。

笛が出来上った。

荘助は吹いてみた。美しい笛の音が、山の草原の上に流れていく。

何とも言えずやさしい音色だった。ゆったりと人の心を包み込み、風のようにそよいでいきたくなる。

荘助は、草むらに坐って吹き続けた。緑の草が揺れ動いた。そよ風が吹き抜けたのだが、笛の音につられて踊り出したように見えた。

風が吹き抜ける。緑の草が揺れ動く。荘助の笛の音は、自然の動きと一体となって山の斜面を流れていった。

「美しい……」

傍で寝ころんでいた小文吾が言った。

「お前の笛を聞いていると、自然のなかに入りこんでしまって、草や風と一緒になったような気がする」

笛に誘われるように、そよ風が吹いた。緑の草がしなやかに揺れ動く。

「しかし、不思議だな、簡単な笛だというのに、荘助以外の人間には吹き鳴らすことが出来ないなんて」

荘助の作った笛を、小文吾は何度も吹いてみたのだが、どうしても鳴らすことが出来なかったのだ。

「お前は一体何者なんだ、荘助？」

荘助は、何も答えずに竹笛を吹き続けた。

「お前に口がきけたらなあ……」

小文吾は仰向けに寝転んで、心地よさそうに荘助の笛に耳をかたむけた。

2

五井の飯盛女に、

「富士のさらに奥の御坂というところに、空が仏像のように見えるところがある。その近くに大きな滝があって、その滝の裏にひっそりと湧いている湯があり、その湯で難病を治した人間が沢山いるらしい」

と、聞かされ、信乃と現八と小文吾の三人は、足も立たず眼も見えず、口もきけない荘助を背負って、山を幾つも越えて御坂までやって来た。

飯盛女の言う通りに、空が仏像のように見える場所が、清八川の上流にあった。

深い谷の底から見上げると、稜線が両側からせまってきて、空が仏像の形に区切られて見えるのだ。

そのまま川を上っていくと、突如として渓流が跡切れた。巨大な岩が川を塞いでいる。水は流れている。巨大な岩の下をもぐるような形で、流れてきているらしい。

飯盛女から滝のあることを聞いていなかったら、あきらめて引返していただろう。信乃たちは、人のいい飯盛女の話を信じて、岩をよじ登ったのだ。

樹々から滴り落ちる雨露で、岩の上は苔がびっしりと生えていた。足が滑って簡単には登ることが出来ない。巨樹から垂れ下っている蔦蔓を切り取ってきて、それを利用して、半日がかりでやっとよじ登った。

岩の反対側に降りると、大木が繁った原始林だった。水の流れなどどこにもなく、渓流そのものがあとかたもなく消えてしまった。

「どういうことなんだ」

信乃が呆然と立ちつくした。

「あの飯盛女に騙されたのではないのか？」

「あの女はそんな悪い女じゃないですよ」

小文吾が抗議する。

「飯盛女自身が、旅の人間に騙されていたとか」

「あの女はいいことを言ったよ。アレをした後で嘘をつくような男は、よっぽど悪い人間だって……世の中、悪い人間ばかりいるとは思えない。ここは飯盛女の話を信じて先へ進んでみようではないか」

現八が言った。

「よし……」

信乃が答えるより前に、荘助をおぶった小文吾が歩き出していた。

雑木の枝をよけ、たれ下る蔓を切り拓くようにして、信乃たちは先へ進んだ。

一向に滝の現れる様子はない。川が流れているはずなのに、流れそのものがどこかへ消えてしまったままだ。

信乃たちはひたすら歩き続けた。

原始林のなかは昼でも暗い。あっという間に、日が暮れていった。

薄暗くなって、もう半刻（約一時間）もたつと何も見えなくなるという時、荘助が、小文吾の背を叩いて森の奥を指さした。

何を言おうとしているのか分からなかったが、信乃たちは、とにかく荘助の指す方に向って歩いた。

陽が暮れる。信乃たちは、暗黒の原始林のなかで立往生してしまった。

その時、音を聞いたのだ。

かすかに。遠くで。水の落ちる音のようだった。

暗闇（くらやみ）のなかを、信乃たちは音のする方に走った。音はしだいに大きくなり、ドドドドと地響きのするほどになってきた。

信乃たちは走った。

灌木（かんぼく）で体が傷つくのもかまわず走った。

必死で音のする方へ走った。

そこに、滝があった。

暗闇のなかに、落下する水流が白く輝いて見えた。大きく太い水流が、はるか頭上の岩壁から迸（ほとばし）り落ちてきていた。

3

こんなところに滝があるとは、誰も思わないだろう。

水の流れがない。滝の水は、森の地下を通って、頭上の岩壁まで流れていっているのだろうか。

滝の後には大きな洞穴（どうけつ）があり、飯盛女の言った通りの湯が湧き出ていた。

洞穴の岩壁に、誰かが刻み込んでいった文字が残されていた。

「母の白滝（しらたき）」

信乃たちは、ここで冬を越すことにした。洞穴のなかは、湯脈が通っているせいか、雪の降る季節になっても暖かかった。

信乃たちは、荘助を毎日湯に入れ、三人で交る交る荘助の体を擦り続けた。

洞穴の奥には、旅人が彫り上げたらしい小さな仏像が幾つも置いてあった。滝の湯に難病治療に来たものが、祈りを籠めて彫り上げていったらしい。

「わしも彫る」

小文吾が手頃な石を見つけて来て、小刀で石を刻みはじめた。

石を刻むのは思ったよりむつかしく、すぐに失敗してしまった。

小文吾は、別の石を持って来て、また刻みはじめる。

一か月がたった時、荘助の足が立った。二本の足で大地を踏みしめて荘助が立った時、全員が涙ぐんだ。

二か月たった時、荘助は歩けるようになった。

その頃、小文吾の仏像も完成した。小文吾らしい、ゆったりとした体つきの柔和な顔をした仏だった。

やがて、春の花が咲いた。

その頃には、荘助は走ることさえ出来るようになった。荘助は、信乃や現八や小文吾たちと一緒になって走ったのだ。信乃たち以上に速く走った。

眼は相変らず見えなかった。口もきけるようにはならなかった。しかし、荘助は、若葉のそよぐ音を聞くことが出来た。闇夜を音もなく飛ぶ、ふくろうの羽音を聞くことも出来た。森のなかの樹々の匂(にお)いを、ひとつひとつ嗅(か)ぎ分けることが出来た。信乃たちの眼には見えないほど遠くに咲く、花の匂いも嗅ぎとることが出来た。

荘助は、眼と口の代りに人一倍すぐれた感覚を持ったのだ。

人より数倍、いや数十倍、数百倍も鋭い耳と鼻の感覚で、荘助は、眼の見える人間と同じように動くことが出来た。信乃たちには身動き出来ない闇夜でも、夜に眼のきく獣と同じように動き廻ることが出来た。

信乃たちは、山を降りることにした。

「これ以上、ここに留まることは出来ない。たとえ眼が見えなくても、お前は我々以上にものを感じ取ることが出来る」

荘助はうなずいた。

4

荘助は笛を吹き続けた。その音色はかぎりなくやさしかった。

「荘助の口がきければいいのに……」

小文吾がまた同じことを思った。

荘助が、突然笛を吹くのをやめた。

小文吾が起き上る。

「人が来るのか？」

荘助がうなずいて、地面に石をふたつ並べた。

「二人か？」

荘助は、なおも耳をすませていたが、小文吾を見てふっと笑った。

「信乃どのと現八どのか？」

荘助がうなずく。山肌の草をかきわけるようにして信乃と現八が上ってきた。

山を下ると、安房国だった。信乃と現八は、荘助と小文吾を山に残し、里の様子を探りに行っていたのだ。

二人の表情が厳しくなっていた。

「何かあったのですか？」

「里見の城が陥（お）ちたらしい」

「城が陥ちた？」

「里見一族は城で皆殺しになったそうだ」

「皆殺し⁉」

「相手は、隣地・館山の蟇田素藤という男……この安房も下総もすべて素藤の支配下だ」

「蟇田素藤？　何者ですか、一体？」

「分からん……これだけ聞くのが、せい一杯だった……百姓たちは、何かに脅（おび）えるように口を開きたがらない」

「里見の城へ行けと孝吉爺は言ったのですよ。その城がなくなり、里見一族が皆殺しになったとなると、我々は一体どうすればいいのですか」

「もう少し詳しい様子が知りたい。信乃とも相談したが、とにかく里見の城下へ行ってみることにした」

現八の言葉に、小文吾と荘助も立ち上った。

「充分に用心しろよ。何が起るか分からない」

二人がうなずいた。

草むらに、一人の男がじっとうずくまっていた。百姓の姿形はしているが、眼付は鋭かった。

「あの笛は、確かに一節切の笛……あの笛を吹くものは……」

男はつぶやいて、そろりと信乃たちをつけて歩き始めた。

5

夜の半月山は、あふれるような星に包まれていた。満天の星とはまさにこのことだろうか。

はるか下の中禅寺湖の水面にも、星の輝きが映って見えた。半月山の頂上に立った道節たちは、星空にくるみ込まれているような感じがした。

久しぶりにこんな星空を見たと、毛野は思った。

小さな頃は星を見るのが好きだった。自分の体が他人とは違うと気づいてから、ひとりで庭に立って星を見ていた。

「小さな頃、星になりたいと思ったの……星になって、あんな風にキラキラ輝いてみたいと……」

澄んだ星の輝きを見上げながら、毛野は言った。

道節は、毛野の肩を抱きよせた。

毛野が幼い頃、どんな気持で星を眺めていたか、今はよく分かっている。男でもなく女でもない、男でもあり女でもあるという半陰陽の体に生まれついてしまった毛野が、星になりたいと思った気持が痛いほど分るようになっていた。

悲しい運命を持って生まれた小さな妹を、なんとかして幸せにしてやりたいと思った。しかし、道節に出来ることは何もなかった。

「強くなって、自分の宿命と闘え」

と、言う以外に、どうすることも出来なかった。その無力さが道節は悲しかった。

大角がしきりに星空を見上げていた。何か考え込んでいる。

大角も、道節と同じように、突然自分の人生を失ってしまった人間だった。信じていた父親が、妖怪に変ってしまった。その妖怪に、妻を食い殺されてしまったのだ。

大角は、自分の運命の変転が理解出来ないままでいた。どうしてあんなことが起ったのか、自分は一体何者なのか、それが分からなくなっていた。

「お前は庚申山からの道中も、しきりに星を見ていた」

道節が声をかけた。

「何を考えているんだ、大角」

大角はそれには答えず、北の空を指して毛野に教えた。

「あれが、北斗七星だよ」

「北斗七星……私が小さな頃は七つ星って言っていた。村のおじいさんたちは舵星って言ってたわ」

「そう……七つの星の形が船の舵に似ているので、舵星とも言うし、柄のついた杓に似ていることから、柄杓星とも言うし、蔵の大鍵に見たてて鍵星と言うところもある。また、四つと三つに星を分けて、四三の星と言うところもあるんだよ」

「様々な人が、星を見て色んな名前をつけたのね」

「そう……星は人々の生活に大切なものだったからね」

「詳しいんだな、大角は」

「ええ……星についてよく知りたくて、勉強したことがあるのです」

大角は何か言いたそうにしたが、またすぐ空を指した。

「北斗七星の下にひとつだけ強く輝いているのが、ひとつ星（北極星）です。北のひとつ星ということもあるし、心星といったり、子の星といったりもする。この星は一年中ほとんど動かないので、海を航海する船にとってはとっても大切な星なんです」

「あの星を見ていれば、進んで行く方向が分かるというのか？」

「そうです」

　大角は、今度は西の空に、横に一列並んでいる三つの星を指して、

「あれが、三つ星（オリオン座）です」

「あ、ミツボシさま」

「そう。この星は漁や畑仕事と深い関係があるので、ミツボシさんとかミツボシさまとかミツレンさまといって、昔から親しまれて来たんだ。それと、今はよく見えないが、秋から冬にかけて見える、昴星という星がある。これは、星というよりも星の群なんだけれども、これも麦まきや稲刈りの時期を教えてくれる星で、この星が昇る季節は、魚の旬の時期だとも言われてきているんだよ」

「大角さんはどこでそんなことを習ったの？」

「中国から渡ってきた書物を読んだり、諸国に旅した時、そこの年寄りに教えてもらったりした。どこの土地でも、年寄りは星や空のことについて驚くほど詳しく知っている。生活と深い関係がある知識を子孫に伝えていく役割をしているからね、土地の年寄りは」

「どうしてそんなに星に興味を持ったんだ、大角は？」

　大角は、少しの間思案していたが、思いきったように懐から小さな玉を出して言った。

「この不思議な玉が星と関係あるのではないか、ずっとそんな気がしていたのです」

「この玉が、星と?!」

「たとえば、昴星という言葉、これは、日本の古来の書物に御統とか美須麻流の珠という言葉があって、どうやらそこから付けられた名前らしいのです」

「御統？……美須麻流の珠？」

「『みすまる』と言うのは、糸でつながれた幾つもの玉という意味です。昴星という星は、幾つもの星の集りなので、糸でつながれているように見えるのです」

「昴星……」

「道節どのは、確か、姫の首から数珠がぶら下り、そのなかの八つの玉が光るのを見たとおっしゃっておられた。八つの玉が白く光を放ちながら夜空をどこまでも飛び去っていくのを見たと……さながら、地から天に昇る流れ星のようであったと」

「しかし、あれは幻かも知れぬ。あの時の私の心境は普通ではなかった。その心が見させた幻かも知れぬと、今では思っている」

「幻にせよ、そうでないにせよ、道節どのは、その時に見たものに導かれて我々と会ったのでしょう？」

「それはそうだ」

「姫の首から下っていた数珠、これはまさに糸でつながれた玉、美須麻流の珠なのです」

「美須麻流、つまり昴星」

「そうです」

6

大角は、慌ただしい手つきで懐から一枚の紙を出した。話すか話すまいかずっと迷っていたからか、話し出すと止まらぬようだった。

大角は、四つ折にした紙を拡(ひろ)げた。古ぼけたその紙には、色あせた墨で模様のようなものが書かれてある。

「これは、初めて会った時に、大角さんがお祈りをしていた紙ね」

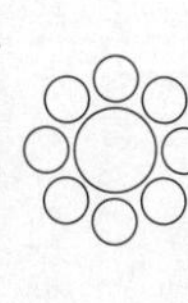

毛野が、思い出すように言った。

「そう。庚申山の返壁(たまかえし)の里の庵(いおり)で、私はこれを壁に貼って行(ぎょう)をおこなっていたのです。これは、赤岩(あかいわ)家に伝わる守り神のようなもので、私は幼い頃から、誰に教わることもなく、これに向ってお祈りを捧げるようになっていたのです。私はこれを、赤岩家の紋だろうと思っていました。しかし、中国の書物等を読むうちに、これは曼荼羅(まんだら)ではないかと思うようになったのです」

「曼荼羅って、何?」

「曼荼羅というのは、万物が相互に関連し合って存在する様子を絵で表現したものなんだよ。毛野もどこかで見たことがあると思う。色々な仏像が、丸く円を描くようにして無数に描かれた絵のようなものを」

「見たことがある。小さな時に、お寺のお堂に掛けてあったのを……あれが曼荼羅なの？」

「そう……この世のなかには、色々様々なものが存在している。そのすべてが、それぞれに価値を持っている。しかし、ひとつとして、他から切り離されて価値を持っているものはなく、すべてがかかわりあい、すべてがつながりあっているからこそ価値があるんだ。すべてのものがかかわりあい、つながりあって、大きな世界を作り上げているんだ。そういう仏教の考え方を、絵にして表したものが曼荼羅なんだよ。我々はその教えを言葉で理解するのではない。曼荼羅を見ることによって、すべての感覚を働かせて自ら覚（さと）るんだと、空海（くうかい）という人も言っている」

大角は、熱っぽく言った。

「その曼荼羅と星が何か関係があるのか？」

道節が口をはさんだ。

「ええ……」

大角が紙に描かれた模様に眼を落しながら言った。

「これは、おそらく星曼荼羅……」

「星曼荼羅？」

毛野が不思議そうな声を出した。

「今我々が見ているこの無数の星だって、ひとつひとつが勝手に光り輝いているのではなく、すべてがつながりを持って、大きな宙を形造っているのです。それを一番単純な形で表わそうとしたのが、この星曼荼羅なのです」

道節と毛野は、改めてその絵を見た。

真中にひとつの星があって、そのまわりを八つの星が丸く円を描いて囲んでいる。すべてのものが、お互いにつながり合って生きている、その教えは、今の道節や毛野にはよく分かるのだ。

道節は毛野と、毛野は道節と出逢った。お互いが目には見えないものでつながり合っている。自分たちは、一人一人で生きているのではなく、お互いにつながり合い助け合って生きているのだということを、三人は身にしみるように覚っていた。

「星曼荼羅のなかには、真中に北の一つ星として弥陀如来を描き、そのまわりに七人の菩薩を北斗七星として描いた立派なものもあります。でも、この図は、おそらく九曜の星、いわゆる昴星を描いたもの」

「昴星……我々の持っているこの玉が、どうあっても昴星と関係があると言うんだな、大角」

「私にはそう思えてならないのです。この小さな玉は妖怪から私たち三人を助けてくれた。私にはただの玉だとは思えないのです」

「………」

「今話したことはすべて私の当て推量です。何の根拠もないことなのです。この図にしても、ただのありふれた紋かも知れないし、私が無理矢理こじつけているだけかも知れない。だから、私は今まで黙っていたのです。私は、道節と毛野どのを、間違った方向に連れていこうとしているのかも知れない」

「この玉が星と関係があるなんて素晴らしいわ。たとえそれが当てずっぽでも……」

毛野は自分の玉を出して見ていた。

「大角、お前は我々をどこへ連れていこうとしているんだ。遠慮しないで考えていることを言ってくれ」

道節が、大角をうながした。

「昴星(すばる)、北斗七星、三つ星は、自然の暦を形造る大切な星なのです。我々は昔から、星に様々なことを教えられて生きてきました。特に、昴星(すばる)、北斗七星、三つ星は、昔から信仰の対象になってきました。星に祈りを捧げる星祭が、昔は盛んだったのです」

「星祭……美しい言葉ね。こうやって空一杯の星を見ていると、思わず手を合せて拝みたくなる気持は分かるような気がする……」

「星祭の夜には、人々は灯を供え、男女入り混って歌い踊ったそうです。でも、そのうちに、風俗を乱すという理由で禁止になってしまった。しかし、星に対する信仰は、禁止されても人々の心から追い払うことは出来ません。星祭は色々なところで秘(ひそ)かに行われていたようです。特に最後まで熱心であったのが下総の千葉(ちば)一族……」

「どんな一族？」

「千葉一族には、その祖先が星の加護によって戦いに勝ったという言い伝えがあるため、星に対する信仰が非常に強かったのです。千葉一族の家紋は、この九曜の星曼荼羅と同じものなのです」

「大角は、私たちに下総に行けというのか」

「はい」

はっきりと言ったあとで、大角はすぐ言葉をにごし、

「でも、無駄足かも知れません……すべてが、私が頭の中でこしらえ上げたことなのかも知れないのです」

「行きましょう」

毛野が、道節と大角を見て言った。

「どっちにしても、私たちには行くところがないのだもの。自分が誰だかも分からないんだもの」

7

館山城の一室に、捕えられた腰元の小萩が天井から逆さ吊りにされていた。

何も身につけていない。肉体が傷だらけになっている。小萩は気を失っていた。

吊り下げられた小萩の下に、素藤、船虫、妖之介、奈四郎、幻人がいた。奈四郎の手に

笞が握られている。その笞に、小萩の血がこびりついていた。

「可哀そうに……」

船虫が、垂れ下った小萩の黒髪を手で梳きながら言った。

「苛め抜きゃいいってもんじゃないんだよ。女に何かを白状させるには、可愛がって我を忘れさせるのが一番なんだよ」

船虫は、欲望のまじった眼で、逆さ吊りにされた小萩の白い体を見上げた。

「わしの毒で狂わせば、何でも白状する……」

幻人がニタニタ笑いながらいった。

「何も吐かなかったのか？」

素藤が奈四郎に聞いた。

「はい」

「奈四郎に責め抜かれて何も言わぬとは、なかなかあっぱれな娘……」

素藤は小萩を見上げた。白い肌を血が伝っている。

「この娘は、最初から囮としてしたてあげられた女……静姫の行先など、何も知らされていないのではないですか？」

妖之介が言った。

「おそらく、そうであろうな」

「何も知らないと分かっていて、奈四郎に責めさせたのですか？」

「たまには、奈四郎にも息抜きをさせてやろうと思ってな……人の首を斬るばかりじゃ飽きも来るだろう」

「私は人を斬る方がいい」

奈四郎は、吊り下げられた女体にまるで興味がなさそうだった。

「やれやれ……」

船虫が大げさに溜息をついた。

「船虫」

「はい……」

「この娘を御霊様に捧げろ」

「御霊様に？」

「久しぶりの強情な女だ。御霊様もお喜びなされるだろう」

「分かりました。体をきれいに清めて、御霊様のところに連れて行きましょう」

8

小萩は、後手に縛られて、長い石段を降りて行った。城には深い地下室が作られている。石段は、折れまがりながら驚くほど長く続いていた。

絶壁に建てられた館山城だから、断崖の岩を利用して作られているに違いなかった。どこかで波濤の砕ける重い音が聞える。断崖絶壁を波の押しよせるあたりまで石段を下ってきたらしい。

小萩は、船虫に湯殿に連れていかれ丁寧に体を清められた。

「可哀そうに、美しい体をこんなに傷だらけにされて……」

船虫は、小萩の体にやさしく湯をかけた。

「奈四郎は、ただ痛めつけることしか考えない男だからねえ……あの男は、女の体なんかには興味がないのだよ。あの男に興味のあるのは人を斬ることだけなのさ」

湯と共に、船虫の指が小萩の肌の上を這(は)った。

湯が傷に滲(し)みた。痛みの上を船虫の指が這っていく。不思議と痛みが遠のいていった。

小萩は、船虫の指の動きに陶然として眼を閉じている自分に気づいてハッとした。

船虫がふっと笑った。

「いいんだよ。女の体は感じるように出来ている」

船虫の指が、小萩の体の幾つもの狭間(はざま)を丁寧に清めていった。

「何をする！」

小萩は体を起そうとしたが、体は大きく拡げられたまま、腰元たちに押えつけられている。

「ホホホホ……どうしたの？　奈四郎の責めにも泣き声ひとつ立てなかったお前が、もう弱音を吐きそうになっているのかい」

船虫の指が、小萩の足の指の間で蠢(うごめ)いた。

「弱音なんか吐かぬ！　お前のような女に体を触れられとうない！　殺せ！　早う殺せ！」

　小萩は船虫に向って叫んだ。

「気の強い女じゃ……お前のような女をゆっくりと可愛がってみたかった」

　船虫が桶を上げて、透きとおるような湯を小萩の体の上に滴らせた。

「では、行こうか。御霊様がお待ちかねじゃ。御霊様はお前のような骨のある女がお好きなのだよ。さぞかしお喜びなさることだろう」

　小萩はまた後手に縛られ、船虫に引き立てられて湯殿から出た。


　石段を下りきった所が、大きな岩の洞穴になっていた。天井がはるか上に見える。下は平たくならされており、厚い木で作った扉がふたつあった。

　ひとつはごく普通の扉で、下へ降りる入口につけられている。扉の向うで波の音がしているのをみると、海に通じているのかも知れない。

　もうひとつ、見上げるような大きな扉があった。扉の前には、黒い兜を被った従卒が二人立っている。

　小萩は、洞穴が生暖かいのに気づいた。素裸の体を生ぬるい空気が包んで来る。その暖かさが気味が悪かった。

　小萩は、洞穴の天井を見上げた。何か音が聞えている。低く長く、風の吹き抜けるような音が、洞穴一杯にゆっくりと響いている。風が、洞穴のどこかを吹き抜けているのだろうか。

しかし、よく聞くと風の音ではなかった。

「はーッ、はーッ」

と同じような音が繰り返し続いている。明らかに、生き物の呼吸音であった。呼吸音が広い洞穴一杯に響いているのだ。

小萩は思わず洞穴のなかを見廻した。まるで、洞穴自体が呼吸しているように思えた。

「この城は生きているのだよ」

小萩の脅える様を楽しむように、船虫が耳許(みみもと)で囁(ささや)いて、大きな扉の前に立つ黒い従卒に合図した。

大扉がゆっくりと開く。

小萩は身を固くして、その向うにあるものを見つめた。

9

扉の向うには何もなかった。黒い闇が拡がっているだけだった。

洞穴一杯に聞えていた呼吸音が、扉が開くにつれて大きく聞えて来た。空気が生暖かさを増した。どこからともなく、獣を思わせるような生臭い風が吹いて来る。

闇が息づいていた。

脅えて立ちすくむ小萩の体を、船虫がとんと突いた。

大扉がゆっくりと閉まる。小萩は闇のなかにいた。底知れぬ深い闇だ。吸い込まれると二度ともどれない闇だった。

闇はどこまでも続いているような気がした。

闇のなかで呼吸音だけが響いていた。

「はーッ、はーッ」

と、しだいに激しくなって来る。

小萩は、自分が四方から見つめられているような気がした。四方だけでなく、上からも下からも、あらゆる方向から自分の体が見つめられている。闇のなかに、何十何百という生き物がいるのではないかと思った。

その生き物たちの吐く息が、大きな呼吸音となって暗黒のなかで響いているのだろうか。

呼吸音は深くゆったりとしている。小さな生き物のものではない。呼吸音だとすれば、考えられないほど巨大な生き物のものだ。

呼吸音が強くなった。暗黒のなかの空気が一層なま暖かくなる。なま臭い匂いがさらに強くなる。

暗闇の向うから、何者かが小萩の方に近づいてきた。小萩の体をあらゆる方向から見つめながら、ゆっくりと近づいてきていた。洞穴一杯になって押しよせてきた。

生温かいものが、小萩のすぐそばまで来た。

突然、闇が割れた。

「ぎゃあーッ!!」

あれほど気丈だった小萩が、魂を引き裂かれるような悲鳴を上げた。

10

「溶ける……」

全裸の体がじっとりと濡れて来る。全身がけだるく熱い。体の外だけではなく、内の方も濡れて来ていた。体の内と外から溶けていく。あれほどあった恐怖感が、なくなっていた。

裸の体が何かに包まれている。柔かく生温かいものが、全身に吸いついている。生温かいものは、小萩の肌の上で盛んに蠢いている。それは、生きていた。生きて、息づいていた。体の上を無数の蜘蛛が這っているような気がする。肌の上で無数の蛇がからみ合っているような気がする。

最初は、凄まじい恐怖が小萩を襲った。

小萩は叫んだ。無駄と知りつつ大声で叫ばずにはいられなかった。

小萩の肌の上で蠢く無数の蜘蛛と蛇のようなものは、叫び続ける小萩の口の中にも入って来た。柔かく生温かいものが、ぐにゃりと小萩の口を塞いだ。口腔のなかでも蠢き続ける。

息が詰まった。小萩の体を被って蠢き続けるものが、生温かい液体を滴らせてくる。全身が濡れた。無数の蜘蛛と蛇も濡れて動いた。

気が遠くなりはじめていた。恐怖感も同時になくなっていく。

不思議なやすらぎが小萩の心を包んでいた。強烈な快感が、体を貫いて走る。

「溶ける……体が溶けていく……」

小萩の心も蕩けていく。

「ああ……」

小萩は喘いだ。

「いい……いい気持……」

小萩は全身をくねらせ始めた。無数の蜘蛛と蛇も、肌にぴったりと吸いついたまま動く。全身の毛穴から、濡れた小さな蜘蛛がザワザワと這い込んでくるような気がした。全身のあらゆる口に、濡れた蛇がニュルリと頭を突き入れてきているような気がした。

息は出来なくなっている。それなのに気持がよかった。

小萩は叫んだ。

「溶ける……体が……溶ける……」

闇のなかで、小萩の白い体が、頭から溶けてなくなり始めていた。

第四章　姫との出逢い

1

親兵衛が走った。

手に細い竹を持っている。行きがけの駄賃に、路傍に咲いている金鳳花をかたっぱしから刎ねていく。花が宙に舞うのが面白いのだ。

「うえやーッ‼」

訳の分からない声を上げる。両手をあげて飛び上ったりする。力があり余っている。

親兵衛を追ってハチが走った。親兵衛は親を知らない。物心ついた時に、そばにいたのはハチだけだった。

ハチは、まっ白い大きな犬だ。親兵衛は、ハチに育てられたのだ。

乱暴者の親兵衛に、一日中つき合っている。犬にしては相当の老齢のはずだったが、まだ元気だった。

ハチも楽しそうだ。

親兵衛の体が、道から飛んだ。

いちめんに咲く蓮華(れんげ)の上に、でんぐり返しで転る。

ハチも飛ぶ。蓮華の花の上を転る親兵衛の体に、ハチがじゃれついた。

二人は抱き合うようにして、蓮華の花の上をどこまでも転っていく。

親兵衛が、ハチの首ったまを抱えて押えつけた。ハチが親兵衛の顔を舐(な)める。ちぎれんばかりに尾を振っている。

ハチに顔を舐められながら、親兵衛は青い空に向って叫んだ。

「オレは侍になるぞ！　里見の静姫ってのを捕えて、侍に取り立ててもらうんだ‼」

数日前、親兵衛の住む塚原(つかはら)の里にも高札(こうさつ)が立った。

里見の城からただ一人逃亡した、静姫を探し求める高札だった。静姫を捕えたものには、米十斛(こく)、または侍として城に取り立てると書いてあった。静姫を匿(かくま)ったものは、磔(はりつけ)の刑に処すとも書いてあった。

高札には、静姫の似顔絵が書いてあった。そして、何よりの特徴として、背に牡丹(ぼたん)の花の形の痣(あざ)があると書かれていた。

2

親兵衛の家は、鹿野山(かのうざん)の山裾(やますそ)にあった。

山を背にして、一軒だけ家がある。小さな庭と畑があるだけの粗末な家だが、親兵衛とハチが暮すには充分だった。

ろくに畑仕事もしない親兵衛だったが、裏山に登れば親兵衛一人が食べるものは充分にあった。野芋、ぐみ、野苺、山ごぼう、セリ、野びる、うど、それに時には、兎も捕えられたし、鹿もいた。

親兵衛は、鹿を捕える名人だった。

鹿の発情期に、牝鹿の鳴き声に似た鹿笛を吹いて、牡鹿をおびき寄せる。鹿笛は、木をえぐって穴を開けたものに、蟇や鹿の胎児の皮を張って作るのだが、親兵衛はこの笛を巧みに作り、牝鹿の鳴き声そっくりに吹いたのだ。

近くの川へ行けば、鮎、やまめ、沢蟹、川海老、なまず、うなぎ、どじょう等がいたし、野や川を駈けまわるだけで食うに困らなかった。

親兵衛は、手間のかからない芋と、味噌を作るのに必要な大豆だけ、畑で作っていた。夜になればハチと抱きあって寝る毎日だったから、家の中は荒れ放題だ。親兵衛は、片付けというものを、物心ついてから一度もしたことがなかった。

親兵衛は、ハチと一緒に家へ駈け込んだ。同じ村の悪童共と悪さをして走り廻り、腹がへると家にもどってくるのが、親兵衛の日々だった。

ハチと共に家へ走り込んだ親兵衛が、思わず足をとめる。

家の中に、汚れた顔をした男の子がいた。ツギハギだらけの百姓の着物をきている。

食い物を探しに入ったらしく、親兵衛とハチが家に駈け込んだ時、竈の上の羽釜の蓋をあけようとしていた。羽釜には芋を一杯煮てあった。

「誰だ、お前は‼」

親兵衛が怒鳴りつけると、ボロを着た男の子は、びっくりして羽釜の蓋を取り落してしまった。

「何してるんだ‼」

親兵衛に怒鳴りつけられて、立ち竦んでいる。

「食い物を盗みに入ったのか」

と、言っても、黙って立っているだけだ。

「うす汚い野郎だな」

自分だって大してきれいではないくせに、親兵衛は偉そうに言った。

不思議なことに、怪しい人間には吠えたてるハチが、一声も吠えようとせず、尻尾まで振っている。

「泥棒に尻尾を振る奴があるか‼」

親兵衛はハチに怒鳴った。

「私は泥棒ではない」

男の子が、百姓の小倅にしては気取った言葉づかいで言った。

「黙って人の家へ入って来て、泥棒でなければ何だって言うんだ‼」

「家があったから、一寸入ってみただけだ」

ガキのくせに態度が大きいのも気にくわなければ、人を見下すような眼のくばり方をするのも気にくわない。おまけに、そんなガキに対して、ハチが嬉し気に尻尾を振るのが、ますます気にくわない。

「釜の蓋をあけて、中を覗き込んでいたじゃないか！」

「釜があったから、何が煮えているか見てみただけだ」

ガキはあくまで頑張る。親兵衛は、この横柄なガキに、泥棒であることを認めさせなければ気がすまなくなった。

一計を案じた。

羽釜のなかから、芋の煮えたのを取り出して、相手の眼の前でうまそうに食ってみせたのだ。相手がごくりと唾を呑むのが分かった。

「お前、腹がへっているんだろう」

親兵衛はニタリと笑った。相手は黙っている。

親兵衛は、もう一口、今度はもっと相手に近づいて食べてみせた。相手がまた唾を呑み込む。

「腹がへったので盗みに入りましたと素直に言え。そうしたらこれを食わせてやる」

「………」

「言え」

「…………」

「言えッ‼」

その時、突然にハチが吠えたので、親兵衛はびっくりした。

「お前も腹へってるのか。ほら、やるぞ」

と、ハチの前にも芋を置いてやった。ところが、ハチはそれを食べようともせず、親兵衛に向って吠えたてる。

「何言ってんだ、お前」

ハチがなおも吠える。

「こいつに芋をやれって言っているのか？」

そうだと言うように、ハチが尻尾を振って吠えたてる。

「こいつは泥棒だぞ。そんな奴に、芋を食わせてやれって言うのか？」

ハチが吠える。

「盗みに入ったと素直に認めれば、俺だって食わせてやるよ」

ハチが吠える。

「腹がへったから食べさせて下さいって言えば、俺だって食わせてやるよ」

ハチが吠える。

「ひとの家に黙って入っておいて、偉そうな口をきく奴に食い物なんかやれるか！」

なおもハチは吠えたてる。親兵衛も、根負けしてしまって、

「食わせてやりゃいいんだろうが‼」

と、百姓の小倅に向って芋を突き出した。

3

男の子は、貪るように芋を口に入れた。よほど腹がへっていたらしい。

「どこから来たんだ」

と、言うと、

「あっちじゃ」

と、言う。

「あっちって、どこだ⁈」

親兵衛が頭に来て怒鳴ると、また黙り込んでしまった。

「矢那の方か？」

と、言うと、

「そうだ」

と言う。

「お前、家出をして来たのか？」

「違う」

「親はどうしてる？」

「いない」

「二人共か？」

「そうだ」

「俺と同じじゃないか？」

「そちも親がいないのか」

「そち？」

親兵衛は、思わず百姓の小倅を見た。小倅が慌てたように口を押える。

「小汚いガキのくせに侍みたいな口をきくな！」

親兵衛は怒鳴りつけた。

ひょっと頭に浮んだことがあって、からかうように言ってやった。

「お前も侍になりたいと思っているのか？」

相手は何も答えない。

「オレは侍になるんだ！」

親兵衛は胸をはって言った。

「高札を見たか？　里見の静姫ってのを捕えて突き出せば、どこの城でも侍に取り立ててくれるんだ」

相手は黙り込んでしまった。

「俺は、その静姫ってのを見つけにいくんだ」

相手は、向うをむいて芋を食べはじめた。

「静姫ってのは似顔絵にあったようないい女かな」

と、言うと、相手は向うをむいたままで、

「いい女じゃ」

と、言う。

「お前、見たことがあるのか?!」

親兵衛は、相手の前に廻って言った。

「ある」

「じゃ、見れば分かるな!」

「分かる」

「俺と一緒に行かないか。二人で突き出せば二人共侍にしてもらえるんだ」

「…………」

「芋を食わせてやったんだ。そのくらいのことはしろ!」

「…………」

「でも、あれだな、静姫がそんないい女なら、捕えてすぐ突き出すのはもったいないな。俺、お姫様ってのは抱いたことないからよ。突き出す前に二人でやっちまうか?」

「…………」

「お前はまだガキだから、いやなら張番してろ、オレ一人でやる」

親兵衛は、もうその気になっている。

「ひょっとしてさ、その静姫ってのが、オレに抱かれてよくなっちまって、親兵衛、私はお前と離れたくないなんて言って……オレ、お姫様に惚れられたりしたらどうしよう」

相当オッチョコチョイなところがある男だ。

「静姫は、お前のような男は好きにならぬ」

相手がいやにはっきり言った。

「ガキに、どうしてそんなことが分かるんだよ！」

と、言うと、今度は馬鹿にしたように笑った。

「このガキが！」

親兵衛が足許に落ちていた羽釜の蓋を振り上げると、ハチが親兵衛に向って吠えたてた。やめろと言っている。

ハチは、さきほどから男の子の足許にうずくまっている。いつもは親兵衛のそばにぴったりとくっついているのに、これも不思議なことだった。

親兵衛は、相手の態度が気に食わなかった。お情けで芋を食わせてやったのに、うまいとも言わなければ、礼も言わない。

相手が食べ終るのを見て、親兵衛は、

「この家を片付けろ！」

と、命令した。

相手が目を丸くして、親兵衛を見る。

「食わせてもらったら、働くのは当然だろうが。まず台所を片付けて、それがすんだら、そこの部屋をきれいに掃除しろ」

片付けたことのない家だから、散らかり放題だ。

相手はあきれたような顔をして、家の中を見廻している。

「それが終ったらな、庭もきちんとはけ！　それから裏山へ行って柴を取って来い！」

親兵衛は思いつくかぎりの用を言いつけた。態度の大きなガキを、扱き使えるだけ使って、最後に音を上げさせなければ気がすまなくなっていた。

4

男の子は、裏口から外の親兵衛を覗いた。ハチも、同じように首を突き出して外を窺っている。本当は、外から来た人間を見張るのが犬としての役目なのに、外から来た人間と一緒になって、飼主の様子をうかがっている。

親兵衛は、諸肌脱ぎになって薪を割っていた。

生意気な百姓の小倅が家を片付けている間に、ひと仕事しておこうと思ったのだ。薪割りは、体に溢れる力を発散させるのに格好の運動だった。

斧を振り上げるたびに、肩から脇腹にかけて筋肉が盛り上る。野や山を駈けまわって鍛えた体は、すらりとして見えても、見事に張りつめた筋肉を持っていた。

「やあッ‼」

鋭い気合で斧が振り下されると、太い薪が小気味よく二つに割れた。

百姓の小倅は、そっと外へ踏み出した。

ボロを着た百姓の小倅は亀山峠で、お供の小萩を連れ去られ、杉倉木曽介を殺され、一人ぼっちになってしまった静姫だ。

木曽介は、

「昴星（すばる）へ……」

と、言って死んでいったが、それが何を意味するのか、静姫には分からなかった。どこへ行っていいか分からず、山の中をさまよい歩いていたのだ。

里に出ると捕えられてしまう。山中で、かろうじて木の実で飢をしのいでいたが、わがまま一杯に育った姫が、食用になる木の実の種類を数多く知っているはずはない。川に入って魚を獲（と）るすべを知っているはずもない。

一度里へ出て、食べ物を盗みに百姓家に入ったが、犬に追われて逃げ出した。それからは一度も里へ出ていない。

山の中で木の葉に包（くる）まるようにして寝ながら、静姫は自分の悲運に腹を立てた。こんなことになるとは思いもよらなかった。

自分の悲運を呪（のろ）ったり嘆いたりせず、腹を立てるところが勝気な姫らしいところだが、心を支えていたのは、父の仇（かたき）を母の仇を、木曽介の仇を、小萩の仇を、そして、自分と一緒に遊んだ腰元や若侍たちの仇を取りたいという一念だった。たった一人で、どうやって仇を取っていいのか分からなかったが、静姫は、自分の心が挫けそうになると、

「蟇田素藤、必ずその首を奪ってやる‼」

と、大声で叫んだのだ。

山中で三日も夜を過すと、気の強い静姫もすっかり気落ちしてしまった。ロクなものを食べられないことも応えた。孤独と空腹がこんなに辛いとは、姫のときには思い浮んだことはなかった。

四日目になって、どうなってもいいような気持になり、静姫はふらふらと山を下ったのだ。

そこに、親兵衛の家があったのだ。

5

親兵衛は薪を割っている。その後を、静姫は足音を忍ばせて歩いた。家の中から、ハチがじっと見守っている。

家を片付けろと言われたが、静姫には片付ける気など初めからなかった。

片付けなどということは、一度もしたことがない。食べ物を貰ったからその代りに働くなどということは、静姫の人生経験にはまったくなかったことなのだ。

親兵衛が、偉そうに腕組みして見守っていた時は、そこらのものを動かすふりをしてみ

せたが、親兵衛が表に出て行ってからは、逃げるすきを狙っていた。

親兵衛は薪割りに集中している。小気味よく割れる音が気持よく、夢中になっている。足音を忍ばせて、五、六歩あるいていた姫が、この時とばかりに走り出した。幼い時から男のようにして育った姫だ。さすがに身が軽く、速い。

親兵衛が振り返った。静姫が裏山へ向って走っていく。

「このガキ、逃げる気か‼」

斧を放(ほう)り出して走った。

静姫も走った。

幾ら男のようだといっても、川や野を駈けずり廻って育った親兵衛に敵(かな)うはずがない。裏山の斜面を五、六歩駈け上ったところで、親兵衛に飛びつかれてしまった。斜面を取っ組み合ったまま転がる。

静姫は思いきり暴れた。親兵衛を蹴(け)り上げる。

腹をいやというほど蹴られて、親兵衛は頭にきた。静姫を思いきり地面にねじ伏せたのだ。しかし、次の瞬間、親兵衛は手をゆるめた。変な顔をしている。押えつけた百姓の小倅の胸が、妙に軟らかかったのだ。

「お前……？」

改めて百姓の小倅の顔を見た。静姫が、そのすきに跳ね起きようとした。親兵衛は、両脚でしっかりと静姫の腰を押え込んでいる。

いきなり静姫の胸をはだけた。

静姫は、さらしで胸を締めていた。さらしもすっかり汚れてしまっている。ただ、どんなに固く締めても、胸のふくらみは隠しようがない。肌の白さ、その肌理の細やかさも、男のものではなかった。

「まさか……?!」

親兵衛ははっとしたような顔になり、いきなり静姫の体をうつ伏せにした。

そして、ぐいと背をはだけた。

静姫の白い背中に、くっきりと牡丹の花の痣があった。

6

親兵衛の悪仲間の小次郎たちが、飛び込んで来た。

「親兵衛、根本のお妙がよ……」

また何か悪事を企らんできたらしかったが、一歩家に入って眼を丸くしてしまった。

親兵衛が、薄汚れた百姓の小倅を、ぐるぐる縛りにして梁から下げている。

「何だ、そいつは?!」

親兵衛がニタリと笑った。得意気な顔をしている。

「どうしたんだ、親兵衛？」

「ハハハハ……」

と、親兵衛は愉快そうに笑ってから、

「ひとっ走り問注所（もんちゅうじょ）へ行って来い！」

と、悪童たちに命じた。

「問注所⁈」

「塚原の親兵衛が、里見の静姫を捕えたと言ってこい‼」

「里見の静姫⁈　これが⁈」

小次郎たちには信じられない。

親兵衛が、いきなり静姫の着物の裾をまくり上げた。

「何をする‼」

静姫は思わず大きな声を出したが、宙に吊（つ）られていてはどうすることも出来ない。

「触ってみろ、この足に」

親兵衛が小次郎たちに言った。

小次郎たちが無遠慮に足に触れてくる。

「無礼者‼」

静姫は暴れたが、小次郎たちは静姫の足を撫（な）でさすると、

「こりゃ、女の足だ」

と、改めて静姫を見上げた。

「問注所に行って来い！　お前らも一緒に侍に取り立ててもらってやる‼」

「よっしゃ‼」

小次郎たちが飛び出して行った。親兵衛は一人になると、部屋の奥からひと振りの刀を出して来た。

刃がこぼれているところを見ると、戦場の跡から拾って来たものらしかった。

親兵衛はおもむろに刀をかまえると、

「やッ‼」

と振り下した。横に払ったり、袈裟掛けに斬りつけたりしている。すっかり侍になった気なのだ。振りだけは鋭かったが、その形は、静姫から見ると、無茶苦茶、無手勝流でしかない。

「親兵衛というのか、おぬし」

宙吊りになった静姫が言った。何とかしてこの窮地を逃れなくてはならなかった。問注所から役人が来てしまえば、すべてが終ってしまう。

「それがどうした……」

親兵衛が、偉そうに静姫を見上げる。

「侍になりたければ、私が取り立ててやる。この縄を解け」

「ギャハハハ……」親兵衛が笑った。「城もない人間が、何を言ってる」

「金がほしければやる」

「どこにあるんだ、そんなもの」

静姫は返事に窮した。

「何でも欲しいものをやる‼　だから、この縄をとけ。私は、今、蟇田素藤に捕えられる訳にはいかないのだ。私には、どうしてもしなくてはならないことがあるのじゃ‼」

「オレにもしなければならないことがあるのじゃ。侍になって天下を取ることじゃ！」

親兵衛がからかう。

「この縄をといてくれたら、お前の言うことは何でも聞く」

「ギャハハハ……」

親兵衛は、馬鹿にしたように笑うだけだ。

家の表でハチが吠えた。

親兵衛が静姫を縛り上げている時、あまりにうるさく吠え立てるので、外へ閉め出したのだ。

ハチは家の中に向って吠えていた。親兵衛に抗議している。

親兵衛は、その時ふと、さきほど静姫の着物の裾を跳ね上げた時のことを思い出した。

静姫のまっ白い足を思い出した。足に触れた時の絖(ぬめ)るような感触が甦(よみがえ)ってきた。

親兵衛は真下へ行って、改めて静姫の顔を見上げた。

「お前、今何でも欲しいものをやると言ったな？」

今までとは別の眼になっていた。

「俺の言うことは何でも聞くと言ったな」

粘るような眼で、静姫の体を見上げる。

静姫にも、親兵衛が何を考えているか分かった。こんな男の言うことを聞いてたまるかと思った。まだ誰にも触れさせたことのない体ではないか。

　ただ、問注所の役人はすぐにやって来る。グズグズしている時ではなかった。

静姫は、この単純で少しオッチョコチョイなところのある男なら、何とかなるのではないかと思った。役人に引き渡されることだけは、何としてでも避けなくてはならない。

「親兵衛とやら……」

静姫は出来るだけ甘い声で言った。全然色っぽくはなかったが、静姫は生まれてからそんな声は一度も出したことがないのだから仕方がない。

「私は……お前の言うことなら……何でも聞きます」

「ほんとか？」

親兵衛がジロリと見上げる。

「ほんとじゃ」

「俺のものになるというんだな」

「……………」

なると言わなければいけないのだが、その声が出て来ない。すきを見て逃げるつもりなのだから、「なる」と言っておけばいいものを、そこは姫育ちだから、嘘(うそ)というものがなかなかつけない。

「俺のものになるんだな！」

「………」

「俺のものになるのか！」

「なる！」

やっと言った。

全然信用出来ないという顔で、親兵衛は静姫を見上げた。

「私は、あなたのものになりますと、ちゃんと言え！」

「私は……あなたのものに……」

静姫は眼をつぶって言った。

「なります！」

7

親兵衛は、静姫の縄を解こうとはしない。何か考える顔で、静姫を見上げている。

「早く下ろせ！　縄をといてくれ！」

静姫は叫ぶが、親兵衛はジロリと見上げるだけなのだ。

親兵衛は迷っていた。侍になることとお姫さまを自分のものにすることと、どっちにしようか迷っていたのだ。こんな贅沢(ぜいたく)な悩みは生涯で初めてだった。

いつまでも迷っていられては敵わない。静姫は思った。役人はもう来る。

「私は、里見家の世継ぎじゃ。私と一緒になれば侍にもなれる！」

静姫は、都合のいいことなら何でも言う気になっていた。何としてでも、この縄を解いて自由にしてもらわなければならない。

「オレと一緒になると言うのか？」

「そうじゃ！」

「お姫さまと一緒になれば、オレは殿様だな？」

「そうじゃ！」

また、ハチが吠えた。今度は外へ向って吠えている。

家の表が騒がしくなっていた。

「役人が来た！」

静姫が思わず言った。親兵衛が、飛びつくようにして静姫を宙から下した。ぐるぐる縛りにした縄を解く。

「早く！　早く！」

固く結んだ縄はなかなか解けない。

庭に、多くの人間が駈け込んで来る音がした。結び目が解けた。と同時に、役人が数名、家のなかに走り込んで来た。

小次郎たちも飛び込んで来た。

「連れて来たぞ、親兵衛！」

親兵衛は、静姫を裏口の方に突き飛ばした。

「走れ‼」

役人に向って、そこらにあった鋤や鎌や櫃、鍋釜などを叩きつける。

「どうした、親兵衛⁈」

小次郎がびっくりしている。

「気が変った！」

それだけ言って、親兵衛は、脱兎のごとく裏庭に飛び出していった。

裏山を、静姫は駈け上った。ハチもついて来る。親兵衛も、雑木の間を大股で駈け上った。

「こっちだ！」

と、叫んだが、静姫はまっすぐに駈け上って行く。自由になったからには親兵衛などには用はない。

親兵衛が走っていって、後衿をわしづかみにする。

「馬鹿野郎、捕まりたいのか‼」

静姫の体を引きずり下すようにして、自分が行こうとしていた方角に突き飛ばした。

「捕まりたくなきゃ、ついて来い‼」

駈け上って来ようとしている役人たちに向って、岩を転げ落した。役人たちが、慌てて斜面を駈け下りるのが見えた。

親兵衛は走った。

この山のことは、樹一本、岩のひとつにいたるまで知りつくしている。静姫にもそのことが分かった。この男についていかなければ、たちまちのうちに捕まってしまうことを、静姫はすぐに覚ったのだ。

静姫は、親兵衛について走った。ハチも走った。

親兵衛は、どの岩の上を走れば早いか、どの雑木の間を抜ければ早いか、充分すぎるほど知っていた。滑る山土に足をとられてもたついている役人たちとは、たちまち差をつけてしまった。

「親兵衛の野郎、裏切りやがって……」

小次郎は、役人について裏山に駈け上ろうとしていた悪童たちを制した。

自分たちが問注所に走って行った間に、親兵衛と静姫の間に何があったか分からないが、自分たちが侍になる機会を失ったことだけは確かだった。

「こうなったら、オレたちの手で静姫を突き出して、侍になろうじゃないか」

親兵衛がいなければ、小次郎は悪童たちの頭だ。

「ついて来い‼」

小次郎は役人たちのように裏山を登らず、山裾にそって走った。

「野猿だ！　親兵衛の奴は、野猿で渡る気だ‼　犬と女が一緒じゃ、それしかない‼」

小次郎たちは、渓流のなかを水しぶきを上げて渡っていった。この裏山のことは親兵衛と同じで知りつくしている。

8

親兵衛と静姫とハチは、灌木(かんぼく)を押しわけるようにして走った。

深い渓谷に出た。蛇行して流れる激流が、はるか下に見える。

渓流にそった細い道を、親兵衛は足早に駈け上っていく。静姫は、そんなに速くは登れない。一歩まちがえば深い谷に落ちてしまう。繁(しげ)みにつかまりながらそろそろと歩いた。ハチが足を遅めて、静姫を守るようについて来る。

親兵衛が引き返して来た。

「下を見て歩いては駄目だ！」

そんなことを言っても、足許を見ないと歩けないのだ。

苛立(いらだ)った親兵衛が手をさし出した。静姫がつかむと遠慮なくドンドン歩いて行く。

静姫は、足が竦みそうになったが、ここで弱音をはいては馬鹿にされるだけだと思って、せい一杯平気な顔をしてついていった。足が滑ったら一緒に落ちてやると決めて、しっかりと親兵衛の手をつかんでいた。

親兵衛の手は、大きく温かく、どこかやさしかった。

渓谷に数本の綱が渡してあった。綱に、木造りの駕籠(かご)のようなものがぶら下っている。

親兵衛が綱を引いた。駕籠がスルスルと近づいて来る。

「野猿」だ。山仕事をするもののために作られたもので、これがないと、遠廻りして激流を渡らなければならない。

渓谷を渡るものは、駕籠の上に坐り、自分で綱を引く。駕籠は対岸に向って動いていく。

「野猿」というのは、猿が蔦蔓(つたかずら)を伝って谷を渡るのと似ているところから名づけられたものだ。

親兵衛は、静姫を駕籠に乗せた。

ハチも続いて乗せようとした。しかし、ハチは足をふんばって乗ろうとしない。

ハチは高いところに弱いのだ。野猿にハチを乗せるのが、いつもひと苦労だった。最後には引きずり込むようにして、無理矢理乗せなくてはならない。

「早くしろ‼」

親兵衛はハチに怒鳴った。

「追手が来る‼」

それでもハチは足を踏んばっている。

「ハチ、いらっしゃい」

駕籠に乗った静姫がやさしく言った。

すると、ハチはしぶしぶといった顔で動き出した。

「女の言うことなら聞くのか、お前は！」

親兵衛があきれた顔で言った。

ハチは、そんな言葉は耳に入らぬ様子で、必死な足取りで駕籠に上ると、静姫に寄り添ってしゃがみ込んだ。

「大丈夫よ、そんなに怖がらなくても」

静姫がやさしく首を抱いてやる。

親兵衛が、綱を引いてみて、自分も一緒に乗っても大丈夫かどうか試していた。

普段は、人間一人とその荷物位しか乗らないのだ。人間二人と犬が一匹乗って、はたして大丈夫かどうか分からなかった。二度に分けて谷を渡るだけの余裕はない。役人たちに追いつかれてしまう。

親兵衛は、一か八か自分も駕籠に乗った。

綱が大きく撓(たわ)んだ。静姫が、小さな悲鳴を上げて駕籠にしがみついた。駕籠が揺れる。

ハチも懸命に足を踏んばって体を支えている。

親兵衛が引き綱をひいた。重い。

「引けッ‼」

親兵衛は、静姫に怒鳴った。静姫も引き綱をつかんだ。力一杯引く。

綱の固さで手が痛む。しかし、そんなことは言ってられない。静姫は、親兵衛と力を合せて懸命に綱を引いた。

駕籠が動く。下を見ると、眼がくらみそうになるので、静姫は対岸だけを見つめ、ひたすらに綱を引いた。駕籠が渓谷の真中まで来た。また、大きく撓む。重量が過ぎたのかも知れなかった。

「落ちる！」

静姫が思わず叫んだ。

「引けッ‼」

親兵衛が大声で怒鳴った。その時、駕籠の動きが急に早くなった。

静姫と親兵衛の力が増した訳ではないのに、駕籠はスルスルと対岸に向って行く。ハチが吠えたてた。

対岸の繁みのなかに、小次郎たちの姿が見えた。小次郎たちが引き綱を引いていたのだ。

駕籠が対岸に着いた。

「静姫を降ろせ、親兵衛」

小次郎の手に小刀が光っていた。他の連中も棍棒を握っている。

「降ろさないと、綱を切るぞ、親兵衛」

小次郎が綱に小刀の刃をつきつける。思わぬ敵だった。

ハチがけたたましく吠えたてる。

「うるせえ犬だ！」

小次郎が、悪童から棍棒を取り上げて、ハチを殴りつける。その棒を静姫がつかんだ。ぐいと前へ引く。

小次郎が駕籠の上につんのめってきた。谷に落ちそうになって、慌てて駕籠にしがみつく。勢が余って、足が駕籠から飛び出してしまった。

小次郎は両手でぶら下る形になった。

「助けてくれ‼」

だらしなく悲鳴を上げる。

「どけッ‼」

親兵衛は他の連中に怒鳴った。

「どかないと、小次郎を落とす」

小次郎の手を駕籠から突き離すふりをした。

「ひぃーッ‼」

と、小次郎が悲鳴を上げて、

「どけッ‼　どけッ‼」

と、自分も他の連中に怒鳴る。

綱が撓(たわ)んだ。綱を結びつけてある樹が軋(きし)んだ。ただでさえ定員過剰なのに、もう一人ぶら下ったのだ。

「早くしろッ‼」

ぶら下っている小次郎が大きな悲鳴を上げた。他の悪童共が下った。

静姫が飛び降りた。

ハチも飛び降りた。

親兵衛も飛んだ。

駕籠が大きく揺れる。小次郎が泣き声を上げながら、駕籠によじのぼった。

9

親兵衛は走った。

静姫も走った。ハチも走った。

しばらく走ってから、親兵衛は足をとめた。追手が来る心配が、少しは薄らいだのだ。

林のなかに、山吹草(やまぶきそう)の黄色い花が見渡すかぎり散ばっている。

「きれい……」

静姫が思わず言った。

「お前、やるじゃないか」

親兵衛が、改めて静姫を見直した。先程、小次郎の振り下した棍棒を、ひょいとつかんで前へ引いた手のさばきは、なかなかのものだった。

「武芸の心得ぐらいある」

本当は、お前なんかよりも強いと言いたかったのだが、この単純な男をカッカとさせるだけのことなのでやめることにした。

陽が沈む前に、親兵衛たちは手頃な洞穴に辿りついた。

「ここは、一日中陽が当っているので、夜も温もりが残っている」

親兵衛の言う通りで、すっかり陽が沈んでしまっても、洞穴のなかはいつまでも暖かかった。

親兵衛は、木を擦って巧みに火をおこし、近くで採ってきた木の根のようなものを灰の中に入れて焼いた。

何というものか静姫には分からなかったが、木の根はほんのりと甘くおいしかった。

「この山のことは何でも知っているのだね」

静姫は感心して言った。

「この山だけじゃない。この辺の山ならどこでも知っている！」

親兵衛は大きな顔をした。

「昴星というところを知っているか？」

「すばる？」

「知っているか？」

「そんなとこ知らん」

親兵衛も聞いたことがなかった。

その時、ハチがむっくり起き上った。

静姫の顔をじっと見ている。

「どうした、ハチ？」

ハチは静姫をじっと見つめていたが、また火のそばに坐り込んだ。

「昴星（すばる）というところがどうかしたのか？」

「そこへ行きたい」

「行けば何がある？」

「行けば……」

静姫も言葉がつまった。何があるのか静姫も知らなかった。

木曽介が死に際にただ一言、

「昴星（すばる）へ……」

と、言い残して死んでいっただけなのだ。

「行けば仲間がいる。金もある。そこまで連れていってくれ、親兵衛」

静姫は出まかせに言った。

驚くほど山のことに詳しいこの男なら、連れていってもらえるかもしれないと思った。

自分一人ではとても行きつけないことは、ここ四、五日の経験で分かってきていた。

「お前は、そこのお姫さまなのだな？」

火に照し出された静姫の顔をじっと見ながら、親兵衛は言った。

「そうじゃ……」

「と言うことは、オレはそこの殿様ってことだな」

思考が単純なのが、この男だ。

「オレは殿様ってものに一度なってもいいと思っていた」

「では、連れて行ってもらえるのだね」

静姫は、親兵衛の単純さに笑い出しそうになるのを必死でこらえて、出来るだけやさしい声を出した。

「それは今夜決める」

「今夜？」

「お前の抱き心地がよければ、連れていってやってもいい」

「………⁈」

「オレのものになるって言っただろうが！」

「………」

「約束を守らんというのなら、問注所に突き出す」

「今夜は……駄目じゃ」

「どうして⁈」

「その気になれない……」

「オレがその気にさせてやる」

「………」

「………」

火を間にはさんで、親兵衛と静姫は顔を見合せた。

眼の前で燃え上る炎が、親兵衛の心を煽る。揺れる炎に照らし出された静姫の顔が、親兵衛の眼に初めて女らしく見えた。

親兵衛が近づいた。

静姫が後ずさりした。

親兵衛が、飛びつくようにして静姫を抱きすくめた。静姫が暴れる。

「いやじゃ……いやじゃ！」

「約束をしただろうが‼」

二人のそばで炎が揺れる。ハチは、火の傍にうずくまって眼を閉じている。体が暖まって気持いいので、二人の争いなど関係ないという顔をしている。

「昴星へ着いたら、お前の言うことを聞く」

「そんな時まで待てるか！」

押え込もうとする親兵衛の体の下で、静姫は猛烈に暴れた。その元気のよさは、生きのいい川魚が捕まるまいとして跳ねまわるのにも似ていて、小気味よかった。小気味のよさを楽しんでいた親兵衛が、突然、

「うッ」

と、息をつまらせた。

みぞおちのあたりを手で押えて、親兵衛は体を二つ折にして転がった。

「お前……」

苦し気にうめいている。

静姫が、思いきり当て身をくらわしたのだ。見事に決ったらしく、親兵衛はなかなか息が入らなくなって、体を折るようにして転げまわった。

静姫も、少し心配になって来て、

「大丈夫か、親兵衛⁈」

そのとたんに、親兵衛が、静姫を抱きしめた。

「あッ……」

「もう油断はせん」

体をぐるりと回転させて、静姫を押え込む。

静姫の当て身は確かに見事に決ったのだが、半分は親兵衛が大袈裟（おおげさ）に苦しんで見せたのだ。

親兵衛は、静姫を身動き出来ないように押えつけた。

「何が何でも、お前をオレのものにする」

ハチは、火の傍で悠々と眠っていた。男と女のことなど知らんと言いたげだ。

親兵衛が、静姫の衿をはだけようとした。

「痛い……」

その時、静姫が言った。

「どこが?!」

「手が……痛い……」

「そんなこと言っても駄目だ」

「ほんとに痛いのじゃ」

「見せてみろ」

親兵衛は、静姫の体を押えつけたまま手を引き寄せた。野猿で出来たかすり傷の間に、細かな
争っている間に、手が岩の上を擦ったのだろう、
石が幾つもはさまっていた。

親兵衛はしばらくその手を見ていたが、自分の気持を振りはらうように、静姫の体から
降りた。

「来い」

「どこへ?」

「すぐそこに流水がある。小石を洗い落すんだ。そうしておかないと明日はもっと痛む」

親兵衛は先に立って表に出た。静姫もついて出た。親兵衛の言う通り、洞穴のすぐそば
の岩の間から清水が流れ落ちていた。

静姫は掌（てのひら）の小石を丁寧に洗い落した。清水の冷たさが手にしみたが気持はよかった。

親兵衛が繁みのなかに入って、草の葉を二、三枚採ってきてくれた。

「これを嚙（か）んで、手につけておけ」

それから空を見上げて、大きな溜息をついて言った。

「今日はもう何もしない」

空には一杯の星が輝いていた。月はなかったが、星明りで洞穴の外はうっすらと明るかった。静姫は大きく息を吸った。山の冷気が体に入っていくのが心地よかった。心地よさなど感じたのは久しぶりだった。ここ数日、そんな余裕などなかったのだ。

親兵衛も大きく息を吸っていた。静姫には、親兵衛という男が、粗暴なのかやさしいのか、単純なのか複雑なのか、善良なのか性悪なのか、分からなくなっていた。

おそらく、親兵衛自身にも分からないことだったのだ。

第五章　昴星の里

1

静姫を探し求める高札を、信乃たちは安房の里で見た。高札は、素藤の支配する領地の隅々に立てられていた。

「里見の姫が生きている?!」

小文吾が歓びの声を上げた。現八が慌てて制した。高札の前は人だかりがしている。どんな人間がいるか分からない。

信乃、現八、小文吾、荘助は、菅笠を被り、薄墨の僧衣を着て、旅の僧のふりをしていた。

山を降りたところにあった寺から、現八が無断で借用したものだが、四人が揃って歩くのには、一番人に怪しまれない風体だったのだ。

刀はひとつにまとめて着物に包み、一番幼い荘助が、荷物持ちの顔で持って歩いていた。

高札を離れて歩きながら、四人の心に喜びが湧き上ってくる。全滅したと思っていた里見一族の姫が生きていたのだ。静姫がどこにいるか分からず、探す方法も分からなかったが、とにかく目的が出来た。

「どうあっても静姫を探さなければならない。素藤が探し出すより前に」

信乃が押し殺した声で言い、他の三人も一様にうなずいた。

その時、前方から馬が十騎余り走ってきた。薄汚れた格好の男たちが、ばらばらの格好で馬にまたがっている。顔を隠している男もいたし、そうでない男もいた。

馬は地響きをたてて近づいてきた。

信乃たちは道の脇によけた。

安房の里へ降りてから、馬にまたがったこんな男たちに何度も出会った。野盗のように見えたが、それにしては傍若無人にふるまっている。

ある時、百姓の家から、泣き叫ぶ娘が男たちに連れ去られるのを見た。男たちは、あッというまに娘を馬に乗せ、疾風のように走り去った。ある時は、信乃たちと同じように馬をよけていた百姓が、馬が走り去ると同時に刀を突き立てられ、血を吹いて倒れた。何の罪もない路傍の民だった。馬上の男たちは、百姓を的にし、遊び半分に刀を突き立てたらしい。

小文吾が猛烈に怒り、馬の後を追って走ろうとしたが、現八が必死でとめた。

「お前が馬鹿力を見せれば、我々は確実に眼をつけられてしまう」

現八は、怒り狂う小文吾を必死で押えた。

馬が走り抜けた。信乃たちがホッとして歩き出そうとした時、蹄の音が止まった。振り返ると、野盗たちが馬を停めている。

田のなかに、百姓の姉弟がいた。姉は十二、三、弟はまだ十歳にもなっていなかった。

二人が手をつないで田を歩いて行くのを、野盗たちが馬を停めて眺めていたのだ。

「危い……」

信乃は思った。

野盗たちが一斉に馬を田の中に躍り込ませた。田の泥をはねて馬が走る。

男たちは、巧みに馬を乗りこなした。百姓の姉弟が気づく。姉が弟の手をひいて走った。

泥に足をとられて倒れ、泥まみれになりながら必死で走った。

野盗たちが、百姓の姉弟を大きく囲む。ゆっくりとその輪をすぼめていった。狩をしていたのだ。何の意味もない、ただ思いつきの狩を。

百姓の姉弟が泥にまみれて逃げまどう様子を、野盗たちはニタニタ笑いながら楽しんでいる。

姉弟は泣いていた。

野盗たちの馬の輪が一気にすぼまる。

二人の姉弟は馬蹄に押しつぶされた。次々に馬に踏みにじられ、幼い体が田の泥のなかに埋まり、姿さえ分からなくなってしまった。その上をなおも馬が踏みつける。

「うおッ‼」

小文吾が、小さな声を上げて飛び出していった。

「小文吾‼」

信乃が叫んだが、もう遅かった。

小文吾は、幼い姉弟を踏みにじっている野盗たちに向って、うなり声を上げて走っていった。

「刀を出せ、荘助！」

現八が叫んだ。荘助が荷をとく。

現八は刀をつかむと、小文吾を追って走った。

信乃も刀をつかむと、現八の後から走った。

荘助も走った。

こうなれば、戦うより他はなかった。

2

小文吾が走った。

現八が走った。

信乃が走った。

眼の見えない荘助が、一番速く走った。

走り去ろうとしていた野盗たちが気づく。

馬上で刀を抜く。

荘助がその上に飛んだ。野盗たちのはるか手前から大きく飛んだ。宙を飛びながら荘助の手がゆっくりと白刃を抜いた。一番手前にいた野盗の首から血が迸(ほとばし)る。

小文吾が馬に体当りした。馬がすっ飛び、馬上の野盗は泥のなかに叩(たた)きつけられた。小文吾が脚をつかんで振り廻(まわ)す。

野盗が悲鳴を上げた。小文吾は、野盗を振り廻し、別の野盗に叩きつけた。二人は血を吐いて泥のなかに突き刺った。

野盗たちは混乱した。初めから規律などない連中が、ばらばらに信乃たちに向ってこようとする。

信乃たちは、野盗を四つに分けていた。無意識のうちにそれぞれの分担を決め、その中にいる野盗は確実に倒した。

野盗が二人逃げ出した。

現八が主(あるじ)のいなくなった馬に飛び乗り、二人のど真中に突っ込んでいく。

野盗が振り向いて斬りつけた。現八の体が馬上で一回転した。そのまま馬から落ちる。

「やられた！」

野盗の馬がそのまま走り去る。

信乃は、現八の方に駈(か)けよろうとした。

その時、走り去る馬から野盗の首が二つ、ポロリと落ちるのが見えた。

現八が泥のなかから起き上った。

小文吾が泥のなかから幼い姉弟をつかみ出した。二人共息はなかった。骨が粉々に砕けている。

小文吾が、汚れるのもかまわず、泥まみれの姉弟を抱きしめた。

「可哀そうなことをする……」

高札のところにかたまっていた百姓たちが、じっとこちらを見ている。何を考えているのか分からないが、突っ立ったままこちらの様子を窺っていた。

「行こう、我々がただものではないことを、里の人間の眼にさらしてしまった」

「すまない、現八どの。私がつい走り出してしまったのです」

「いいんだよ、小文吾。お前が走り出さなければ、私が走っていた」

「どうする、現八？」

信乃が言った。

「再び山に隠れるより他はないだろう。我々のことは、問注所にすぐ報せが行く」

「しかし、我々は、罪のない人間を殺めた野盗を斬っただけではないですか」

「あの野盗は素藤とつながっている。そうでなければ、あれだけ野放図に勝手な真似が出来る訳がない」

現八たちは歩き出した。

「この子供たちを、どこかに埋めてやっていいですか？」

小文吾は、幼い姉弟をまだ胸に抱いていた。

「その姉弟にだって親はあるだろう。勝手に連れていくよりも、そこへ置いておいた方がいい」

現八に言われて、小文吾は二人の遺体を丁寧に畔道(あぜみち)に横たえた。手を合せる。

他の三人も、小文吾にならって合掌した。

現八が、荘助の肩を抱いて歩き出した。

「強くなったな、荘助」

まだ幼なさの残っている荘助の肩を強くつかんでやる。荘助が、現八を見て笑った。

百姓たちが遠くからじっと見守っている。幼い姉弟を助けようとした四人を、百姓たちはどう思っているのだろうか。百姓たちの顔には表情がなかった。恐怖による支配が、感情を露(あらわ)にすることを百姓から奪い取ってしまったのだろうか。生きることは感情を表現することなのに、百姓たちはみずから生ける屍(しかばね)となってしまったのだ。

四人は、百姓たちの虚(うつ)ろな視線に見送られて、林の中に入っていった。

その時、林の奥から笛の音が聞えてきた。

「荘助の笛だ！」

小文吾が思わず言った。

「荘助はここにいるよ」

荘助の肩を抱いて歩いていた現八が笑った。

「あれは、荘助と同じ笛です。荘助がいつも吹くのと同じ曲です」

小文吾の言う通りだった。

樹々の奥から笛の音は聞えてきている。信乃たちが笛の音を追って足を早めると、笛の方も遠ざかっていく。笛の音は、進む信乃たちと同じ距離を保って動いていた。

「これは罠だ、現八。あの笛の主は、我々をどこかへ連れていこうとしている」

信乃が言った。

「うむ……」

四人が立止まると、笛の音も動きをとめた。明らかに四人の動きを知っている。

「たとえ罠だとしても、あの笛は、今の我々にとっては唯一の手がかりだ。我々をどこへ連れて行く気なのか分らないが、ついていくより他はないだろう」

現八が言った。

四人は繁みを踏み分けて、笛の音を追って林の奥へと突き進んでいった。

3

静姫を探し求める高札を、道節たちは下総の里でも見た。

大角の言う星の伝説にしたがって、ともかく下総まで来てみたが、下総で待っていたのは、三人が頼りとする千葉一族が皆殺しにあったという悲報だった。城に立て籠っていた千葉介自胤は、里見成義が滅されるのと同じときに、蟇田素藤の軍勢によって城を落とされていたのだ。城内の千葉一族は、子供にいたるまで皆殺しにされていた。

大角の考えた手がかりも、そこで跡絶えてしまった。三人は途方にくれた。

その時に、三人は高札を見たのだ。

「あッ……」

毛野が大きな声を出した。

「あの痣！　静姫の背中にあるという、あの痣⁈」

道節も大角も声を出しそうになっていた。

静姫の背中にあるという牡丹の痣は、このようなものだったのだ。

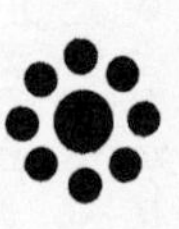

「あれは、大角さんの言っていた九曜の星……」

「昴星……」

大角も息を呑んで高札を見上げていた。

「里見義実の側室であった五十子は、確か千葉一族の娘でした」

「義実の側室って言うと、静姫にとってはおばあさんに当る人ね」

「里見一族と千葉一族が、どこかでつながっているとすれば、お前の言っていたことも、当て推量ではないかも知れない」

「あんな特徴のある痣があるなんて、偶然とは思えないわ」

「静姫を探そう……我々はどうやら、そのためにここまでやって来たのかも知れない」

三人の心は弾んだ。

静姫がどこにいるか分からず、それを探す方法も分からなかったが、ともかくも生きる目的が出来たのだ。自分たちが何者なのか、それを知る手がかりが見つかった。

「この上は、どうあっても静姫を探さなければならぬ。素藤が探し出すより前に」

道節たちは、固く決意して高札から離れた。

高札の近くで畠(はたけ)仕事をしていた百姓が、手を止めて三人の方を振り返った。百姓にしては険のある眼をしていた。

4

「また変なことを言うようですが、笑わないで下さい」

清澄山(きよすみやま)の麓(ふもと)の宿で、道節と湯につかりながら大角が言った。

「もう笑わんよ。お前の言うことは、今では私も信じている」

「道節どのの背中に、生まれつきの痣(あざ)がありませんか」

「ある」

「どこに?!」

大角の声が思わず大きくなった。

道節が湯から上って、大角に背を見せた。広々とした逞しい背中の肩甲骨のちょうど真中のあたりに、くっきりとした痣があった。

「あった……やはり……あった」

大角は興奮していた。

「この痣がどうしたと言うのだ」

大角は男にしては色白である。浅黒く筋肉の盛り上った道節の背にくらべると、痩せてはいないが、幾分神経質に見える。学問好きの大角にふさわしい背をしていた。

大角も、道節に背中を向けてしゃがんだ。

その背の左の脇へ寄ったところに、道節と同じような痣があった。湯で温められた白い肌の上に、くっきりと際立って見える。

「私と同じような痣だ……」

「牡丹の花びらのように見えませんか、この痣……」

「牡丹の花びら？」

「静姫の背中の痣は牡丹の花びらのようであると、高札に書いてありました」

「この痣がその花びらの一片だと言うのか？」

「そんな風に見えませんか」

「そう思えば見えないことはない」

「静姫の背中の痣と同じあの星曼荼羅は、真中の点を中心にして八つの印がある……曼荼羅の多くはそうなのです。真ん中の仏を中心として、まわりに八人の仏の絵が描いてある……」

「私たちと同じような痣を持つものが、八人いると言うのか？」

「そうです」

「八つの玉……そして、八つの痣……？」

「静姫こそは我々が守るべき人なのかも知れません。我々は、静姫を守るべくこの世に生まれてきたのかも知れません」

「………」

道節も黙り込んでしまった。自分たちは、不思議な因縁を持ってこの世に生まれて来た人間なのか。

道節も毛野も大角も、家族を失っている。この世を孤独のままで生きていかなければならない宿命を、道節たちは持って生まれたようだった。他の人間のように、穏やかで平和な人生を送ることの出来ない人間に生まれついている。そのすべてが、静姫と結びついていくのだ。

静姫とは一体何者なのか？

突然、道節が顔を上げた。何か言おうとする大角を制する。道節の眼が風呂の引き戸を見つめている。

道節が素早く動き、引き戸を一気に開け放った。宿の主人が、びっくりしたような顔で裏庭に立っていた。

「何をしている⁈」

「いえ、湯加減を見ようと思いまして……」

瘦せた主人は、小狡そうな笑顔を見せた。

道節と大角は湯から上った。部屋には、毛野が一人で待っていた。

「背中を見せてもらえまいか、毛野」

「え⁈」

大角が突然そんなことを言ったので、毛野はびっくりした。

「毛野の背中にも痣があるかどうか、大角が知りたいそうだ。私の背中にも大角の背中にも、同じような痣があるのだ」

「花びらのような痣でしょう？」

「あるのか⁈　毛野の背中にも……」

「ええ……見たいと言うのなら……」

毛野は向うをむいて、恥ずかしそうに背をはだけて言った。

「背中のずっと下の……お尻のちょうど上のあたり……」

毛野の言った通り、尾骶骨の上の方にくっきりとした痣があった。幼なさの残っている毛野の華奢な背に浮んだその痣は、赤ん坊の頃の痣がそのまま残ったようにも見えた。

「見世物小屋でよくからかわれたわ。お前の体はまだ赤ん坊だって……」

「いいよ、もう……」

大角が言った。

「他の五人にも、必ず同じような痣があるはずです」

道節に向って、確信ある口調で言った。

「他の五人にも……？」

着物を戻しながら毛野がけげんな顔になる。

その時、道節が刀をつかむと、廊下に通じる襖(ふすま)を息もつかせぬ素早さで叩き斬っていた。

襖が二つに割れた。廊下で血を流して倒れていたのは、先程の宿の主人だった。

「先程からどうも気になっていたのだ、この男……」

その時、宿の表で物音がした。慌ただしく駈けるような音がする。

道節は、刀を手に表へ走った。

宿の前から馬が走り出していた。黒装束の男がしがみついている。

黒々としたその姿は、あっという間に闇(やみ)に消え去っていた。

5

山狩りが行われていた。

房総には大きな山はない。同じ程度の山が連綿として高さを列ねている。山狩りは、静姫が親兵衛と共に姿を消した塚原の山だけではなく、館山、安房、上総、下総のすべての山で行われていた。

里を馬が走った。

黒装束の騎馬侍の乗った馬が、昼夜にかまわず疾走した。

騎馬侍は、里の家に押し入り、一軒一軒隅々まで探していった。若い娘を見つけると、押えつけてその背を調べた。

男を見つけると、身許が確かになるまで捕えて離さなかった。

野盗も山や里を縦横に走った。

気のむくままに悪行を続けながらも、若い娘を見つけると必ずその背を調べた。旅の男を見つけると執拗に、行き先や身許を調べた。

黒い騎馬侍も野盗も同じ目的を持っているようだった。

静姫と親兵衛は、山を幾つも越えた。

親兵衛が熟知していたのは、近辺の山だけではなかった。遠くの山のことまでよく知っていて、静姫を驚かせた。

人の通れないような繁みのなかを、親兵衛は枝をかき分けて歩いた。とても降りられないような崖にも、伝い降りる道を見つけた。渓流をさかのぼるすべも知っていた。

「ハチと一緒にあちこち駈けずりまわったんだ。小さい頃から、ハチと一緒ならどこで寝ても怖くはなかった」

山狩りにも何度か出くわした。親兵衛は身を潜める洞穴を知っていた。渓流を歩いている時に、両側から山狩りの役人にはさまれそうになった。親兵衛は、静姫の手を引いて水しぶきを上げながら走り、渓流に洗われている大きな岩の狭間に飛び込んだ。

岩には、流れに洗われて大きな窪みが出来ていた。ふたつの岩が合さるようになっているので、そこに、大きな窪みがあるとは誰も思わない。

親兵衛と静姫とハチは、流れに腰までつかりながら窪みに身を潜めていた。ハチも、懸命に首を伸して流れから顔を出している。

山狩りの役人たちは、渓流の岩蔭まで執拗に探していったが、静姫たちは見つからなかった。

「ここはハチと二人で見つけたんだ」

親兵衛は得意そうに言った。静姫は、親兵衛と一緒でよかったと思った。木曽介から聞いたことを、親兵衛に話すべきかどうか随分迷っていた。親兵衛と一緒でなければ、山狩りの役人たちに捕えられている。役人たちの山狩りは執拗で徹底していた。

親兵衛たちは、夜空に明るく輝く北極星をめざしてひたすら歩いた。

「どこまで行くんだ」

「爺は、北のひとつ星をめざして行けば八つの沼があると言っていた」

「そこに、昴星の里があるのか？」

「分からない」

「何にも分からないんだな」

その時、足許から雉が飛び立った。びっくりした静姫が、思わず親兵衛にしがみついた。

「雉だよ」

親兵衛は、静姫の体に手をまわしてニヤニヤ笑っていた。

静姫は慌てて親兵衛から離れようとしたが、親兵衛は放そうとしない。

「何をする?!」

「向うへ着けば、オレのものになるんだろうな」

親兵衛が、静姫の顔を覗き込んでくる。

「離せ、無礼者?!」

静姫は思わず顔をそむけた。

「約束を忘れたなんてことにはならないだろうな」

「…………」

「どうなんだ？」

「そんなことは……ない」

親兵衛は、それでも静姫の体から手を放さず、しげしげと静姫の顔を見て、

「お前、本当に里見のお姫さまなんだろうな」

「……」

「どう見ても、百姓のガキだ」

やっと手を放した。

6

北極星が、北の空に輝いていた。

星明りに照らされた山の中を、親兵衛たちは歩いていった。

一度山狩りにあってからは、親兵衛たちは、昼間は寝(やす)み、夜になると動くようにしていた。北極星をめざして行くのには、その方がよかった。

足許(あしもと)も定かでないような繁みのなかを、親兵衛はドンドン歩いていく。夜の山歩きなんか慣れていない静姫は、音(ね)を上げそうになる。女の自分に少しも手加減してくれない親兵衛が憎らしかった。ただ、静姫も、かつては城の若侍たちに、男同様に扱うことを要求してきたのだ。

「女だから、もう少しゆっくり歩いて欲しい」

意地でもそんなことは言えない。

突然、ハチの吠(ほ)える声がした。二人より先へ先へと歩いていっていたハチが、長く遠吠えしている。

「わおーッ……わおーッ……」

遠くのものに呼びかけるような声だ。

親兵衛は走った。

静姫もついて走る。

「あッ……」

二人は、声を上げて立ちつくした。

眼もくらむような断崖絶壁(だんがいぜっぺき)に立っていた。繁みを抜けたところが、突然深い崖になっていたのだ。

ハチが、断崖の上で、夜空に向って吠えていた。

星が夜空を埋めつくしている。ひときわ高いところに立っている親兵衛たちは、満天の星に囲まれて、星の国に来たような気がした。

二人は、しばらくそこに立ちつくしていた。

月がゆっくりと昇って来た。満月に近い月であった。

その時、

「あッ……あれは……」

静姫が大きな声を出した。

絶壁の下の山並みの間に、白く光るものが見えている。光るものは八つ、黒々とした森の中に点々と見えた。

「八つの沼……?!」

白く光るものは、月の光に照らし出された水面だった。沼は、森の中に柄のついた杓のような形に散らばっていた。

「北の七つ星……」

静姫がつぶやいた。

沼は、空に輝く北斗七星が、森の中に落ちてきたような形で並んでいた。柄にあたるところに、小さな沼が、七つの沼のひとつに寄り添うように並んでいる。

北斗七星にも、第六星のすぐ近くに、小さな星が寄り添っているのが見える。この星は、昔から輔星とも金輪星とも、また寿命星とも言われていた。

アラビア人はこの淡い星を見て視力を試したというし、日本にも、

「正月にこの星の見えない者は、その年のうちに死ぬ」

と、寿命星らしい伝説がある。

八つの沼は、空の星に対応する形で森の中に並んでいた。親兵衛たちの立つ絶壁からだと、空の星も地の沼もはっきりと見える。

「星の降るところ……」

静姫には、木曽介の言った言葉の意味が分かった。

「昴星の里っていうのは、あの沼のところにあるのか？」

「分からない……ここを降りて沼のところへ行ってみたい」

切り立つような岩壁は、降りることを拒絶していた。どこにも道らしきものはなかった。絶壁の上の木に、蔦蔓が巻きついていた。下まで届くような蔦蔓がある訳はないと思ったが、引っぱってみると意外にも長く続いている。

崖から蔓を降して見ると、眼もくらむような絶壁の下まで届いたように見えた。

「ひょっとしたら、蔓は、ここを降りるためのものかも知れない」

この崖を登り降りする人間がいるとすれば、蔦蔓しか方法はない。

「ハチ、降りるぞ」

親兵衛が言うと、ハチは後ずさりした。相変らず高いところに弱いのだ。

親兵衛は、尻ごみするハチを捕え、細めの蔦蔓を取ってきて背中に縛りつけた。

「大丈夫、ハチ?」

降りる前から舌を出して喘いでいるハチに、静姫が心配そうに言った。

「暴れるなよ、ハチ。暴れたら落ちるぞ」

親兵衛は蔦蔓を摑んで、そろりと体を崖の上に出した。

ハチが懸命に足を踏んばっている。踏んばったところでどうしようもないのだが、力を入れずにはおれないらしい。

「オレと同じようにして、ついて来い」

親兵衛が、静姫に言った。

「たとえ腕がすっぽ抜けても、手を蔓から離すんじゃないぞ」

親兵衛の言うことは無茶だったが、そのくらいの覚悟で降りないと、絶壁は降りられそうもない。静姫は蔦蔓をつかんで、足を崖から出した。蔓は意外とつかみやすかったが、それだけで体を支えるのは並大抵のことではない。

「足で蔦蔓をはさみ込むんだ。手と足で降りるんだ！」

下から親兵衛が怒鳴った。

「慌てるな！　下を見るな！」

自分自身にも言いきかせているようだった。

静姫は、ゆっくりと降りていった。

どれほどの時間がたったか分からない。静姫は、足を運ぶことと手を進ませることと以外には何も考えなかった。足と手でしっかりと蔓をはさみ込むこと以外は、すべてを忘れた。

「岩の裂け目がある。そこに足をかけろ！」

下から親兵衛の声がした。

足で探ると確かに岩の裂け目があった。静姫はそこに足をかけて、ホッと一息ついた。

「着いたのか、もう」

「まだ半分だ」

非情な声が返って来た。静姫は大きな溜息(ためいき)をついた。

「大丈夫か？」

今度は少しやさしい声だった。

「大丈夫じゃ」

あまり元気な声ではなかった。

その時、どこからか笛の音が聞えて来た。透きとおるような清らかな音色だった。

「笛だ⁈」

親兵衛が下を見た。

その笛は、はるか遠く八つ沼のあたりから聞えて来るようだった。

「父上がいる……」

静姫が思わず言った。

「父上⁈　お前の親父（おやじ）は城で死んだんじゃないのか？」

「あの笛は父上が吹いていた笛……私が城を出る時に、父上はあの曲を吹いて見送ってくれたのです」

「………」

「父上が、私のことを励ましてくれているんです」

「幽霊が吹いている笛だというのか……」

親兵衛が思わず下を見た。黒々とした森の中から、笛は聞えて来る。ひょっとしたらあの森の中には、城で討死した成義たちの霊が集（つど）っているのだろうか。

「行きましょう」

静姫の方が元気になってきた。

7

親兵衛と静姫が、崖下に降り立った。親兵衛の背から下されたハチは、しばらく喘いでいた。

崖の下には、深い森が続いている。森の暗闇のなかから、笛の音は聞えてきていた。

「行きましょう」

静姫が先に立って、森の中へ入っていった。親兵衛はためらっている。

笛は森の奥から聞えてきた。低くゆったりとした音色で響いてくる。静姫はドンドン歩いていった。

「オレは、亡霊とか幽霊とかは、あまり好きじゃないんだ……」

親兵衛が慌てて追いかける。

突然、笛の音がやんだ。しんとして物音ひとつ聞えない。高く昇った月光で、森の中はほんのりと明るかった。

親兵衛があたりを見廻す。笛の音が、どこから聞えてきていたのか、少しも分からなくなった。

月に照し出された黒々とした樹々が、どこまでも続いているだけだ。

「静姫さまですね」

どこからか声がした。

驚いた親兵衛が、思わず静姫にしがみついた。自分のしたことに気づいて、慌てて手を離す。

「静姫さまですね」

もう一度声がした。

「だ、誰だ！　出て来い！」

親兵衛が森の暗闇に向って叫んだ。

「そうです。私は里見成義の娘、静姫です」

静姫は凛とした声で言った。

突然、繁みを突き破って、一人の男が飛び出してきた。親兵衛が反射的に身がまえる。

「誰だッ‼」

ハチが低くうなって牙をむいた。

「静姫さまですね」

男はもう一度言った。

「そうです」

静姫が答えると、男は、

「失礼」

と、短く言って、静姫の体を廻すと、いきなり背をはだけた。

背の痣を確かめたらしい。

その間、親兵衛は完全に無視されていた。

「この野郎、突然出て来て名も名乗りやがらないで」

親兵衛は、手頃な木の枝を見つけて、男に打ちかかって行った。

男の手が小さく動く。親兵衛は枝を叩き落されていた。

男が刀を抜いた。細身の刀であった。片刃ではなく、両側に鋭い刃がついている。刃先は鋭くとがり、空を矢のように飛んで行きそうな剣だった。

男は、刃先を親兵衛に向けた。

月明りに浮び上ったその顔は、上総の山中で荘助の笛を聞いて、

「あの笛は、確かに一節切（ひとよぎり）の笛……」

と、つぶやいた眼付の鋭い男だった。

「昴星（すばる）の里よりお迎えに上った六平太（ろっぺいた）と申すものです。黙ってついて来られたい」

と、森の中に入っていく。

静姫が歩きやすいように、男は刀で灌木の枝をはらって歩く。

「あの笛は、誰が吹いていたのです」

後に続きながら、静姫がたずねた。男は何も答えなかった。ドンドン歩いて行く。

「あの笛は、父上が吹いていた笛なのです！　父上が生きているのですか！」

突然、白く光る場所へ出た。沼だった。崖の上から見た時と違って、近くへ来ると意外

と大きい。鏡のような水面が、月を映して輝いていた。

沼の畔（ほとり）に、黒い影がかたまっていた。

親兵衛は、用心深く構えながら近づいていった。ハチも、背を低くして後につづく。

「里見の静姫さまです」

六平太が呼びかけた。

影が動いた。

静姫に近づいて来る。

「犬塚（いぬづか）信乃と申します」

「犬飼（いぬかい）現八と申します」

「犬田（いぬた）小文吾と申します」

影が、次々と名乗った。最後の一人は、名乗るかわりにゆったりとした笛を吹いた。

8

笛の音を追って上総の山中を突き進んだ信乃たちは一人の男と出会った。

男は小高い丘の上に坐（すわ）り、信乃たちを待ち受けるように笛を吹いていた。

荘助が笛を出して吹きはじめた。いつも吹いている、風にそよぐような曲だった。

男も同じ曲を吹いている。ふたつの音色が美しく響きあって、丘を流れていった。

男は、山谷（やまたに）六平太だと名乗った。昴星（すばる）の里から来たのだという。

「あの曲は、昴星にゆかりのあるものしか吹けぬ曲……」

「昴星……一体そこは何なのだ？」

　現八が言うと、六平太はこれから案内すると言った。

　荘助の笛を聞いただけで、六平太は、信乃たちを信用しているらしかった。

　その時、山狩りの役人たちが大挙して上って来た。

　六平太は、信乃たちを導いて走った。幾つもの山を越える時に、何度も山狩りにあったが、六平太は巧みに繁みを走り抜けた。

「私は、里見の静姫を探していたのです」

　道中で六平太が言った。

「私たちもそうなのだ」

　現八は六平太を信じて、これまでのいきさつをすべて話した。金碗八郎孝吉から聞いた伏姫の話もした。

「金碗八郎孝吉は、元々は昴星の人間……」

　六平太が言った。

　幾つかの山を越え、信乃たちは八つ沼に着いた。

　山中で何度か、六平太は、路傍の石仏をじっと見つめていた。何の変哲もない小さな野仏だったが、彼には重要な意味を持っているらしかった。石仏と空の星をかわるがわる見つめている。

それが道標になっているらしいことを、信乃たちも進むにつれて覚ったのだ。

「生きてさえいなさったら、静姫もここへきっと来なさる……」

断崖絶壁を伝たい降りて沼の畔まで辿りつくと、六平太は断言した。

「ここへ来るには、あの絶壁を蔦蔓を伝って降りる他はないのです」

沼からは、断崖のすべてが見える。

絶壁を伝い降りる人間は、すべてをここから見られていることになる。

六平太は、満月の夜になるまではここから動けぬと言った。そして、明日が満月という日、静姫と親兵衛が現れたのだ。


「何親兵衛と言うのだ」

信乃が尋ねた。

信乃たちはそれぞれ名乗ったが、親兵衛だけは苗字を名乗らなかった。

「そんなもの知るか」

親兵衛はあっさりと言った。

「自分の苗字さえ知らないのか？」

「家名だぞ」

「オレは父も兄弟もない。生まれた時から親兵衛というだけだ。それが悪いか」

親兵衛は突っぱねた。

「お前、玉を持っているか？」

　小文吾が聞いた。

「玉⁉」親兵衛がすっとんきょうな声を出した。「玉を持っていなきゃ、男じゃないじゃないか。股倉にちゃんと二つぶら下がってらあ。見たきゃ見せてやる」

　小文吾が苦笑して、

「そんな玉ではない」

と、懐から小さな玉を出して見せた。

「これと同じような玉を、生まれた時から肌身はなさず持っているはずだ」

「そんな変なものは持っていない」

「ほんとうか？」

「ほんとうだ」

「見たこともないか、これと同じような玉を？」

「見たこともない」

　小文吾たちが顔を見合せた。

9

「素性の分からぬ人間を、昴星の里に連れていく訳にはいきません」

　六平太が言った。

親兵衛が、伏姫の八犬士の一人だというのなら文句なく連れて行く。そうではないらしい。

「ここで帰りなさい、親兵衛」

静姫は、親兵衛に言った。

「帰れ⁈」

親兵衛がびっくりしたような声を出した。

「これ以上、お前を連れて行く訳にはいかないのです」

「な、何言ってんだ。お前は向うへ着いたらオレのものになるって言ったじゃないか」

「何⁈」

現八たちがびっくりした。

「姫に向って何を言うんだ、お前は‼」

「許せ、親兵衛」

「何を許すんだ⁈」

「私には果さなければならない事がある。だから、お前との約束を守る訳にはいかないのじゃ」

「お前はオレを利用するために、あんな約束をしたのか⁈」

親兵衛は完全に頭へ来た。頭へ来ると、自分のしていることが分からなくなる。親兵衛は、傍(そば)にいた小文吾の剣を抜くと、いきなり静姫に斬りつけた。

信乃が自分の剣でそれを受けとめたのと、現八が親兵衛の手を打って刀をはたき落したのが、ほぼ同時だった。

現八は、親兵衛の手首を素早くつかんで、

「送ってやれ」

と、信乃に短かく言った。

送ってやれと現八が言ったことが何を意味しているか、信乃にはよく分かっていた。「斬れ」と言っているのだ。連れていくことが出来ないとしたら、ここまで来てしまった人間を帰す訳にはいかない。

現八は、静姫の手前、「斬れ」とは言えなかったのだ。

信乃は、現八の現実を見つめる非情な眼を見習おうと思っていた。現八はいつも、やらなければならないことを明確に知っている。それ以外の余計な感情を、少しも持っていなかった。

自分にそんな曇りのない眼があったら、蟇六（ひきろく）や、亀篠（かめざさ）に騙（だま）されたりはしなかった。浜路（はまじ）を置き去りにはしなかった。あの時、自分は、仕官出来るということだけに浮々して、眼の前の現実を少しも見ようとしなかったのだ。

信乃は、親兵衛に何の悪意も持っていなかったが、自分のために斬ろうと思っていた。斬らなくてはならぬと思っていた。

一同から見えない繁みのなかまで来て、

「親兵衛とやら」

と、信乃は呼びかける。同時に刀の柄(つか)に手をかけていた。

「何だ」

親兵衛が振り返った。

「許せ」

言葉が終らないうちに、信乃は親兵衛を叩き斬っていた。

「………⁈」

確かに斬ったはずだった。だが、刀は空を斬っていた。

親兵衛は、二、三歩向うに飛び退(すさ)っている。

「ただ者ではない」

信乃は思った。あの一瞬に飛んだとすれば、驚くほどの素早い体の対応だった。しなやかで強い筋肉を持った、獣のような身のこなしだ。

信乃は、体を引き締めて刀を構えた。

ハチがうなった。牙をむいて、すきを見て飛びかかろうとする。

「ハチ、やめろ！」

親兵衛は、相手の剣の力強さを覚っていた。ハチが飛びかかれば、確実に斬り殺されてしまう。

親兵衛は、身構えながらまわりを見廻した。

「背を向ければ、確実に斬られる」

しかし、逃げなくてはならない。

左手に、竹林があった。それを眼にした時、親兵衛はもう走っていた。

「ハチ、来い！」

竹林に飛び込む。信乃の刀が鋭い音をたてた。竹が、見事に胴切りにされて倒れる。竹を切った分だけ、刃先が親兵衛に届くのが遅れた。

背の着物を切り裂かれながら、親兵衛は竹藪に逃げ込んでいった。竹林を縫うようにして走る。

信乃は、小刀を抜いて、親兵衛の背を狙った。小刀を飛ばせば、安々と殺せる距離だった。

一瞬迷った。後から殺すのは卑怯だ、そんな声がふっとしたのだ。

「何をしている‼」

鋭い声がして、一瞬ためらっている信乃の手から小刀がもぎとられた。

現八だ。

現八は、親兵衛の背に小刀を投げつけた。竹林のなかを一直線に飛んで行った小刀が、一本の竹に突き刺った。竹の向うで、親兵衛の後姿が繁みのなかに躍り込んでいた。

信乃の一瞬のためらいが、親兵衛を逃したのだ。現八は刀を抜いて走った。

竹林を抜け、繁みのなかに走り込んだ。親兵衛はもう見つからなかった。

信乃は、呆然と現八の後姿を見送っていた。

現八があきらめて戻ってくる。

「なぜ、殺さぬ！」

信乃を見て、激しい口調で言った。

「すまぬ」

信乃には、それしか言えなかった。

10

「後で里のものに探させましょう。どっちにしてもこの沼を渡って来ることは出来ない」

六平太が言った。

大きな月が、沼の真上に昇ってきた。水面が一層艶やかに輝く。

沼の向うから、一艘の舟が鏡のような水面を音ひとつたてずに近づいてきた。

小文吾がじっと見守っている。

「なぜ、満月の夜でなくては、この沼は渡れないのです？」

静姫が聞いた。

「舟に乗ればお分かりになります」

舟に乗っていた屈強な男たちが、静姫に向って丁寧に頭を下げた。

六平太は、男たちに親兵衛を探すように命じて、静姫と信乃たちを舟に乗せた。

六平太が静かに棹をさす。舟は沼を滑るように走っていく。

沼は意外と浅かった。月光に照されて、水底までよく見える。水は澄んでいた。しかし、水底は黒い泥でうずまっている。

六平太は、用心深すぎるほど慎重に棹で水底を押していった。

「この沼には何があるのです。なぜ、満月の夜でなくては渡れないのです」

静姫がもう一度尋ねた。

「では、お見せしましょう。この沼に何があるかを……」

六平太が、沼底を少しだけ掻き廻した。

黒い泥が水面に浮び上ってくる。舟縁に黒い泥が吸いついた。プチプチと音を立てている。

舟縁を覗き込んでいた小文吾が、

「あッ……」

と、声を上げた。

「これは泥じゃない。生き物だ！」

水底から浮び上ってきて舟縁にびっしりと吸いついていたのは、黒い泥ではなくて、おびただしい数の蛭だった。

水面を覗いていた静姫たちも、思わず顔を上げた。

「水底に見える黒い泥のようなものはすべて……」

「そうです。蛭です。この沼には、蛭以外のものは棲(す)んでいないのです」

「…………」

「月光の明るさを嫌い、満月の夜は蛭は水底に沈みます。それ以外の時はびっしりと水面を被(おお)い、舟が進めないのです」

「…………」

「何も知らない動物や人が、ときおり沼を渡ろうとします。その血を吸って蛭は生きているのです」

舟縁に集って蠢(うごめ)きつづけていた蛭は、やがて沼底に沈んでいった。田や小川にいるような蛭とは、比べものにならぬほど大きく太い山蛭だった。

静姫たちも背筋が寒くなるのを感じて、改めて舟板に坐り直した。鏡のように静かな水面を持つ沼が怖(おそ)ろしい場所に思えてくる。

六平太は、慎重に舟を滑らせていった。

「満月の夜に、あの絶壁の上に立つと、沼のひとつひとつが月光に映えて、まるで北斗七星が森に降って来たように見えるのです。それで、いつの頃からか、このあたりは星の降る里だと言われるようになりました。我々にとって一番親しい星は、昴(すばる)星です。だから、昴(すばる)星の里と……」

11

親兵衛は、沼を滑っていく舟を見つめていた。

「あの女、オレを騙しやがって……」

親兵衛の心は、いきなり斬りつけて来た信乃よりも、自分を置いていった静姫に対する怒りで煮えたぎっていた。

舟から降りた男が二人、林の中に走り込んでいったのを、親兵衛は樹の上から見ていた。男たちは自分を探しているらしい。

舟の棹の動きからいっても、さほど深い沼ではない。深くても、このくらいの沼なら泳ぎ切る自信が親兵衛にはあった。

「オレはこのまま追い返されはしないぞ」

親兵衛は、男たちのいないのを確かめて樹から降りた。

ハチが樹の下で見張っている。

「行くぞ！　ハチ」

親兵衛は沼に走り込んだ。ハチも続く。

沼は浅かった。腰のあたりまで入ってから、親兵衛は抜き手を切って泳いだ。

ハチも、犬搔きで泳ぎ出す。水が搔きまわされた。親兵衛とハチが水を蹴った後に、黒い泥が浮び上ってきた。親兵衛とハチを追うように次々と浮び上ってくる。

親兵衛とハチは、何も知らずに泳いでいた。

急に腕が重くなったように親兵衛は感じた。むず痒（がゆ）い痛みが、腕にひろがってくる。足だけで泳ぎながら腕を上げてみた。

黒く細長いものがびっしりと腕からぶら下っている。

「何だ、藻（も）がひっかかったのか……」

取ろうとして、もう一方の手を上げた。

その腕にも黒い房のようなものが、すき間もないほどぶら下っていた。プチプチと音が聞える。黒い房は、親兵衛の腕に密集してぶら下り、身をくねらせて蠢いていた。

ハチが悲鳴を上げた。水面でもがいている。

「山蛭だ！」

足に痛みが走った。親兵衛は足をはね上げた。その足にもびっしりと黒い房がぶら下って、プチプチ音をたてて蠢いていた。

「助けてくれッ‼」

親兵衛は思わず叫んでいた。喉元にも顔にも、蛭は吸いついてくる。むき出しになった肌だけではなく、着物のなかにも容赦なく這（は）い込んで来る。

親兵衛とハチのまわりは、びっしりと黒い蛭で埋まっていた。

ハチが悲鳴を上げて、水面で体を回転させている。ハチの白い毛の合間に、びっしりと黒いものが蠢いている。

親兵衛とハチは、黒い蛭の大群に押し上げられるように水面に浮んでいた。手も足も、黒い生きた泥の中で動きがとれなくなっていく。

「助けてくれえーッ‼」

親兵衛が、もう一度叫んだ。

第六章　闇に堕ちる流れ星

1

幕張海岸は、今が一番の引き潮であった。見渡すかぎりの干潟に、子供たちの姿が散らばっている。浅蜊を採っているのだ。

網元・鰐崎源右衛門の離れ屋敷は、岬に突き出すように建てられていた。座敷の前には海が大きくひろがっている。

裏座敷の縁台で、柱にもたれかかるようにして、浜路が潮干狩りの子供たちを見ていた。

穏やかな初夏の昼下りだった。潮風がゆったりと流れていく。強い日差しが干潟一杯に照りつけていた。

気怠げなその姿態に、以前にはなかった艶やかな美しさがあふれている。

浜路は、眼を細めて干潟を見つめていた。楽しそうに浅蜊を採る子供たちの姿が、別世界の出来事のように思える。

「光から闇へ堕ちる流れ星……」

美女木の宿で、占師だという男に浜路はそう言われた。男が本当に占師であったのかどうかは分からない。だが、男の言う通りに、浜路の運命は光から闇へ確実に堕ちていっていた。

信乃を愛し、信乃にも愛されていた、光に満ちた大塚の里での生活が、今となっては嘘のように思える。今の自分とは、まったく違った人間が生きていたように思える。

幻人の屋敷から解放されて、あてもなく嵐山の麓を歩いていた時、浜路は一人の老婆と出会った。老婆は、浜路のやつれた姿形を見て同情し、自分の家へ連れていってくれた。

「私にも、生きていたらあんたと同じくらいの娘がいたのだよ」

老婆は言い、娘のものだという着物まで浜路に貸し与えてくれた。

「いつまでもいておくれ。私も一人ぼっちで淋しかったんだよ」

その言葉に甘えて、行く当てもなかった浜路は老婆の家に居ついてしまった。

老婆は、我が子のように浜路を可愛がってくれ、きれいな着物をきせ、おいしい料理を食べさせ、肌が美しくなるからと毎日のように匂いのいい風呂に入らせ、痛んだ黒髪をやさしく梳いてくれた。

すべてが、ある目的からだということに、浜路は気づかなかった。

浜路は、人間を疑ってかかる性格ではなかった。老婆は久しぶりに出会った親切な人間だったのだ。日々に美しさを取戻して行く自分に、浜路は女らしい満足感もおぼえて、感謝の気持で一杯だった。

しかし、一か月余りたった時、老婆は突然、

「今までにお前にかかった費用をどうしてくれる？」

と、言ってきた。

浜路はびっくりしたが、一銭の金を持っている訳ではない。老婆にも、そんなことは分かっているはずなのだ。

「私に支払うお金がないのなら、この村の地頭さまのところに奉公に行っておくれ」

老婆が言い出した時、浜路はすべて納得した。老婆の親切は、浜路をそこに追い込むためだったのだ。

浜路は、老婆に引き立てられるように、地頭の長木文左衛門（おさぎぶんざえもん）の屋敷へ行った。

「長木さまのお好みの女（おなご）が手に入りましたので……」

老婆は、いやらしい笑いを見せながら文左衛門に言った。

浜路が入って来た時から、文左衛門は老婆の方など見向きもせず、眼が浜路に張りついていた。

「幾ら欲しい」

文左衛門は、浜路だけを見ながら言った。

「今度は少し費用もかかりましたので……」

老婆が卑しい眼付で言うと、

「幾らでも払う……お前はもう下ってよい」

と、早々に老婆を引き下らせた。

「美しいのう、お前は……」

老婆がいなくなると、文左衛門は浜路のそばに寄って来て、涎をたらしそうな顔になった。

2

文左衛門は、簸上宮六と同じ性癖の持主であった。まともな形で女を抱くことでは満足しない男だったのだ。

老婆は、出会った時から、浜路が嗜虐の心を持った男を強くそそるものを持っていることを、一目で見抜いていた。

「これは高く売れる……」

老婆は、風呂に入っている時に、覗き見してみてますますそう思った。繊細で愁いに満ちた美貌とは不釣合に、浜路の体はみずみずしい若さで満ちあふれていた。浜路の華奢で美しい顔は、虐められるとすぐ泣き出しそうに見えるが、張りつめた肉体は、逆に多少の責めなどはねのけそうに見える。それこそが、嗜虐の心を持った男の垂涎の的となる女体だったのだ。

老婆は、浜路をゆっくりと磨き上げて、一番高く売れそうな長木文左衛門のところに連れて行った。狙い通りに、浜路は高く売れたのだ。

「もう役立たずのくせに、文左衛門の奴……フフフ……」

老婆はずしりと重い銭袋に満足しながら、夜道で毒づいていた。

老婆が呟いた通り、文左衛門のものは役に立たなくなっていた。しかし、正常に女と交ることなど興味を持たない文左衛門のような人間は、女体に対する興味を失う訳ではない。むしろ、不能となることによって、女を嗜虐したいという気持が一層強まったのだ。

文左衛門は浜路を虐め抜いた。

浜路は、籔上宮六の時にそうだったように、黙ってそれに耐えた。どんな恥ずかしい格好をさせられても、浜路は泣き声ひとつ上げなかった。

文左衛門が、あらゆる手を使って女体を刺激しても、喘ぎ声ひとつ上げなかった。

自分では女を犯すことが出来ないので、さまざまな道具を使って、文左衛門は、浜路を犯そうとした。浜路は、貝のように体を閉ざしたままだった。文左衛門がいくら刺激しても、浜路の体は開かず、性具を受け入れようとはしない。

「お前は、穴なしの小町か……」

文左衛門は毒づいた。文左衛門の浜路の体に対する虐めは、さらに激しくなったが、浜路は相変らず黙って耐えるだけだった。

それは、浜路の運命に対するせい一杯の抵抗だった。

文左衛門は、浜路に飽いた。幾ら美しくても、幾ら嗜虐心をそそる顔をしていても、何の反応も示さぬ女体ほどつまらぬものはない。

そんな浜路を責めることに飽きてきていた時、幕張の網元である鰐崎源右衛門がたまたま訪れた。ふたりは同好の士だった。

源右衛門は、浜路を一眼見て、

「ほう……」

と、感嘆の声を上げた。

「この女は穴なし小町ですわ。いくら美しくても何の面白味もない」

文左衛門は、浜路のいる前で平気で言った。

「文左衛門どのの馴らし方が悪いのではないかな」

茶を運んで来た浜路が下った後で、源右衛門は笑いながら言った。

「そんなことはない。私だって、色々な女を扱ってきた。しかし、何をしても声ひとつ上げない、あんな女は初めてですよ」

文左衛門は、自分の腕を見下されて憤然としていた。

「何をしても声ひとつ上げぬと……」

源右衛門は、浜路にいっそう興味を持った。

「自分の方が女の扱いになれているとおっしゃるのなら、あの女を源右衛門どのにさし上げましょう」

「ほんとうですか？」

「ただ、高くついた女ですから……」

「私のところにも飼い馴らしている女が一人おります。その女が文左衛門どののお気に入れば、あの娘とお取り替えしてもいい」

源右衛門の眼が、いっそう淫(みだ)らになった。

3

源右衛門の離れ屋敷の窓からぼんやりと干潟を眺めている浜路を、下男の太吉(たきち)が窓の下から見上げていた。太吉は、文左衛門のお供で浜路と共に幕張へ来たのだ。

浜路が何のために幕張まで連れて来られたのか、太吉は知っていた。何年も屋敷に住み込んでいたから、文左衛門と源右衛門が、つながり合っている理由(わけ)を充分に知りつくしていた。

文左衛門に、縛り上げられて責め苛(さいな)まれる浜路の姿を、太吉は何度も覗き見していた。今までのどの女よりも浜路は美しかった。そして、どの女よりも毅然(きぜん)としていた。初めて浜路を見た時から、その美しさに心を奪われていた太吉だったが、文左衛門にどんなに責められても泣き声も悲鳴も上げない浜路に、ますます魅(ひ)かれていった。

浜路を連れた文左衛門と共に幕張に行くことになった時、太吉はひとつの決意をしていた。

「浜路さま……」

窓の下から太吉はそっと呼びかけた。

「あら……」

浜路がびっくりして言った。そんなところに太吉が潜(ひそ)んでいるとは、少しも気づかなかったのだ。

「そこで何をしているの、太吉?」

「私と一緒に逃げて下さい、浜路さま」

太吉は、体中の力をふりしぼるようにして言った。

「え⁈」

「私の実家は下総の八街(やちまた)というところです。ここからあまり遠くはない。一緒に逃げて下さい!」

太吉は悲鳴のような声を出した。

浜路が座敷を振り返った。誰(だれ)かに聞かれたのではないかと思ったのだ。下男がこんなことを言っていることが主人の耳に入ったら、大変なことになる。

「どうして、そんなことを、太吉……⁈」

「浜路さまが可哀(かわい)そうだ。私は、これ以上浜路さまがひどい目にあうのを見てはいられない。この幕張に来たのだって、浜路さまを源右衛門に弄(もてあそ)ばせるためだ。私は、浜路さまが、これ以上そんな目にあうのはいやなのです!」

「………」

「一緒に逃げて下さい、浜路さま!」

太吉は泣き出していた。

「太吉……」

浜路はそれ以上言葉がなかった。

下男の太吉が自分をそんなにまで思っているとは、思いもよらないことだった。少し気にとめれば分かることだったのだが、三十過ぎの風采の上らぬ下男を男として意識したことなど一度もなかった。屋敷に入ってからは、連日の文左衛門の激しい責めに耐えることでせい一杯で、他のことに眼を向ける余裕などない毎日だったのだ。

「わしはどんな目にあってもいい、一緒に逃げて下さい……」

太吉は、こみ上げて来る涙を抑えられなくなっていた。自分の気持を他人に明かしたことなど、生涯で初めてのことだった。まして、相手は主人の美しい囲われ者なのだ。太吉は、人に聞かれることを気にする余裕も失って、大声を上げて泣きじゃくった。

裏座敷に人の来る足音がした。

「誰か来る、太吉」

「浜路さま!」

太吉が縋りつくように言う。

浜路は障子を閉めた。太吉に冷たくしたのではない。太吉のためを思ったのだ。文左衛門に見つかったら、半殺しの目にあうにちがいない。

文左衛門と源右衛門が、裏座敷に入って来た。

「どうかしたのか？」

ただならぬ雰囲気を感じて、文左衛門が言った。

「いえ……潮干狩りの子供の声が耳に障って……それで、障子を……」

「そうか……何か声がしていたと思ったが……子供の声だったのか」

「はい……」

太吉はどんな想いで窓下に潜んでいるのだろうと、浜路は思った。

「では、始めますかな……」

源右衛門が雨戸を閉めはじめた。

不思議なことに、下男にも女中にも命じることなく、文左衛門までがいそいそと手伝っている。浜路に手伝えとも言わない。

初夏の日差しがさえぎられ、座敷はたちまち暗くなった。

「明るいうちにことを始めるのも、また一興……」

と、言いながら、源右衛門が何本かの蠟燭に火をともした。

ゆらりと炎がゆれる。

真昼の明るさから一気に夜の世界に転じたことが、不安定な興奮を座敷に醸し出した。

二人の男が何を始めようとしているのか、浜路は、半ば予想は出来、半ばは分からず、不安な気持で立ちつくしていた。

「入って来い、夏引」

源右衛門が外に向って言った。

美しい娘が入って来た。

4

遠くで元気のいい子供の声がした。

座敷のなかは夜の世界だった。ゆらりゆらりと燃える炎の許で、淫猥な光景がくりひろげられている。

ふたつ敷かれた褥の、ひとつには文左衛門と夏引がいた。もう一方には源右衛門と浜路がいた。

夏引も浜路も、全裸にされていた。

文左衛門が、夏引に縄をかけている。

夏引という娘は、子供っぽい顔をしていた。浜路と年は同じだと言ったが、とても信じられない。しかし、文左衛門に着物を剝がれると、驚くほど成熟した女体が露になったのだ。

「ほう……」

文左衛門が、思わず感嘆の声を上げた。

縄が、夏引の肉体に喰い込む。縄をかけられると、女体の柔かさがまざまざと露呈した。

固く縛り上げられることで、女の体は、その柔かさを逆に主張する。

文左衛門の縛りは容赦なかった。浜路も経験している。

夏引の顔が歪(ゆが)んだ。顔だけ見ていると、いたいけな少女が苦痛に耐えているように見える。しかし、縄を喰い込ませている女体は、恥ずかしいほど淫らだった。

文左衛門が縄目をひきしぼる。

「ああ……」

夏引が苦しそうに喘いだ。

浜路は、あぐらをかいた源右衛門の体のなかに、すっぽりと抱き込まれていた。華奢な腕を後手に軽く縛られている。

源右衛門は、自分の膝(ひざ)の間に女体を入れて、後は何もしようとしなかった。

浜路と二人で、文左衛門のすることを見ている。

ゆらりと揺れる炎に照らし出された嗜虐の光景は、浜路にとっても息を呑(の)むほど淫らだった。自分が責められることはあっても、他の女が責められるのを見たことはない。

浜路は、源右衛門の膝の上で身を固くしていた。

源右衛門の体は大きい。元は漁師であったのか、赤銅色(しゃくどういろ)の隆々とした体をしていた。その体の間にすっぽりと納っている浜路は、まるで子供が大人の膝に抱かれているように見える。

黒々とした源右衛門の体に、浜路の白い女体が鮮かに映えた。

ある意味では、忙しなく嗜虐の光景をくりひろげている文左衛門と夏引たちよりも、何もしないでただ膝に乗せられている浜路と源右衛門の方が、ずっと淫らな光景だったかも知れない。筋肉の隆とした源右衛門の体と華奢な美しさを持つ浜路の体は、ただそれだけで淫蕩な匂いを振りまいていた。

文左衛門が縄尻を引いた。

縄は太い梁の上に廻され、文左衛門が縄を引くと、夏引の体は逆さになったままで宙に浮いて行く。

「ううん……」

夏引が、喘ぎとも溜息ともつかぬ声を上げた。黒髪が褥の上にまで垂れる。

文左衛門が夏引の体に手をかけて、くるくると廻した。手を離すと、体中に縄をかけられた夏引の体が、逆にくるくると廻る。

「あ……」

夏引が悲鳴を上げた。

浜路も、文左衛門に同じことをされたことがある。逆さに吊るされて廻されると、ひどく怖いのだ。

「あの男は女を可愛がることを知らん……」

源右衛門がボソリと言った。

「女を虐めることしか興味のない男だ……」

源右衛門は、文左衛門を蔑すんでいるようだった。

「お前のような女は文左衛門にはもったいない」

源右衛門の手が、初めて浜路の体に触れて来た。後手に縛られて突き出した胸を、ゆっくりと撫でまわしてくる。

浜路は、ぎゅっと体が縮むような感じを覚えた。男の手が触れて来ると、浜路はいつもそうなる。

夏引の体に縄目が喰い込み、炎に照らし出された女体が淫らな形に歪んでいくのを見せられて、浜路の心は嵩ぶっていた。その嵩ぶりが、源右衛門の手が体に這ったことで一気に冷えた。意識してそうするのではない。体が自然とそうなってしまうのだ。浜路の秘所は貝のように閉ざし、男を受けつけなくなる。

源右衛門は、浜路が体を竦ませたのを素早く感じとっていた。

「私に触られるのがいやなのか？」

「いえ……」

浜路は特別に嫌だと思った訳ではない。男の手が触れて来ることに、体の竦むような嫌悪感をおぼえるほど、浜路の女体は初心ではなくなっていた。それなのに、浜路の体は男が触れてくるとそれを拒否してしまうのだ。

「穴なし小町か……」

源右衛門の手が、浜路のそこを撫で廻していた。

「好きな男がいるのか？」

「え……？」

「その男のことを今でも想い続けているのか？」

浜路は思いも寄らぬことを聞かれてうろたえた。こんな形で男の膝に抱かれながら、信乃のことなど思い出したくなかった。しかし源右衛門の言う通り、浜路はいまだに信乃のことを思い続けていたのだ。

「女の心と体は同じものだ……心が閉ざせば体も閉ざす……」

逆さ吊りにされた夏引が、文左衛門に笞打たれていた。

「あーッ……あーッ‼」

と、大きな悲鳴を上げる。

源右衛門がまた蔑みの眼で見た。

「文左衛門のようなやり方では、女は心も体も閉ざしてしまう。ただ悲鳴を上げるだけのことだ……文左衛門ならそれでいいだろうが、私には何の楽しみもない……」

後手に縛り余っていた縄を、源右衛門は浜路の胸に廻して来た。

浜路の乳房の上と下に縄をかける。白いふくらみが二つの縄にはさまれて、ひときわ弾んで突き出した。

源右衛門の縄には、文左衛門とはちがってどこかやさしさがあった。女体をいたわっているようなところがある。

「私がこうやって縄をかけるのは、女体の美しさを際立たせるため……女体の柔かさを一層感じとりたいためだ」

縄目にはさまれて突き出した白いふくらみの頂点を、源右衛門の指が揉み転がしていた。

源右衛門のもうひとつの指が下に這って来た。固く閉じた浜路の秘所ではなく、その後の小さな穴に、指が触れて来る。

「あ……」

浜路は思わず腰を浮かした。

源右衛門の指から異様な触覚を感じたのだ。指はゆっくりと円を描くように動いた。

源右衛門は、文左衛門の激しい責めにあって夏引が吊るされたまま狂乱していく様子を眺めながら、いつまでも指でそこを撫で続けていた。

「………?!」

浜路は、異様な感覚が体を這いずり上ってくるのを感じてうろたえた。文左衛門と夏引の光景を見るどころではなくなった。

浜路はいつか眼を閉じていた。源右衛門の指が、小さな円を描きながら浜路の体の中に押し入ってきた。指に蜜でもつけているのだろうか、源右衛門の指はつるりと小さな穴に入ってきてしまう。

「あ……」

浜路が小さな悲鳴を上げた。男に弄られ続けた浜路が初めて出した声だった。初めて示した反応であった。

指が、浜路の体の中で動いた。

「やめて……下さい……」

浜路が腰を浮かして、源右衛門の指を離そうとした。源右衛門がその動きを利用して、浜路を自分の前にうつ伏せに屈(かが)ませた。

浜路は、源右衛門の眼の前に尻をつき出すような格好になった。

「いや……」

浜路はさからった。

しかし、源右衛門の逞(たくま)しい腕が、後手に縛った浜路の縄尻をつかみ、身動き出来ないように押え込んだ。

源右衛門の指がまた同じところを狙って来た。浜路はそこを、完全に源右衛門に晒(さら)してしまっているのだ。

「やめて下さい……」

浜路は悲鳴を上げた。

「お前はなかなか芯(しん)の強い女らしい……。だが、どんなに強い女でも弱いところはあるものだ……その弱みを見つけるのが、私の楽しみでのう」

夏引の肢(あし)を大きくひろげて、褥の上で縛りあげている文左衛門の方を見ながら、源右衛門は言った。

「自分の弱みを知れば、女はまた一層色艶がよくなる……」

源右衛門の指がつるりと滑り込んでくる。

「いや……」

あれほど無反応であった浜路が反応した。

「女は、体が開けば心も開く……女の体と心を開かせるのが、私の趣味なのだよ」

源右衛門の指がつるりつるりと滑っていた。不思議と何の痛みもなかった。今までに感じたことのない気味の悪い感触だった。しかし、気味悪さのなかに、自分が行ったことのない場所へ連れていかれそうな、不安な昂ぶりがまじっていた。

源右衛門の指は、それを充分に承知したようにゆっくりと出入りしていた。

浜路が息を荒くしている。指に貫かれたままで、白い尻がくねった。

「いやよォ……」

浜路は、はしたない声を出していた。

源右衛門が眼を細める。

「お前はわしの思った通りのいい女だ……」

指が、浜路の体のなかでゆっくりと廻った。

源右衛門の方が文左衛門よりずっと嫌らしい男であった。文左衛門よりも女の虐め方を知っていた。

浜路は、異様な感覚のなかにまき込まれていく自分をはっきりと感じていた。

「ああ……ああ……」

自分でも分からないままに、激しい声を上げていた。あれほど気丈だった女が、源右衛門の指一本に翻弄され、我を忘れさせられていく。

「ああ……やめて……」

浜路の体の中で、源右衛門の指がいやらしく動いた。このままでは体だけではなく、心も開かせられてしまう。

浜路は心の中で叫んだ。

「太吉！……助けて、太吉！」

5

その夜、浜路は太吉と一緒に逃げた。

幕張から下総へ、それは、信乃たちが辿ったのと同じ道だった。夜を徹して長沼まで歩き、大巌寺の裏で一息入れた時、浜路はそのまま眠り込んでしまっていた。

眼がさめると、太吉もそばにうずくまったまま居眠りしていた。

浜路の体が夜露に濡れないように、着ていたものを掛けてある。太吉は、裸に近い格好で、寺から持って来たボロ茣蓙を体にまきつけていた。

太吉は、浜路のそばにうずくまったまま夜を明かしたらしかった。さすがに耐え切れずに居眠りを始めていたのだ。

「太吉……」

浜路が呼びかけると、太吉はハッとしたように顔を上げた。

「眠いのでしょう、代りましょう」

「いえ……そんなことないです」

太吉は慌てて言った。

「ありがとう」

浜路が、太吉の着物を返した。

「すみません、わしの汚いものなんか……でも、寒いかも知れねェと思って……」

浜路に見つめられて、太吉はオロオロしていた。

大巌寺から山へ入った。

太吉の浜路にたいするいたわりは、並大抵ではなかった。

「そんなに気をつかってもらわなくても、私にだって足があるのだもの、ちゃんと歩けます」

浜路は笑った。今まで男にいたぶり尽されてきたので、太吉の心遣いは身に染みた。

四街道まで来て、青々と伸びた麦畑のなかでひと休みした時、太吉はどこからともなく大きな握り飯を手に入れて来た。

「腹がすいたろうと思って……」

恥ずかしそうにさし出す。

「どうしたのです、これ……？」

「貰(もら)って来たんだけど……黙って……」

太吉はうつむいて言った。

浜路は握り飯を半分にした。

「太吉もお食べ」

と、さし出すと、太吉はとんでもないというように後退(あとずさ)った。

「私だけを泥棒にする気ですか？」

浜路が笑って言うと、太吉はオズオズと握り飯を受け取った。

「すみませんです……」

「何が？」

「すみませんです……すみませんです……すみませんです」

太吉は泣き声になっていた。

「どうしたの？」

「だって、わしのために浜路さまをこんな目にあわせてしまって……」

「私の方が太吉に助けてもらったのよ。すみませんと言わなければならないのは私の方です。太吉が逃げようと言ってくれなかったら、私はどんなになったか自分でも分からない。ありがとう、太吉」

浜路は心から言った。

そして、ふと思い当った。

「太吉、お前の実家へ文左衛門からの追手が行くのではないですか?」

「え……?!」

太吉も初めて思い当ったようだった。そんなことを考える余裕もなかったのだ。

「私が一緒に行っては、お前の家の人に迷惑がかかる……」

「わ、わしとここで別れるって言うんですか?!」

太吉が慌てたように言った。

「いいえ……」

浜路はまっすぐに太吉を見て言った。

「二人で一緒にどこかへ行きましょう。お前さえよければ……」

「え……?!」

「私だってどこへも行くところがないんだもの」

「浜路さま!」

太吉が思わず浜路の方に手を伸した。慌ててその手を引っ込める。

「すみません」

「太吉……」

太吉の体を、浜路の手がやさしく抱いた。命賭(いのちが)けで自分を助けてくれたこの男に、浜路は何も返すものはなかった。太吉が、すべてをなげうって自分を助けてくれた以上、自分も太吉のためにすべてを捨てようと、浜路は思った。

太吉の体が震えている。

「私を強く抱いて」

浜路は、本当に、誰かに強く抱きしめられたかったのだ。自分を思ってくれる男のやさしい腕に、強く抱きしめて欲しかったのだ。自分の体にからみついてきたのは、おぞましく淫らな縄だけだった。

太吉は、オズオズと浜路の体に手をまわしてきた。

「もっと強く抱いて……」

「浜路さま！」

太吉は、力一杯浜路を抱きしめた。

その強さが浜路には嬉しかった。身が縮むような感じが体に走らないのに、浜路は気づいた。信乃以外の男に触れられると必ずそうなったのだ。そのせいで、浜路はあれだけの無残な目にあいながら、不思議にも生娘のままだった。

「すべてを忘れよう」

と、浜路は思った。信乃のことも忘れてしまおう。

「光から闇へ堕ちる流れ星……」

それを救ってくれるのは、ひょっとしたらこの太吉ではないかと思った。太吉しかいないのではないかと思った。

「太吉……私の胸にさわって……」

「え……?!」

太吉が思わず体を離した。

「いいのです。私は、自分の体の反応を試してみたいの……」

浜路は、自分から太吉の手を取って胸元にすべらせた。

太吉の無骨な手が柔かなふくらみに触れてきた。その手はどうしていいか分からず、乳房の上でうろたえている。

「いいのよ、太吉……」

浜路がそう言うと、震えながらふくらみをつかんできた。

「お前は、私がどこまでも堕ちていくのを助け上げてくれた人……私はお前にすべてをあげます」

「浜路さま……」

太吉には、浜路の言ったことが信じられないようだった。

浜路は自分から体を倒した。

太吉が、自然に上に被(かぶ)さるような形になる。

麦畑のなかは、空しか見えなかった。

浜路にも自分のしていることが分かっていた訳ではない。浜路は、やさしい男の手に体を触れて欲しかったのだ。自分の体に触れて来たのは、淫らで嗜虐的な手ばかりだった。

女体を虐めることで悦楽を得ようとする手ばかりだった。自分の体がそんな男に好まれるように作られていることを、浜路は老婆に言われて知っていた。そのすべてを、浜路は忘れてしまいたかった。

「さわって、太吉」

浜路は、太吉の手を下に導いて行った。

太吉が大きな溜息をついた。手が触れて来た。しかし、浜路のそこは貝のように閉ざされてはいなかった。

太吉の指が濡れたものを割って入った。

「太吉……」

浜路は思わず太吉にしがみついた。

自分の体がそんな風になっていることが、浜路には嬉しかった。

あのままだと、源右衛門に体を開かせられていただろう。そして、源右衛門のなすがままに、体も心も虐めつくされていただろう。そんな地獄から救ってくれた太吉が、今の浜路にとっては一番大事な人間だったのだ。

太吉の固いものが、自分の太腿に触れた。

浜路は体を開いた。

「浜路さま、ほんとに……」

「いいのよ」

太吉が息を吸った。そして、もぞもぞと褌をはずしている。

太吉のものが、直接に浜路に触れて来た。

浜路は息を止めて、太吉が入ってくるのを待った。浜路にとって初めての経験だった。

その瞬間に、太吉がいきなりのけぞった。太吉の体が細かく痙攣している。

「どうしたの、太吉？」

眼をあけた浜路が見たのは、自分たちを取囲む無数の馬の脚であった。そして、馬の上でニタニタと笑っている何人かの野盗の顔だった。

麦を踏みにじって、四、五人の野盗が、馬で二人を取囲んでいたのだ。

「太吉⁈」

太吉の体からぬるりと血が垂れて来た。

太吉は槍で首を刺し貫かれていた。

野盗の一人が槍を引くと、太吉は浜路の体の上からごろりと転った。跳ね起きようとする浜路を、野盗が両側から槍の柄で押えつけた。

着物の前をはだけて仰向いたまま、浜路は動けなくなった。

野盗の一人が、太吉を指して大きな笑い声を上げた。

仰向けに転り血塗れのまま痙攣している太吉の体の上で、固くなったものがそのままそそり立っていた。

「ギャハハハ……」

野盗たちが指さして笑った。
そして、中の一人が、いきなりスパッとそれを斬り落した。
次の瞬間に、浜路は馬上に抱え上げられていた。
野盗たちの馬が、青々と伸びた麦を踏みつけて一直線に走った。

第七章　光の一族

1

　大角が、小さな野仏をじっと見つめていた。何の変哲もない路傍の石仏だ。それを、身をかがめていつまでも眺め廻していする。手で触れてみたりしている。

　道節と毛野が、そばに立って見ていた。

　大角は時々、道節たちには理解の出来ないことをする。思いも寄らぬことを言い出す。しかし、それが道節たちに生きる手がかりを与えたのだ。大角がいなければ、道節たちは、今でもただあてもなく諸国を彷徨い歩いていたに違いない。

　驚くほど様々なことを、大角は知っていた。

「小さな頃から学問をすることが好きでした。武芸家であった父によく叱られました。男は知よりも力だ、それが父の考えでした。しかし、私は、力は知に支えられないと鋼のように強くはなれないと言って、父とよく争ったものです」

　自分は、大角の生みの親ではない。父がそんなことを洩らしたのを、大角は聞いたことがあった。父がそんなことを言ったのはその時だけで、大角を我が子同様に育ててくれたのだ。

武芸においては、よく言い争いはした。だが一角は、学問好きな息子に一目置いているようなところもあった。その上で、技は技としてきびしく教え込んだのだ。武にはすぐれていたが、文の方はからきし駄目だった一角は、大角には文武両道の男に育ってほしかったのだと思う。

その父が、いつの間にか妖怪に変化していた。

「おそらく庚申山の山中で妖怪に殺され、体に乗り移られたのであろう」

道節は言った。

父・一角に斬りつけた時のことを、大角はまざまざと憶えている。妖怪だと分かっていても、姿形は育て可愛がってくれた父そのものだった。

その父を刀で刺し貫いた瞬間の哀しみを、大角は今でも忘れていなかった。

「武曲星……」

大角が、野仏を見つめて呟いた。

「何のことだ、それは？」

道節が聞いた。大角の言うことはいつも不思議で、すぐには理解出来ない。

「これを見て下さい」

大角が指した。

苔の生えた野仏の頭に当るところに、「武」という文字が彫ってあるのがかすかに見える。すっかり磨滅してしまっていたが、確かに「武」という文字だった。

「これが武曲星なのか……」

「実は、昨夜の野宿したところに、『文』という文字のある野仏があったのです」

「そう言えば、昨夜遅くまで何かしていたな」

「ひょっとして、『文』は文曲星のことではないかと思っていたのです。この野仏に『武』という刻みがあるところを見ると、間違いないと思います」

「武曲星とか文曲星とかは、一体何なの？」

毛野が聞いた。

「文曲星、武曲星、巨門星、貪狼星、廉貞星、禄存星、破軍星……これは北斗七星の仏名なのです。そして、武曲星のそばの輔星あるいは金輪星……」

「野仏に、ひとつひとつ名がついているというのか？」

道節も聞いた。

「そうです。この野仏は、おそらく道標。野仏の向きと北極星とを照し合せると、ひとつの方角が浮び上ってくるのです」

「昨夜、もぞもぞとやっていたのはそれだったのか？」

「そうです」大角は笑った。「また変なことを言い出したと笑われるだろうと思って、確かなことと思えるまで黙っていたのです」

「大角さんの言うことを笑ったりはしないわ。大角さんは、私たちをここまで連れて来てくれたのだもの」

毛野が言った。

「お前の知識には頭が下がるよ」

道節も言う。

「次にあるのは、おそらく『巨』の文字の彫られた野仏……夜になればその方角は分かります」

星が出ると、大角はしきりに野仏の向きと星の位置を見比べていた。

道節たちには何をしているのかさっぱり分からなかったが、大角はある確信を得たらしかった。

「行きましょう」

星明りの下を、道節たちは歩き出した。同時に、離れた繁(しげ)みのなかから黒い影が動き出した。

2

親兵衛が眼(め)をさました。

美しい女が、親兵衛の傍(そば)に坐(すわ)ってじっと見つめている。

ねっとりと妖艶(ようえん)な眼をした女であった。肌が驚くほど艶(つや)やかに輝いている。

「気がついたのかい？」

「ここは、どこだ？」

「砦だよ」

「砦って、何の砦だ」

「野盗の砦さ」

女は笑った。驚いた顔をする親兵衛に、

「そうだよ。私は女盗賊」

「オレを助けてくれたのか？」

「お前は体中に蛭をぶら下げて、二人の男に追われて走っていた」

「二人の男に追われて？」

「八つの沼の傍でね……私たちが行きあわなければ、お前は蛭に全身の血を吸いとられて死ぬか、あの二人の男に叩き斬られるかしていたんだよ」

「なぜ、オレを助けた？」

「色々聞きたいことがあってね」

「何を聞きたい？」

「あの二人の男は何者なのか？　あの沼の奥には何があるのか？」

「そんなことオレだって知るか！」

親兵衛はハッとした。

「ハチは⁈　ハチはどうした⁈」

「ハチ⁈」

「オレの犬だ」

「そんなもの知らないよ」

「居なかったか、オレと一緒に！」

「居なかったよ、犬なんか」

ハチは蛭に吸いつかれて、あのまま沼に沈んでしまったらしかった。親兵衛は、体中にぶら下っているものが蛭と気づいた瞬間から後のことは、何も憶えていない。無我夢中でもがいていたのだ。

「私たちでさえ、あの場所へは行ったことがなかった。たまたま発見したのだよ。あの沼の奥には何がある？　あの男たちは何者なのだ！」

女の眼にきびしいものが浮んでいた。

「昴星（すばる）の里だ」

「昴星（すばる）の里？　それは何だい？」

「知らん……」

親兵衛の頭にさまざまなことが甦（よみがえ）ってきた。

「あの女、ただじゃおかない‼」

親兵衛がはね起きた。

「あの女って誰だ？」

「里見の静姫だ」

「静姫?!」

女の眼が強く光った。

「静姫はオレのものになると言っておきながら、オレを裏切ったんだ」

「静姫がお前のものになる?!」

「そうだ」

「ホホホホ……」

「何がおかしい！」

「そうか、お前が親兵衛……一度は問注所に捕えたと申し出ておきながら、静姫と一緒に逃げ出したという男……」

「オレのことを知っているのか？」

「報せは入っている」

「報せ?!……」

親兵衛は改めて女を見た。異様な美しさを持った女だった。肌が輝くばかりに白い。見つめると引き込まれていくような妖しい眼をしている。

親兵衛は、女から眼をそらせた。

「お前を追っていた男たちは何者なのだい。いずれもかなりの武術の心得があった。私たちの仲間が五人、あの男たちに斬られたのだ」

「オレは知らん」

「静姫は、どこへ行った？」

「沼を渡っていった」

「誰と」

「変な玉を持った男たちだ」

「変な玉？」

「水晶のような小さな玉だ。オレにも持っていないかと言った。生まれた時から身につけていたはずだと言った。そんなものは知らん。そう言ったら、オレを斬ろうとした。あの女が命令したんだ。行くとこまで行ったら、オレが邪魔になったから斬れと言ったんだ。オレは、許さんぞ、あの女を‼」

女がじっと親兵衛を見つめた。眼がねっとりとした光を帯びてくる。全身に粘りついてくるような視線だった。

「お前は一体何者なのだ⁈」

親兵衛は言った。

「私かい⁈」女が笑った。「私の名は船虫。ただの女盗賊だよ」

3

　親兵衛が横になっていたのは、丸太作りの簡単な小屋だった。

　褥(しとね)の台も丸太で作られている。

「ほら、お前の体はもうこんなに張りつめている。こんなにすべすべしている。若い体はいいものだねェ」

　船虫の白い指が、親兵衛の胸元を撫(な)でた。

「ほら、ここにも、ここにも、ここにも、びっしりと黒い山蛭がぶら下っていたのだよ。血を吸ってぼってりと肥えて……」

　白い指が親兵衛の全身を突ついた。そして、親兵衛の着物の裾(すそ)を割ると、いきなり男のものをつかんできた。

「何をする?!」

　しかし、船虫はかまわず、

「私が、その蛭をひとつひとつ摘(つま)み落してやったんだよ。そして、蛭の毒をこうやって吸いとってやったのさ」

　船虫の唇が、親兵衛の体中を吸った。

「若い男の匂(にお)いはいいねえ」

　船虫は笑ったが、その指はまだ親兵衛のものを握ったままだ。

「離してくれ」

　親兵衛が呻(うめ)くように言った。

船虫の指の間で、親兵衛のものが大きくなっていた。

船虫が指を動かす。

「やめろ！」

親兵衛がはねのけようとすると、

「いいじゃないの。すっかり元気になった証拠さ。蛭に全身の血を吸いとられた時には、お前の体は干涸(ひから)びて百歳の年寄りのようになっていたんだよ。私が、元に戻してやったのさ」

「お前の血をくれたのか？」

「私なんかより、もっと清らかな血をね」

親兵衛には何のことか分からなかったが、船虫の指は、すっかり逞(たくま)しくなった親兵衛のものを固くつかんで離さなかった。

「私は、命の恩人なんだよ」

そう言って、また指で擦(こす)ろうとする。

「よせ……」

「お前がすっかり元気になったかどうか、試して見るのさ」

「……やめろ！」

「今さら恥ずかしがることはないよ。私はお前の全身に口をつけて吸ったのだから……」

「…………」

「ここも、ここも、ここも……」

「……」

「元気のいいところを、私に見せておくれ」

船虫は指を動かしつづけた。

「あの女が憎いだろう、親兵衛」

「あの女？」

「里見の静姫」

「憎い」

「うんと憎むがいい、親兵衛。お前を裏切った女を腹の底から憎むがいい。私は憎しみをもった人間が好きなのだよ。憎しみは私たちに力を与えてくれる。憎む力が強ければ強いほど、私たちは強く逞しくなっていく」

船虫の手に力がこもった。

「あッ……」

親兵衛が噴出した。

船虫は親兵衛のものに口をあてると、迸るものを音をたてて啜った。

4

馬が四、五騎、砦に向って上っていく。野盗の砦は、見晴しのいい丘の上にあった。

安房の千田城の跡を中心にして、こんな砦が房総の各所にあったのだ。野盗たちはそれを根城にして、傍若無人に振舞っていた。

馬上の野盗は、半裸の女体を抱えている。馬から降りると、高々と抱えて砦のなかに入って行った。

砦といっても、丸太を組んだただの大きな小屋である。中は大きな広間になっている。そこに大勢の野盗がいた。女たちも大勢いた。酒や食物がいたるところに転っている。酔いしれて高鼾をかいているのもいる。女に歌わせているのもいる。無理矢理酒を飲ませているのもいる。女と交っているのもいた。女の体に食い物を押し込んでいるのがいると思えば、女の体に小便を迸らせているのもいる。

半裸の女を抱きかかえた野盗たちが入って来た。

「どうだ、この女」

一同によく見える位置に立たせる。

浜路だった。

「いい女だろうが……」

戦利品を得意気に披露してみせる。

「この女は、麦畑のなかで男とやろうとしているところを捕えた。男のものは、死んでも天を向いておっ立ってたぞ」

広間がどっと沸いた。

「なかなかのものだぞ、この女。見ろ！」

浜路の着ているものを剝いだ。

野盗たちが歓声を上げる。

「オレに抱かせろ！」

と、叫ぶものがいる。

「これでも抱いてろ！」

野盗の一人が、浜路の着ていたものを投げつけると、素裸の浜路を抱きかかえ広間に坐り込む。

「久しぶりに、いい女にぶち当った」

攫って来た四人が、浜路を取囲む。

「誰が一番だ？」

なかの一人が、浜路の乳房をわしづかみにしながら叫んだ。

「慌てるな、今決めてやる」

もう一人は、浜路の太腿を撫でさすっている。

一人が、浜路を仰向かせて唇を吸った。

「甘い……」

その男が突き飛ばされる。

「お前が一番だと誰が言った！」

「何だと⁈」

たちまち刀に手をかけて睨み合う。

野盗には敵も味方もない。利害が一致すれば味方であり、利害が反するとたちまち敵なのだ。

「待て」

一人が、浜路の頭を床に押しつける。

「抜いた髪の毛の長いものが一番だ」

もう一人が、浜路の体をひっくり返す。

「髪の毛じゃ面白くねェよ」

両脚をつかんで、大きくひろげる。

その時、向うで大きな声がした。

「何だ、こりゃ？」

浜路の着物を投げつけられた野盗が、お守袋を手にしていた。

「犬塚信乃……おい、その女、信乃って言うのかい？」

「あッ……」

浜路が跳ね起きた。

「返して下さい！」

浜路の体が、両側から床に押しつけられる。

「返して下さい！」

浜路が必死で叫んだ。

お守袋は、着ているものに縫い込んであったのだ。男たちは、浜路の着ているものには興味を示さず、いままで誰にも見つからずにすんでいた。老婆だけがそれを見つけたが、大事なものだから返してくれと言うと、すんなりと返してくれた。

「こんな玉が入ってるぜ、おい！」

野盗がお守袋を開けたらしかった。

「返して下さい！」

浜路が、押えつけられたまま悲鳴を上げた。

浜路を攫って来た野盗たちは、浜路の体から引き抜いたものを比べていた。

「オレが一番だ」

どうやら順番が決ったらしかった。

一人が浜路を小脇にかかえて、奥に連れていこうとした。

「待て」

その時、声がした。

妖之介が立っていた。お守袋の玉を手にしている。

「その女、一寸預かる……」

野盗に言った。

「お前なんか関係ねェよ」

野盗がせせら笑った。

「その女に用があると言っているんだ」

「女みたいのが偉そうな口をききやがって……用があるのなら奪ってみろ」

浜路を抱えた野盗が刀を抜いた。

他の三人も刀を抜いた。

近くにいた野盗たちが、いっせいに後退る。女と酒を抱えて、これから始まるものを見物しようというのだ。殺し合いほど、面白い見世物はない。

妖之介は刀を差していなかった。

そのまま野盗たちに近づいていく。

「用がすめば返してやる。その女をこちらに寄こせ」

「こっちこそ用がすめば貸してやるぜ」

妖之介は、そのまま近づいていく。

野盗が二人、刀を振り上げた。

次の瞬間、その二人に物凄い勢で槍が突き刺った。二人は宙に浮いて、二、三間（三・六～五・四メートル）ふっ飛んだ。そして、物凄い音をたてて壁に叩きつけられた。槍の先が、二人の体を貫いて壁板に突き刺っている。

二人は、壁に磔にされていた。

広間の隅に、奈四郎と逸東太が立っていた。槍は二人が同時に投げたものらしい。

走り出した野盗の体を、槍が二本、横腹から横腹へ刺し貫いた。野盗はたちまちにしてふっ飛び、前の二人よりも一層激しい音をたてて壁に張りついた。

最後に残ったのが、慌てて浜路を盾にする。

「こ、この女が死ぬぞ‼」

浜路を押し出して、背後に隠れた。

妖之介がかがんだ。その手が、瓜（うり）のそばにあった庖丁（ほうちょう）をつかむ。と、思った瞬間、庖丁は空を飛んでいた。

庖丁は浜路の頬（ほお）をかすめ、野盗の顔のど真中に突き刺った。

浜路の白い肉体に、血が飛び散る。気を失って倒れようとする浜路の体を、妖之介が悠然と抱きかかえた。

5

「入るぞ、船虫」

妖之介が、浜路を連れて船虫のところに入ってきた。

親兵衛のそばに坐り込んでいる船虫を見て、苦々し気に言った。

「いつまでその男にへばりついているつもりだ」

「いいじゃないの。私は生きのいい若い男が好きなのさ」

船虫は、親兵衛から眼を離さなかった。

「この女が変な玉を持っていた」

「変な玉？」

「静姫と一緒に沼を渡っていった男たちも、変な玉を持っていたと言っていたな」

「そうだよ」

「こんな玉ではないか？」

妖之介が見せた。

「そうだ、この玉だ」

親兵衛がひと目見て言った。

「その女がこれを持っていたのかい？」

船虫が初めて浜路を振り返る。

「そうだ。このお守袋に入れてな」

妖之介が投げた。

「ひどく大事なものらしい。何をされても声ひとつ上げなかったこの女が、お守袋を取り上げられたことが分かると、必死で叫んだのだ」

「信乃というのはお前の名かい？」

「………」

浜路は何も答えなかった。

「信乃……？」

その時、親兵衛が思い出すように声を上げた。

「そう呼ばれていた男が、あのなかにいた……」

「えッ?!」

浜路が顔を上げる。

「オレを斬ろうとした男だ」

「信乃さまがどこかにいたのですか?!」

浜路が必死になっている。

「まちがいないな、親兵衛」

「まちがいない」

「そうか、お前のいい男から貰ったものなのかい、このお守袋は！」

船虫が立ち上った。

「面白くなって来たよ、親兵衛。すぐに、憎い静姫に会わせてやる。存分に仇討ちをさせてやる。それまでここで体を鍛えておきな」

船虫は、浜路を連れて出ていった。

妖之介が、親兵衛を見つめている。

ねっとりと粘りつくような眼の色は船虫のそれと似通っていたが、船虫の眼にはない気味悪さがあった。男が女を見るような眼でもあり、女が男を見るような眼でもあり、蛇が獲物を狙うような眼でもあった。

「何をしているんだい、妖之介！」

船虫が表から叫んだ。

妖之介は、親兵衛を見つめながら出ていった。生臭い匂いが、その後に漂った。

6

館山城の石室のなかで、浜路の白い肉体がくねった。船虫の指が、浜路の足の指をゆっくりと撫でている。

素藤と妖之介と幻人がじっと見ていた。

浜路が連れて来られた時、一番喜んだのは幻人であった。

「この女だ。私が毒娘に仕立てようと狙っていたのは、この女だ。この女を私に下され！」

「用がすめば渡してやる。それまで待て」

幻人があまりに必死になるので、素藤も苦笑した。

浜路は、館山城に連れて行かれても、何も喋ろうとはしなかった。浜路には、この気味の悪い男や女たちが何者なのか分からなかったが、信乃と敵対する人間であることだけは分かっていた。

浜路は、信乃のためにも何も言うまいと決めていた。数々の無残な目にあって、浜路の心は強くなっていた。

「おとなしく美しい顔をしているのに、なかなか芯の強い女だ。しかし、芯の強い女を蕩けさせるのは、この船虫の得意の技でのう……」

素藤が、浜路の顔を覗き込んでかすれ声で笑った。その意味を、浜路はすぐに体で思い知らされることになる。

石の台の上に寝かされて、船虫に足の指に触れられた時、その異様な感覚に、浜路は声を上げそうになったのだ。沢山の小さな虫が、船虫の触れたところから体に這い込んで来るような気がした。足先から体を這い上って行くような気がした。

おぞましく、気味の悪い感触だった。

やがて、その小さな虫が、体に満ちあふれてくるような気がした。体の隅々に虫が這い込んでくる。

虫がいっせいに蠢いた。船虫の指の動きにつれて、体中の虫が湧き立つように動き、体中を走り廻った。

浜路は、自分でも気づかぬうちに、体をくねらせていた。体がどうしようもなくむず痒い。自分のものでなくなったような気がする。男に何をされても、こんな感じになったことはなかったのに。

源右衛門に、思わぬところを責められた時の感触とも違っていた。あの時は、自分の体が反応しているのがはっきりと分かっていた。今まで感じたことのない異様さを感じていたのは、自分の体だった。しかし、今は、自分の体が自分のものかどうかさえ分からなかった。体が感じているものが、おぞましさなのか、快感なのか、分からなかった。勝手に体に入り込んで来た虫が、勝手に体中を走り廻っている。

「ああ……」

浜路は大きな声を上げた。

体がうねり、跳ねた。

「なかなかいい女だ」

素藤が言った。

「本当に、私に下さるんでしょうな」

幻人が、喉を鳴らしながら言った。

妖之介の眼だけは、浜路の白い肉体がどんなに淫らな動きを見せても、何の反応も見せなかった。

「もうひとつ報告が入っている」

冷たい石の台の上で柔かな体がくねるのを見ながら、素藤が言った。

「月崎の山中で、怪し気な動きを見せている三人の男女がいる。どこへ行くのか、そのまま後をつけさせているが……一人は体の逞しい男、一人は頭の切れそうな男、一人はなかなかの美少女……面白い取合せだとは思わんか」

「毛野ではありませんか、その美少女というのは⁈」

妖之介が息をはずませて言った。

「あの女のことになると必死になるのだね、妖之介は」

浜路の体を踊らせながら、船虫が言った。

「そのくせ、妖之介は、あの親兵衛という男にも色目を使っていた」

船虫が笑った。

「男でも女でもいいのだからねえ、お前の体は……」

「お前だって男でも女でも相手にする！」

「よさんか、船虫、妖之介……それが毛野という娘だとすると……三人はその昴星（すばる）の里へと向っているのだろう」

素藤は何か考えていた。

「幻人。毒娘に玉を持たせて、昴星（すばる）の里へ行かせてみないか？」

「え……？」

「毒娘の無邪気な笑顔を疑うものはいない」

「しかし……」

「お前にはこの女をやる。そろそろ毒娘を取替えてもいい時だろう」

「この女を下さるのならそれで結構です。あの毒娘はもう盛りをすぎましたので……」

「あ、あ、あ……」

浜路が長い悲鳴を上げた。

「私はこの女を、毒に満ちた、この世で一番美しい女に仕立て上げて見せます」

幻人は、嬉しさで息をはずませていた。

「妖之介。お前が会いたがっている毛野という娘にも、すぐに会わせてやる。気のすむまでなぶり尽させてやる」

素藤は、船虫の方を振り返った。

「船虫、その女から知っていることをすべて聞き出せ」

「分かりました」

船虫の手に、細い銀の針が握られていた。

船虫は、浜路をもう一度ひときわ高く叫ばせ、ひときわ大きくのけぞらせてから、その針を、浜路の耳の下に一気に刺し貫いていった。

浜路が、恍惚とした表情のまま動かなくなる。半びらきになった唇から涎が垂れている。

船虫が、舌で涎を拭いとってやった。浜路が一層恍惚とした表情になった。

「お前の名は？」

「浜路……」

「どこから来た？」

「武蔵国、大塚の里……」

「信乃というのは、お前のいい男か？」

「はい」

浜路は、問われるままに何でも答えた。石台の上に素裸で寝かされたまま、自分の心の秘められた部分まですらすらと喋（しゃべ）る浜路の姿は、とても残酷な光景だった。

7

突然、女の悲鳴が聞えた。

道節と毛野と大角は、暗い森の中を声のする方へ走った。

樹々（きぎ）の間に、女の着物が月明りに照らし出されて浮び上った。女を、四、五人の野盗らしいのが取囲んでいた。

「何でもさし上げます。命だけは助けて下さい」

女が涙声で訴えている。野盗たちの一人が女をかつぎ上げた。夜の森の中を走り去ろうとする。

「待て！」

道節たちが飛び出した。野盗たちが振り返る。

「乱暴はよせ」

野盗が刀を抜いた。道節たちも刀を抜くと、女を放（ほう）り出して夜の森の中に逃げ去っていった。だらしのない野盗たちだった。

放り出された女を、大角が起してやる。

「怪我（けが）はないか？」

「ありがとうございます……」

若い娘だった。驚くほど愛らしい顔をしている。大きな黒い瞳が丸顔によく似合った。

邪気のない、若さがあふれる顔であった。

「こんな夜に一体どうしたというのだ？」

道節が聞いた。

「先を急いでおりましたので……」

「一人旅か？」

「はい」

「どこへ行く？」

「………」

「この道は、昼間でもめったに人の通らぬ道だぞ。一人でどこへ向っていたのだ」

「………」

「答えたくないのなら、答えなくてもいい」

少したためらってから娘が答えた。

「野仏をたどって……」

「何?!」

「文曲星……武曲星……巨門星……貪狼星……廉貞星……禄存星……破軍星……」

「お前、どうしてそれを？」

「死んだ父に聞きました。父がそこへ行けと」

「父の名は？」

「弥々山蟇六……」

「お前の名は?!」

「犬塚信乃」

娘は毒娘だった。

大角たちが野仏に彫り込まれた北斗七星を辿って歩いていることは、後をつけていた男からの報告で分かっていた。蟇六の名は浜路が喋ったのだ。

「あなたさま方は、どちらへ？」

道節たちは顔を見合せてから言った。

「どうやら私たちも、お前と同じ方角へ行くらしい」

「え?!」

「お前もこのような玉を持っているのではないか？」

大角が小さな玉を出して見せた。

毒娘はわざと驚いた顔をした。そして、慌てたように懐からお守袋を出す。

「この玉は一体何なのですか？」

「その玉を、お前は、生まれた時から肌身離さず持っていたであろう」

「はい」

玉を見ていると、ほんのりと「孝」の字が浮び上った。

「『孝』だわ」

毛野が言った。

毛野と道節も玉を出して見せた。

毒娘が改めて驚いた顔をする。

「あなたさま方は……⁉」

「私の名は犬山(いぬやま)道節」

「私の名は犬坂(いぬさか)毛野」

「私の名は犬村(いぬむら)大角」

「私たちは同じ仲間なのですね」

毒娘が嬉しそうに言った。

「待ってくれ」大角が思いついたように言った。「玉は、ひょっとして他人の手に渡ることも考えられる。我々は、その他にも、我々が仲間であることを示すものを、肌身はなさず持っているのだ」

「それは、何ですか？」

毒娘が、脅(おび)えたような眼で大角を見る。

「背中の痣(あざ)だ」

「え⁉」

「我々は、三人共、背中の違った場所にくっきりとした痣があるのだ。お前が我々の仲間なら必ずあるはず。背中を見せてはもらえまいか」

「………」

毒娘は黙ってしまった。痣のことなど、船虫たちには聞いていなかった。浜路自身も知らないことだったのだ。

「どうした？」

道節が疑るような眼になった。

「背中の痣など、あるかどうか、私だって確かめたことはありません……」

「だから、見せてくれと言っているのだ」

毒娘は覚悟した。

自分の背中には痣なんかない。しかし、背を見せないままでは疑いは深くなるだけだ。素直に背を見せて、何とかごまかせばいい。ごまかし切れなければ、その時は逃げるだけだ。

「私自身も知らないこと、あなたさま方の眼でお確かめ下さい」

しおらしい声で言って、毒娘は恥ずかしそうに背を見せた。

まっ白く輝くような肌であった。滑(ぬめ)るような艶を持っている。月光をも照り返すその肌を見て、

「きれい……」

毛野が思わず言った。

そして――

毒娘にとっては幸運というべきか悲運というべきか、毒娘の体は、その輝きの頂点を越えて、少しずつ内から腐り始めていたのだ。

「そう長くは生きられない」

幻人の言った通りだった。

まっ白い肌に、ところどころうっすらとした染みが出来はじめていた。その染みは、月明りの下ではまだ目立たなかったが、一点だけ、くっきりと白い肌に浮き出ている小さな染みがあった。

右下の腰のあたりに。それは、道節たちの持つ痣と同じものに見えたのだ。

「お前は、まちがいなく私たちの仲間だ」

背中で大角が言った時、逃げ路を決めていた毒娘は、一瞬信じられなかった。

「痣があるのですね」

思わず自分から聞いていた。

「あるわ。私たちと同じような痣が……」

「これで、信じていただけるのですね。私が、あなたさま方の仲間であるということを……」

毒娘は花のように笑った。

8

砦から離れた樹立ち(こだち)のなかを、船虫が一人歩いていた。

その後姿に妙に張りがない。急に年をとったような感じがする。腰が落ち、顔を突き出すようにして歩いている姿は、日頃の精気に満ちた船虫ではなかった。

二人の野盗が、船虫をつけていた。

船虫は気づかない。

「あの女、洞穴(どうけつ)でいつも何をしているんだ……」

「洞穴には近づくなと言われている……」

「そう言われると近づきたくなるのが人の情というもの……」

野盗が野卑な顔で笑った。

「あの女を洞穴でやっちまおう」

「何？」

「一度でいいから、あの女とやりたかったんだ」

「おれもだ」

樹立ちを抜けたところに、岩肌がむき出しになっていた。洞穴が口をひらいている。

船虫はそのなかに消えた。

離れたところで身を潜め(ひそめ)ていた二人の野盗が、用心深く近づいた。

洞穴の入口は狭い。一歩入ると、なかは広く深い。少し入ると、穴が折れまがり奥が見通せないようになっている。暗く、じめじめとした冷たさが体に張りつく。奥から血腥い匂いが漂ってきた。

「戻ろう」

野盗の一人が言った。

「どうして？」

「この洞穴、何だか気味が悪い……」

「おじけづいちゃ、楽しみはねえよ」

二人は岩肌を張りつくようにして進んだ。

洞穴の奥で光がゆれている。

大きく広がった洞穴の行きどまりで、黄櫨漆の実から作った蠟燭が燃えていた。

野盗たちがへっぴり腰で覗いた。

岩に大きく抉れた跡があり、天然の岩風呂のようになっている。ドロリとした赤い湯が満ちていた。湯のそばで一人の女が裸になっている。

船虫ではなかった。全身が皺だらけの、年さえも定かではないような老婆だった。

「あの女は、どこへ行ったんだ⁈」

「確かにこの奥へ入って来た」

老婆は、皺だらけの体を赤い湯のなかに沈めていく。肩を沈め、顔を沈め、頭も沈め、赤い湯のなかで見えなくなってしまった。

そのまま出て来ない。

「おい……」

野盗たちが顔を見合わせた。

暗闇(くらやみ)に眼が慣れてくると、奥の方が見えて来た。

洞穴の突き当りに、白いものがぶら下っている。五つほどの白く大きなものが、天井から吊るされている。

女体だった。白い女体が五つ、天井から逆さ吊(づ)りにされていたのだ。

野盗たちが息を呑(の)んだ。

吊られているのはすべて若い女で、黒髪が長く垂れ、手がだらりと下っている。

女体から血がしたたっていた。

したたりが、岩の刻みを伝って、岩風呂のなかに流れ込んできている。

岩風呂に満ちていたドロリと赤いものは、若い女の血だったのだ。老婆は血の風呂に入っていた。

「もどろう」

野盗の一人が、および腰になっている。

「あのばばあ、どこへ消えたんだ?」

もう一人は、あくまで見届けるつもりだ。

その時、赤い湯のなかから何かが出てきた。血の中からゆっくりと出て来る。女の黒髪であった。艶々と輝く黒い髪が、血の風呂から出てきたのだ。顔が出て来た。船虫が、血をしたたらせながら岩風呂から出て来たのだ。

白く輝くばかりの女体だった。肌が艶やかに張り、蠟燭の炎にみずみずしく輝いて見える。


「あのばばあ……」

「船虫だ」

野盗の二人は、ぽかんと口をあけていた。

船虫が、樹立ちのなかを戻って来た。洞穴へ入る前の精気のない船虫ではない。全身から妖しい色香が立ち昇っている。

背筋をまっすぐに伸して歩くその姿に、腰に差した細い剣が女ながらよく似合った。

樹立ちのなかに、野盗が二人立っていた。洞穴を覗いた野盗である。

「船虫……」

一人がニヤニヤして呼びとめた。

「お前、ほんとは……」

野盗の言葉が最後まで終らぬうちに、船虫の体が揺らめいた。樹立ちのなかを、細い剣が走る。

「ぐえッ……」

野盗が、息のつまったような声を上げる。首がふたつ、草の上に落ちた。

親兵衛が走って来た。

「どうしたんだ、船虫？」

「首に聞いてみな」

船虫は、振りむきもしなかった。

9

絶壁の上で、大角は息を呑んだ。

断崖の下の山並みのなかに、沼が七つ、月の光に照らし出されている。

「北の七つ星……」

毛野が思わず言った。

黒々とした森のなかに白く光る沼は、まさに地の北斗七星であった。

そばに、小さく光る沼がある。八つ目の沼だ。

「輔星まである……」

大角が呟いた。

「お前の言う昴星の里へ着いたのだな」

道節が、大角の肩をつかんだ。

「着いたのよ」

毛野が毒娘を振り返る。

毒娘が無邪気に笑った。

「この断崖絶壁をどうやって降りるのだ」

道節が下を覗きながら言った。

「樹に蔦蔓(つたかずら)が巻きついています。その一本が、下まで届くほど長いはず……」

毒娘が言った。

「どうして、そんなことを知っているの？」

「父に聞きました」

本当は、親兵衛の話したことを船虫から聞いたのだ。

毒娘の言う通りに長い蔦蔓があった。それを伝って、道節たちは断崖を降りた。

腕に力のない毒娘は、途中で手を離しそうになった。大角が肩を貸してやる。

「遠慮なく肩に足を置きなさい！」

大角は、毒娘の足許(あしもと)から叫んだ。

断崖を降り深い森の中を歩いていくと、突然声がした。

「どこへ行く？」

驚いた道節たちが森の中を見廻したが、人の姿は見えない。

「昴星(すばる)の里へ行く」

道節が森の中へ怒鳴った。

「なぜ？」

声が返って来た。

「分からぬ……我々は、そこに行くよう運命づけられた人間なのだ」

道節が言うと、声はそれっきりしなくなった。

「どうやら、我々は大勢の人間に見張られているようだ」

両脇(りょうわき)の繁みの中を、同じような速度で何人もの人間が動く気配を、道節は感じていた。

白く光る沼へ出た。

そこに、一人の男が待ちうけていた。信乃たちを案内した六平太だった。

「昴星(すばる)の里へ行く運命とは何なのだ？」

六平太は聞いた。

「お前は？」

道節が聞く。

「私は沼の向うの人間」

「繁みにかくれている人間たちもか？」

六平太がうなずいた。

「私たちは、里見の静姫の下に集るように運命づけられているのです」

大角が言った。

「なぜ？」

「それは分かりません」

「証拠は？」

「これしかない」

道節が小さな玉を出した。

「名を聞こう」

道節たちが名乗った。

毒娘が、犬塚信乃と名乗った時、六平太の眼がチラリと動いた。

しかし、何も言わなかった。

10

四人を乗せた舟が、沼をすべるように走る。

満月だった。

沼を渡ると、さらにもうひとつの沼があった。その沼を渡ると、さらにもうひとつの沼がある。北斗七星の柄（え）に当る部分だった。

杓（しゃく）に当る四つの沼に囲まれるようにして、昴星（すばる）の里はあった。

沼と沼とをつないでいるのは深い森だ。

「沼を渡らなくても、あの森を抜けて来られるではないか？」

道節は聞いた。

「森は底知れぬ湿地帯になっています。歩いてはもちろん、舟でも渡れないのです」

昴星(すばる)の里へ来るのは、沼を渡って来るより他はないのだ。

十数軒の手作りの小屋が、お互いに手をつなぎ合うように丸く円を描いて建っている。

その真中を、清らかな水が流れていた。昴星(すばる)の里は、ごく平凡なたたずまいだった。

里の中心となっていたのは五十子(いさらご)だった。城から追い出された里見義実の側室である。

「いつの間にか、私が一番の年長になってしまいました。一番の年寄が里の中心になる、それがこの里の決まりなのです。だからこの里の年寄は、いつまでも聡(さと)く思慮深くなくてはなりません。そのせいか、ここでは年寄は長生きするようですよ」

五十子は穏やかな笑顔を見せた。

道節が、光の姫として見た幻想的な伏姫のことを話すと、

「伏姫は私の子供です。あの子は自分の身を犠牲にして、私たちが呪(のろ)われた運命に打ち克(か)てるよう、あなた方八人を、この世に残していってくれたのです」

「じゃ、私たちは伏姫さまの子供なのですね。だとすると、あなたは私たちのおばあさん……」

毛野が言うと、五十子はやさしく笑って、

「いいえ、あなた方は、伏姫の子供というよりも、むしろ光の一族の子供……」

「光の一族？」

「ええ……我々光の一族全員の子供……だから、伏姫は、我が身を犠牲にしなければ、あなた方をこの世に残すことは出来なかったのです」

「光の一族とは何なのです？」

「その昔、この房総一帯には、光を信仰する一族が住んでいました。昼は太陽を、夜は星を信仰し、今の私たちよりも、はるかに優れた知と力を持っていたのです。今の我々よりも、もっと遠くを見ることが出来、もっと強く嗅ぐことが出来、もっとささいな音でも聞くことが出来、もっと早く走れることが出来、もっと高く跳ぶことが出来、物事の真理を覚る、もっと鋭い感覚を持っていたのです。そして、今の私たちと違っていたのは、もっと自由であったことです。お互いがお互いを縛ることもなく、掟などというものも作らず、相争うこともなく平和に暮していたのです」

　五十子の話し方は淡々としていた。

　それは、一族の長というよりも、昔からの伝聞を語り伝える、口寄せの老婆のようだった。

「私たちは、八字文殊菩薩を信仰していました。八字文殊菩薩は、左手に青蓮華を持ち、右手に剣を持つ女身の像なのです。青蓮華は慈悲を示し、剣はすべてのものを切断する智慧を示しています。慈悲とは、自ら苦しむものが他の苦しみを知る心であり、智慧とは、この世の真理を知ろうとする心なのです。鋸山の山頂にあった八字文殊菩薩は、忿怒の相の四天王に守られていました。四天王とは、この世の悪から人を守るため、一見怖ろしい怒りの形相をした像なのです。四天王の眼は、暗闇でも鋭く光るといわれていました。この世の慈悲と智慧をどんな闇夜でも守り続けなくてはならないからです。その暗闇でも輝く眼を、私たち一族のある男が、不思議に思ったのか欲に眼がくらんだのか、秘かに鋸山に登り、八つの眼をことごとく抉り取ってしまったのです。その男は、たちまち稲妻に打たれて死んだそうです。しかし、四天王の眼の光はなくなり、八字文殊菩薩は、その時、岩の割れ目深く沈んだまま、再び地上に浮び上ることはなかったのです」

「我々の持っている玉は、その四天王の眼……」

「そう……この世の悪と闘い、八字文殊菩薩をこの世に甦らすための大事な光の玉なのです」

「私たちの玉のなかに浮ぶ文字は、一体何なのですか?」

「それは、八字文殊の八つの真言に対応する言葉なのです。（唵）、（阿）、（味）、（羅）、（吽）、（佉）、（佐）、（洛）」

「真言って何なのですか?」

「この世の真理を語る言葉。自分を知り、他人を知り、我々が生きる世界を知る言葉……『仁』とは相手の心を知り、『義』とは人として行うべき道を知り、『礼』とは人に謝する心を知り、『智』とはこの世の真理を知り、『忠』とは自分の仕えるものの心を知り、『悌』とは共に生きるものの心を知り、『孝』とは自分を生まれ育ててくれたものの心を知り、

『信』とは自分自身の心を知ることなのです」

「我々は、自分が何者なのか、なぜこの世に生まれたのかを知ろうとして、この昴星(すばる)の里まで辿りついたのですね」

道節が感慨深げに言った。

「人は誰でも旅をするのです。自分が何者なのか、何のためにこの世に生まれたのかを知ろうとして……」

五十子の声はやさしかった。

「光の一族には、定まった里というものはありませんでした。旅がすべてでした。自分を知り、他人(ひと)を知り、この世を知るために、一族はいつも旅をしていました」

「それで自由だったのですね」

毛野が言った。

「いいえ……定まった里を持たないから自由だったのではありません。自分を知ろうとしたから自由だったのです。人は自分を知るほど自由になるのです。自分を知り、自分の心を縛りつけているものから解き放たれること、それが自由になるということなのです。自分が真に自由でありたいと願う人間は、他人の自由をも奪おうとはしない。自分の生命(いのち)に限りあることを知った人間が、他の生命をも慈(いつく)しむように……」

「定まった里を持たなかった光の一族に、なぜ隠れ里などがあるのです」

大角が尋ねた。

「四天王の眼から光が抉り(えぐ)とられた時から、光の一族に不幸が始まりました。諸国で自由に生きていた一族は、次々と滅び、里見一族と千葉一族だけが房総に残ることになってしまったのです。その里見も千葉も、蟇田素藤(ひきたもとふじ)に滅ぼされてしまった」

「一体何者なのです。蟇田素藤という男……」

「分かりません。おそらくは、闇から生まれた人間……やがてこの昴星(すばる)の里へも、やって来るでしょう。この世でただひとり、闇と闘える人間を滅ぼすために」

「この世でただひとり、闇と闘える人間とは」

「里見の静姫です」

11

朝になって、道節たちは、静姫と信乃たちに紹介された。

「私が静姫です」

道節たちがその許(もと)に集るよう運命づけられた姫は、美しく勝気な眼をしていたが、どこといって変ったことのない少女だった。

「人は誰でも、ある運命を持って生まれて来るのです。その運命を知ることが、つまり自分を知ること……」

五十子が言った。静姫もまた、闇から生まれて来た素藤たちと闘う運命を持って生まれてきた人間だったのだ。

「あなた達と同じ光の一族の子供たちです」

五十子は、道節たちと信乃たちを向い合せた。

「私の名は犬山道節」

「私の名は犬坂毛野」

「私の名は犬村大角」

「私の名は犬塚信乃」

「信乃?!」反射的に現八が言った。「信乃はここにいる!」

「何?!」

「私の名は犬塚信乃です」

毒娘が、邪気のない表情でもう一度繰り返した。

「何を言うのだ。この男こそ犬塚信乃。我々は共に旅をして来たのだ。間違いはない」

「証拠がありますか?」

毒娘がまっすぐに現八を見て、きれいな声で言った。

「証拠?!」

「あなたが光の一族の子供なのなら、生まれついた時から肌身離さず持っているお守袋と玉があるはず」

「私はそれを許嫁者(いいなずけ)に与えてきたのだ」

「この玉は人に与えるようなものではありません。その証拠に、私たちは、どんなに辛(つら)い目にあいながらも、この玉だけは肌身離さず持ち続けてきたではありませんか」

　毒娘がお守袋を出した。

「そ、それは、私が浜路に与えたお守袋?!　どこで、それを手に入れたのだ?!」

　信乃が驚いて言った。

「これは、私が物心ついた時から持っていたものです」

「嘘(うそ)だ。お前はそれを浜路から奪ったのだ。浜路とどこで出会った?!」

「あなたは、自分の嘘をごまかすために、私を盗人(ぬすっと)にしようというのですか?」

　毒娘が笑った。その愛らしい笑顔の下に邪気が潜んでいるとは、誰も思わない。

「第一、信乃というのは女の名ではないか」

　大角が言った。

「私は生まれた時から信乃という名なのだ」信乃が呻(うめ)くように言った。「私の父は、……」

　と、言いかけると、毒娘が、

「犬塚番作(ばんさく)……母の名は、手束(たづか)……でも私は、父の姉夫婦である、弥々山蟇六、亀篠夫婦に育てられました」

「どうしてお前はそれを知っている!?」

「どうして?」毒娘が愛らしく小首をかしげた。「自分自身のことですもの」

　実は、浜路が喋ったことだった。

「信乃どのは、浜路どのに会うため、危険を冒して武蔵国へ帰ったのですよ。役人に拷問を受け、私たちが助けなければ死ぬところだったのです」

小文吾が言った。

「浜路という娘は、その男がでっち上げたもの」

「何?!」

「あなた方を信用させるための作り話です。武蔵国の役人も、その男とぐるなのです。その位のことをしないと、あなた方に信用させることは出来ない」

「何を言うんだ?!」

「あなたは、自分が犬塚信乃であるという、確かな証拠を持っているのですか?」

「………」

信乃は言葉につまった。そう言われれば、自分を証明するものなど何もない。

毒娘は、五十子を見つめて言った。

「この男は、素藤がこの里へ潜ませた間者(かんじゃ)にちがいありません」

その時、六平太が走って来た。

「おびただしい数の人間が絶壁を降りて来ます。何者かが、ここへ来る道筋を蟇田素藤の軍勢に知らせたにちがいありません」

そこにいた全員が、信乃と毒娘を見つめた。

「六平太。沼の向うの人たちに逃げるように伝えて下さい。無駄に闘って命を捨てることはない」

五十子が穏やかに言った。

「たとえ、どんな数の人間が崖を降りて来たとしても、あの沼は渡ることは出来ません。もう、満月の夜は過ぎたのです」

12

親兵衛が、蔦蔓を伝って断崖を降りた。船虫がそれに続いた。妖之介も奈四郎も逸東太も、次々と降りていった。

逸東太の大きな背に、小さな体の幻人がしがみついている。

「どうして、わしがこんなところまで来なきゃならないんだ」

幻人は、下を見て悲鳴を上げていた。断崖の上から縄が垂らされ、大勢の黒装束の男たちが続々と崖を伝い降りてきた。

野盗ではない。規律のとれた素藤の軍勢だった。身軽な装束で、蟻が地を這うように、次々と崖を降りていく。

「もうすぐ、静姫に会えるよ、親兵衛。お前の憎い女に」

船虫が、森の中を走りながら叫んだ。

親兵衛も、繁みを蹴ちらして走る。

「待ってくれ。そんなに急いだら、わしは落ちる！」

走る逸東太の首に、幻人が必死でしがみついている。

やがて、最初の沼に出た。

「この沼だね、親兵衛。お前が蛭に体中吸いつかれたという沼は？」

「そうだ船虫」

「何とかしておくれ、幻人。そのためにお前をわざわざ連れて来たのだから」

「こんなところへ来たくはなかった。わしは忙しいのだ。あの浜路という娘を見事な毒娘に仕立て上げなくてはならない。一歩誤まれば、死なせてしまうことになる。今が大事な時だったのだ」

「そんなことより、この沼を渡ることの方が大事なのだよ」

幻人はじっと沼を見つめて、やおら着ているものを脱ぎ出す。

「何をするんだ、幻人？」

船虫の言うことにも答えようとせず、幻人は素裸になると、いきなり沼の中に入って行った。

「沼は蛭で一杯なのだぞ‼」

親兵衛が怒鳴った。

幻人は、かまわず沼に胸までつかった。しばらくじっとしていたかと思うと、そのまま上ってくる。

親兵衛が眼をそむけた。幻人の全身に黒い蛭がぶら下っている。水につかっていた胸から下に、肌も見えないほどびっしりとぶら下って蠢いている。

幻人は平然とした顔をしていた。ニタニタと気味悪く笑っている。

やがて、蛭が一匹、ポタリと幻人の体から落ちた。また一匹、そして一匹、蛭は次々と落ちていく。やがて、すべての蛭が落ち、幻人の痩せた体が露になった。

「どうやら、蛭よりもわしの毒の方が強かったと見える、ヒヒヒヒ……」

幻人が愉快そうに笑った。

「毒を塗っておいたのか、体に？」

「いや、毒を飲んだ」

「何?!」

「蛭が、その毒を吸い取ってくれたのよ。そして死んでくれたのよ。ヒヒヒヒ……」

「そんなことをして、自分が死んでしまわないのか？」

奈四郎が口を開いた。

「死ぬであろうな、普通の人間なら……こんな芸当の出来るのは、このわしだけだ、ヒヒヒヒ……」

「お前の芸当を見るために、ここまで連れて来たのではない！」

「そう慌てるな、船虫。すぐ、わしが、全員を無事に渡してやるわい、ヒヒヒヒ……」

13

「あなた方のどちらかが嘘をついているのです」

五十子は、信乃と毒娘を見て言った。

「人の嘘を暴くのは悲しいこと……」

それから後を振り返って、

「荘助、笛を吹いてごらん」

やさしく静かな音色が、昴星(すばる)の里に流れていく。

「この笛は、この里に伝わる笛です。心の澄んだ人間には聞えるけれども、心に闇を持った人間には聞えないのです」

五十子は、信乃を見て、

「聞えますか？」

「聞えます」

毒娘にも聞いた。

「聞えますか？」

「聞えます」

「もう一度吹いてごらん、荘助」

五十子と何か打合せがしてあったのか、荘助は、今度は音を出さずに吹く真似(まね)だけをした。

五十子が、毒娘に言った。

「聞えますか？」

「聞えます」

答えた毒娘を全員が見た。

六平太が、素早く毒娘の背後に廻っていた。

五十子は、悲し気な眼で毒娘を見た。

「許して下さい。あなたを罠にかけてしまって……したくはなかったけど、仕方がなかったのです」

毒娘は、無邪気な表情を少しも変えなかった。

「行こう」

六平太が腕をつかんで連れていった。

「殺すのですか？」

静姫が聞いた。

「仕方ありません」

「あんな無邪気な顔をしているのに……」

「心は無邪気ではありません。心の闇が表に現れないのは、それだけの訓練を積んでいるからなのです」

五十子は疲れ切った顔をしていた。

六平太は、毒娘を裏の林の中に連れて行った。

「斬るのですね？」

可憐な眼で、毒娘が六平太を見る。

「覚悟は出来ているはずだ」

「はい……」

六平太は立ち止まって、刀を抜いた。

「ひとつだけ、お願いがあります」

「何だ？」

「私を抱いて下さい」

「何?!」

「私は、男と女のことを知りません。どうせ死ぬのなら、そのことを知ってから死にたい」

「…………」

「聞いて下さいませんか？」

「聞けぬ」

「分かりました。では、斬って下さい」

毒娘が、哀し気な眼で六平太を見た。愛らしい顔の娘に、今にも泣き出しそうな顔をされては、刀を振り上げるのも容易ではない。

六平太は、毒娘を斬れと命じた五十子を一瞬うらんだ。その心のすきにつけ込むように、毒娘が呟いた。

「男の方が男になって死にたいように、女もまた、女になって死にたいのです」

いきなり帯をほどいた。

「何をする⁈」

「抱かれたすきに、あなたを殺そうと言うのではありません。このように、私は武器なんか何も持っていない」

毒娘は素裸になった。みずみずしく発達はしているが、清純な体であった。毒娘は黒髪も垂らした。

「調べて下さい。髪のなかにも何も持っていない。体のどこかに武器をかくしていると思われるのなら、どんな風にでも調べて下さい」

「もういい、着物をきろ」

「安心出来ないのなら、この手を縛ってもいい。足も縛って下さい。私はただ、自分が女であることを知って死にたいのです」

毒娘は必死で訴えた。ひたむきな表情に、企みが隠されているとはとても思えない。

六平太は迷った。

女の色香には、どんな悪心が隠されているか分からない。六平太にはよく分かっていた。しかし、昼間の樹立ちのなかで素裸になっているこの娘から感じられるのは、色香ではなかった。ひたむきな表情と同じように、その体も、大人になりきらない清らかさを感じさせる。

六平太が心を決めかねているうちに、毒娘がふっと言った。

「ありがとう、おじさん」

その声に誘われるように、六平太の手が毒娘の体に触れていた。

「嬉しい……」

毒娘がしがみついて来た。六平太は、刀をすぐ取れる位置において、用心深く毒娘に触れていった。

「お願い、私を女にして……それだけでいいの」

毒娘の声が快く耳に響く。

「ああ……」

六平太の指が肌に触れるたびに、毒娘は嬉し気に溜息(ためいき)をついた。

「素敵……」

六平太の指が毒娘の狭間(はざま)に伸びたとき、そこはもう濡(ぬ)れきっていた。

六平太は一瞬ひるんだ。毒娘の可憐な表情と、そこで示されているものとはあまりに違っていたのだ。

しかし、その時には、毒娘は大きく肢(あし)をひろげて六平太にしがみついて来ていた。

「どうすればいいの……私……どうすればいいの……、こう……こう……こうなの？」

可愛い声を上げながら、毒娘はいつの間にか巧みに六平太のものを体に誘い込んでいた。

「あ……おじさんが入ってきている……私の体のなかに入ってきている……」

毒娘が、六平太にしがみついてくる。

「ああ……ありがとう、おじさん……」

そう言いながら腰が動いた。

「こんなにいいの……男と女のことって、こんなにいいの……」

毒娘は、六平太の下で体を一杯に開いていた。その無防備な姿態が男を安心させた。

男が動いた。

女もそれを待ち受けるように動いた。

「この女は男を知っている……それも相当に……」

六平太がそう思った時には、毒娘の起した嵐（あらし）の中から引き返せなくなっていた。

嵐を少しでも早く乗り切ろうと、六平太は激しく動いた。

「ああ……ああ……いい」

毒娘は、体中から力を抜いて、六平太にすべてをまかせている。その柔かさが六平太をそそり立てた。

男が攻めた。女が受けて動いて、大きな喘（あえ）ぎ声を上げる。

「この女は本気で感じている……」

それが六平太を安心させた。女の全身が汗ばんできた。

「吸って……乳房を吸って……」

毒娘が喘ぎながら言う。

白いふくらみが汗ばんでいる。六平太の唇が乳房を吸った。

「ああ……」

毒娘がのけぞった。

それと同時に、六平太が、

「うッ……」

と、声を上げた。

体が痙攣し始める。毒娘がするりと体を抜いた。手早く着物をきる。

「もう少しでいけるところだったのに……」

断末魔の痙攣を続けている六平太を見下して、毒娘は無邪気に言った。

「ま、仕方ないか……」

愛らしく笑って、森の中に走り込んで行った。

14

親兵衛や船虫たちがじっと沼の水面を見つめていた。

「お前の毒は効き目がないのじゃないのかい?」

船虫が、幻人に言った。その時、水面に一斉に飛沫が上った。沼が突然沸きたったように見えた。

「蛭の断末魔だ」

幻人が沼を見ながら言う。

「わしの毒が効かぬということはない」

沼が一瞬にして静かになった。

「もう渡ってもいい」

幻人の声に、奈四郎と逸東太が沼に入った。一度蛭に吸いつかれた親兵衛は、気味悪そうに沼を見透かしている。

水面に、びっしりと蛭の死骸が浮んでいた。

「気味が悪いねェ」

船虫が、体にまつわりつく死骸を押しのけながら言った。

黒装束の男たちが次々と沼に入った。その中の一人に、幻人はおぶさっている。

「走れ！　走らぬと、沼に溶けた毒が体に滲み込んで死ぬぞ！」

幻人の声に、船虫たちがいっせいに走った。

「ヒヒヒヒ……嘘じゃ、嘘じゃ……蛭に効く毒と、人間に効く毒とは違うもの……ヒヒヒ……」

幻人の気味の悪い笑い声が轟く。

蛭の死骸で埋まる沼を、親兵衛や船虫たちが次々と渡っていった。

森の中を走る。逸東太の背中で、幻人が得意気に叫んでいた。

「昴星(すばる)の里だ！　わしのおかげでここまで来たのだ‼」

森の中を、娘が走って来た。毒娘だった。

「幻人さま！」

毒娘が嬉し気に叫んだ。走る逸東太の背で、幻人が囁いた。

「殺(や)れ、逸東太。あの娘はもういらぬ！」

船虫たちが走った。向うから毒娘が走ってくる。

毒娘は、逸東太におぶさった幻人のところへ、まっすぐに走って来た。

「幻人さま！」

そばを走り抜けながら、逸東太が、拳(こぶし)で毒娘を殴りつけた。

小柄な毒娘の体が宙に飛び、顔が潰(つぶ)れていた。体は音をたてて樹にぶち当った。枝がその体を貫いた。

黒装束の男たちが、次々と走り抜ける。

毒娘を振り返るものは、誰もいなかった。

15

里は混乱した。

素藤の軍勢が、次々と沼を渡って来る。

里の人間は、女、子供も入れて五十数名である。防ぎ切れる人数ではない。

五十子は、里を捨てる決意をした。里の人間を集め、里の真中を流れる清水のなかを渡っていった。

清水の流れる小川は、非常の場合の通路だった。流れにそって水の中を渡っていくと、深い渓谷に出る。

清水は、ひとすじの細い滝となって、眼もくらむような断崖を、渓谷の底に向って流れ落ちていた。渓谷の底は、霧がまいて様子が分からない。

細い滝のそばに、太く大きな木が一本だけそそり立っていた。すっかり枯れてしまって枝もほとんどない。

里の男たちが力を合せて、その樹を倒すと、幹が二つに割れて、渓谷にまたがった。大きな枯木と見えたのは、実は渓谷を渡る橋だったのだ。

隠れ里には、必ず逃げ路を作っておかなくてはならない。この橋が、昴星（すばる）の里のただひとつの逃げ路だった。

五十子は、女、子供に橋を渡らせた。下を見ると眼がくらむ。子供たちは、しっかりと手をつなぎ合せて細い橋を渡った。

子供たちを渡し終えて、今度はその母親たちが渡ろうとした。一人が、いきなり喉を矢で射抜かれて倒れた。そばにいたもう一人の女の腕にも、矢が突き刺った。

素藤の軍勢が、そこまで来ていた。

「早く渡るのです！」

五十子が叫ぶ。

女たちが急いだ。一人の女が足を滑らせて、底知れぬ谷へ落ちそうになった。

前後の女が手をつかんで助け上げる。それだけ橋を渡るのが遅れた。女たちに続いて、

男たちが渡る。

静姫と道節たちが残っているのを見て、五十子は怒鳴りつけた。

「何をしているのです！　早く渡りなさい！」

「私たちも闘います」

静姫が言った。

「行きなさい！　闇から生まれた人間に打ち勝てるのは、あなたしかいないのです！」

「おばあさまも、早く！」

「年寄は一番最後なのです。それが、この里の掟です」

そう言えば、残っているのは老人だけだった。老人たちは、手に手に武器を持ち橋を守ろうとしていた。

「渡りなさい！　渡って橋を落すのです！」

五十子の声が響いた。

その時、一人の老人がすっ飛ぶようにして谷へ落ちていった。

老人の体を、鋭い槍が串刺しにしていた。

奈四郎と逸東太が現れた。

その背から、幻人が飛び降りた。

妖之介が現れた。

船虫が現れた。

そして、親兵衛が現れた。

「静姫！」

静姫の姿を見つけて、親兵衛が叫んだ。憎しみのこもった声だった。

妖之介が、毛野を見つけた。

「犬坂毛野……」

その眼が、獲物を見つけた爬虫類の眼となった。

船虫たちは、ずらりと並んで近づいて来た。

老人たちが斬りつけたが、逸東太の振り廻す棍棒に、頭を叩き潰された。

「ヒヒヒ……」

幻人が楽しそうに笑う。

残りの老人のなかに、奈四郎が一歩踏み込んだ。老人たちの首を面白いように刎ねて行く。

道節たちが前へ出ようとした。

「ここで戦ってはならない！　あなた方には静姫を守る役目があるのです。早く橋を渡るのです！」

五十子の凜とした声に、道節は従う決意をした。

静姫を中にして橋を渡る。

「待て、静姫、お前はオレのものだ！」

親兵衛が叫んだ。

棍棒を持った逸東太が走った。

橋のたもとに、五十子が坐っていた。

他の老人たちは、すべて死んでいる。五十子は、たった一人で橋を守る気だ。

逸東太が走った。船虫たちも後から走った。

逸東太が棍棒をふり上げて、五十子の頭に叩きつけようとした。

その時、五十子が光った。五十子の体が、光を放って輝きはじめたのだ。

逸東太が棍棒をふり下した。

その棒は、五十子の体をかすめ地に叩きつけられていた。地がえぐれ、棍棒が激しい音をたてて二つに折れた。

逸東太は眼を押えていた。五十子の体が放つ光に眼がくらんだのだ。

五十子は輝きをました。眼を開けていられないほどの光が、五十子の体から放たれている。

船虫たちも立ち止まった。

光が眼を射る。

船虫たちが、眼を押えて立ちすくんだ。

橋のたもとには、誰も近づけない。

五十子が激しく喘いだ。一面が白い光でつつまれた。

船虫たちは、眼を押えてしゃがみ込んだ。

橋を渡り切った静姫たちの眼には、五十子の光の向うで船虫たちのうろたえる様子が、手にとるように見えた。

五十子の放つ光は、静姫たちにとっては眼を射る激しい光ではなかった。五十子の体から放たれていたのは、すべてを包み込む穏やかな光だった。

船虫たちが一歩も先へ進めなくなるのが不思議に思える、美しい光だった。

光が、ひときわ強く輝く。

五十子が燃えつきる。誰もがそう思った。

「おばあさま！」

静姫が思わず走った。

「静姫！」

道節が鋭く呼びとめる。

静姫は、橋のなかばで立ち止まった。一段と強い光を放つ五十子の体を、静姫はそこからじっと見守っていた。

「橋を落します、静姫！」

その時、親兵衛が光の中へ飛んだのだ。

親兵衛は光を貫き、橋の真中へ飛んだ。

静姫が身構えた時には、静姫の体をつかんで喉に白刃を突きつけていた。

「橋を落すな！　静姫の喉を突くぞ！」

橋を谷へ落そうとしていた男たちに向って、親兵衛が叫んだ。

五十子の光が徐々に弱まっていく。

「橋を落しなさい、早く！」

静姫が叫んだ。

今橋を落しては、静姫も一緒に谷底へ落ちてしまう。道節が、刀を抜いて橋に足を踏み入れた。親兵衛は静姫を盾にして、刀を突きつけている。細い橋の上で、親兵衛だけを斬り捨てるのは容易ではなかった。

五十子の光が消えた。船虫たちが、橋のたもとに歩いてくる。

「親兵衛、よくやった。静姫をこちらに連れてこい」

親兵衛は、静姫を捕えたまま橋を戻る。その足が止まった。

「どうした、親兵衛？」

船虫が言った。

「この女はオレのものだ」

親兵衛が、橋の半ばで言った。

橋のこちら側で、現八がひそかに槍を握る。

静姫を傷つけずに親兵衛を倒せるかどうか、じっと橋を見つめていた。

親兵衛は、見事に静姫を盾にしていた。体にスキはなかった。

「その女を弄ぶなり殺すなり、お前の自由にさせてやる。とにかくこっちに連れて来るんだ」

船虫が言った。

親兵衛はなぜか迷った。そのまま戻っていいものかどうか、橋の真中で迷っていた。

奈四郎が槍を握る。こちら側からは、親兵衛の体は無防備だ。

「親兵衛、私はお前を殺したくない」

船虫の声に凄みがまじった。

奈四郎が槍を握りかえたことを、親兵衛は鋭く見抜いていた。自分の体が、その槍に対して無防備なことも知っていた。

親兵衛は迷った。

道節たちに対しては、静姫の体を盾にして自分の身を守った親兵衛だったが、船虫たちにとっては、逆に自分の体を盾にして静姫を守る形になっている。

親兵衛の一瞬の迷いをついて、静姫が親兵衛の手をふりほどいた。

橋を走る。

「姫！」

道節が駆(か)けよった。

親兵衛が手をのばして、静姫の着物をつかむ。静姫の足がすべった。もう少しで道節の手をつかむというところで、よろめいた姫の足が橋から離れた。

橋の向うとこちらで、すべての人間が一瞬息をつめる。

静姫が橋から落ちた。親兵衛が飛んだ。

橋から落ちて行く静姫の手を、親兵衛の手が空中でしっかりと握っていた。

「お前はオレのものだ‼」

大きな叫び声を上げながら、親兵衛は静姫と手をつなぎ合ったまま、深い谷底へと落ちていった。

第八章　静姫と親兵衛

1

すべてが白かった。白い霧のようなもので被（おお）われている。

自分がどこにいるのか分からなかった。体が動かない。

白いものがまわりを包んで、ゆっくりと流れて行く。霧なのだろうか。それも分からない。白いなかに、影が揺いだ。ぼんやりとしたものが、しだいに形を持ってくる。

人間だった。白い衣を着た人間が、白い霧の中からゆっくりと姿を現した。

男か女か分からなかった。能面のような顔には、表情というものがない。

「大丈夫ですか？」

声は女だった。

「ここはどこだ？」

親兵衛が聞いた。声を立てると、体が痛んだ。

もうひとつ影が、霧の中から姿を現す。さらにもう一人、同じような白い衣装を着た人間が姿を現した。そして、もう一人。

親兵衛は眼を疑った。現れた人間は、どれも、最初に現れた女とまったく同じ顔をしていたのだ。いずれも能面のように表情というものがなかった。

「ここはどこだ?」

親兵衛が呻いた。

「死の谷です」

最初の女が答えた。

親兵衛は、流れる川に半身をつけるように倒れていたのだ。なぜか水の冷たさは感じなかった。

四人の人間が、親兵衛をかつぎ上げた。

「うッ……」

息がつまる。

「骨が折れています。気をおつけなさい」

最初の女が言った。

四人の人間は、親兵衛を板の上に寝転がした。どんなに丁寧に扱われても、親兵衛の体には息の詰まるような痛みが走った。

四人の人間が、親兵衛を運んでいく。

「どこへ行く？」

「私たちの集落へです」

「どこだ？」

「口をきくのはおよしなさい。あなたは体中の骨が折れている」

「あの女は、どうした⁈」

「黙って……」

「どこにいる」

「………」

「あの女はオレのものだ」

　親兵衛は気を失った。

　次に親兵衛が気づいたのは、小屋のなかだった。

　莫蓙(ござ)の上に寝かされている。小屋のなかにも、霧のようなものがうっすらと立ち込めていた。

　白い衣を着た人間が入ってきた。

「気づきましたか？」

　女の声だった。最初に口をきいた女よりも小柄だ。しかし、同じ顔をしていた。

　親兵衛は起き上ろうとしたが、体が動かない。床に縛りつけられていた。

「なぜ、オレを縛る?!」

「動いては、折れた骨がつながらないのです」

女が、親兵衛の口にどろりとしたものを注いでくれた。

「目ざめている時に、沢山食べておかなくては」

「山芋か……」

一口食べて、親兵衛が言った。

「そう……元気がつきます」

声からすると、若い娘のようだった。

「なぜ、お前たちは、みな同じ顔をしているのだ」

娘は答えない。能面のように表情のない顔で、食物を親兵衛の口に運ぶだけだった。

「食べたらお寝みなさい。寝めば、それだけ早く治ります」

親兵衛は、うとうとしかけて、ハッとしたように言った。

「あの女は?!」

「見つけました。あなたが倒れていた場所よりも下の方で」

「生きているのか!」

「私には分かりません」

「助けてくれ」

「あの人を愛しているのですか?」

「憎んでいる」

「…………？」

「あの女はオレを裏切った」

「…………」

「あの女はオレのものだ」

親兵衛は、また深い眠りにおちていった。

2

一ト月たって、親兵衛は立てるようになった。

時の経過が、親兵衛に分かっていた訳ではない。親兵衛に付添ってくれていた小柄な娘が教えてくれたのだ。

娘は親切だった。しかし、表情のない顔は、不気味でしかない。

二か月たって、親兵衛は、初めて小屋の外へ出た。小屋の外は濃い霧で包まれ、先も見えなかった。

「ここは一年中霧に被われているのです。晴れることなどめったにない……」

親兵衛は、娘に支えられて霧の中を歩いた。

「ここはどこなのだ？」

「死の谷……動物が死にに来る場所です」

霧の向うで、人影がゆらいだ。同じ顔の人間が何人かかたまっている。そのなかに一人だけ違った顔の人間がいた。

「静姫⁈」

親兵衛が言った。

「親兵衛⁈」

静姫も驚いた顔で言った。

「生きていたのか？」

「今日、初めて歩けるようになった」

「オレもだ」

「この人はずっと、あなたのことをうわ言でいっていたのですよ」

親兵衛に付添っていた娘が言った。

静姫が、親兵衛を見た。

「お前は、オレのものだ」

親兵衛が静姫に言った。

その時、霧のなかから、数人に取囲まれた人間が現れた。

体が大きい。

この里の長老だろうか。立ち居振る舞いからそう見えるだけで、顔は他の者とまったく同じだった。

「私は、小鞠谷主馬助如満と申すもの」

「館山城の?!」

　静姫が驚きの声を上げた。

「そうです。蟇田素藤に、私たちは顔を取り上げられてしまったのです」

「顔を？」

「ここにいるものが、すべて同じ顔をしているのはそのためなのです」

「顔を取り上げるって……」

「この顔は死の面……死んだ人間から採った面です。素藤は面白半分にその面を私たちに押しつけ、二度と取れないようにして、この谷に追いやったのです」

「…………」

「顔のないということが、どんなに辛いことか。すべてのものが同じ顔をしているということが、どんなに悲しいことか。表情を失うということがどんなに怖ろしいことか。顔を失ったものでなくては分かりません」

「…………」

「蟇田素藤は、私たちを殺すかわりに、死以上の苦しみを与えたのです」

「…………」

「素藤は人間ではない。妖怪です」

元気になった親兵衛は、少しずつ谷を歩いた。谷はいつも霧で被われていて、空も定かではない。ここがどこなのか、どのくらい深い谷なのかも分からなかった。

親兵衛を看病した小柄な娘は、元気になってからも親兵衛に付添っていた。好きになったらしい。しかし、表情のない顔は、心の動きを表すことは出来ず、ただ不気味なだけだった。

谷に、おびただしい数の白骨が散乱している場所があった。

「この谷で死んだ動物たちの骨です」

娘が言った。

「動物はひとりでひっそりと死んでいきます。死ぬところを人に見られることを好まない。ここは一年中霧に被われています。だから、誰にも見られずに死んでいくことが出来るのです」

動物は自分の死期を自ら覚(さと)るのだろう。そして、ただひとりこの谷へ降りてくるのだろう。親兵衛は、散乱している骨からしばらく眼を離せなかった。

「死か……」

ポツリと言った。

親兵衛の心は、生まれて初めて、理由のない淋(さび)しさを感じていた。生きて行くことの物(もの)哀(がな)しさを親兵衛が感じたのは、その時が初めてだった。

「生きているものは、いつか必ず死にます。だからこそ、みんな一生懸命に生きるのです」

　娘が言った。

　親兵衛は思わず娘を見た。娘も、親兵衛を見た。

　しかし、すぐにハッとしたように顔をそむけた。自分の顔が死んでいることを、娘は一瞬忘れていたのだ。

　霧が揺らいだ。

「親兵衛……」

　静姫の声がした。娘が逃げるように走り去った。自分の顔の不気味さを、一瞬とはいえ忘れていた自分が恥ずかしかったのだろう。霧に消えていく後姿に、静姫に対する羨望と嫉妬が滲んでいた。

「どうしたのです？」

　静姫が言った。

「分からん……」

　親兵衛には、まだ、娘心の複雑さは分からなかった。

「骨……こんなに沢山……?!」

「ここは、動物が死にに来る場所……」

　静姫も、言葉もなく立ちつくしていた。

「行きましょう……」

静姫が歩き出した。千田城の燃え上る炎を突然思い出したのだ。あの焼跡にも、このようにおびただしい骨が散乱していたのではないか。

「なぜ、私を助けようとしたのです、親兵衛」

霧の中を歩きながら、静姫は言った。

「助けようとした？」

「谷へ落ちた時、お前は私の手をつかんでくれた」

「オレはお前を助けようとしたんじゃない！　お前は、オレのものだ！　だから手を出した。それだけのことだ！」

「自分が谷へ落ちることを承知でですか？」

「………」

「親兵衛。私はどうしても蟇田素藤を討たなくてはならないのです。だから、お前との約束を守る訳にはいかなかったのです」

「オレと関係があるか！」

「私は、父上も母上も爺(じい)も腰元も家来も、素藤に殺されたのです」

「オレだってハチを殺された。お前たちにハチを殺されたんだ！　ハチはオレを育ててくれたんだ。オレはおやじもおふくろも知らない。オレにはハチしかいなかったんだ！」

親兵衛がいきなり静姫を抱きすくめた。

「何をするのです！」

「お前が誰のものか、はっきり思い知らせてやるんだよ」

「私は誰のものでもない！」

「オレのものだ！」

「痛い！」

「うるせえ！」

「痛い！　体が痛い‼」

静姫が叫んだ。

親兵衛は手を離した。

きつく抱きしめると、静姫は体が痛むようだった。親兵衛自身も、力を入れると体に痛みが走ったので、嘘ではないことはよく分かった。

「体が完全に治ったら、必ずオレのものにするからな」

「絶対にお前のものなんかになりません！」

霧の中にひっそりと花が咲いていた。名も知れない小さな野の花だったが、見事に色づいている。

親兵衛が苛立った表情で踏みつけた。

静姫が思わず叫んだ。

「踏まないで、親兵衛！　その花は、この死の谷で一生懸命生きてきたのです！　踏んではいけません！」

「人を裏切っといて、偉そうなことばかり言うな！」

静姫に対する腹いせのように、親兵衛は野の花を踏みつけていった。

3

死の谷にも朝が来る。

晴れやかな朝ではない。一日の始まりを告げる朝ではない。どんよりと厚い霧が、うっすらと明るくなるだけのことだ。

その霧のなかで、親兵衛がしきりに動いていた。

昨日踏みつけた野の花に、小さな添木をしている。茎を折られ萎(しお)れかけている花を、懸命に生き返らせようとしていた。

「生きろ……生きろ……」

自分が踏みつけておいて、今度は花を励ましている。親兵衛に力一杯踏みにじられた花は、弱々しく頭(こうべ)を垂れるだけだった。

「その花は、この死の谷で一生懸命生きてきたのです」

静姫の言った言葉が胸に残っていた。おびただしい動物の骨が、頭に浮かんで離れなかった。そのせいで、昨夜はほとんど眠れなかったのだ。

「いつか必ず死ぬからこそ、みんな一生懸命に生きるのです」

娘の言った言葉も、心に甦ってきた。

これまでにも、木の枝を折ったり草花の首を飛ばしたりしたことは、何度もあった。何の目的もなく、体に溢れる力がそうさせたのだ。そのことに後ろめたい思いを抱いたことなど、一度もなかった。

しかし、目覚めると、なぜかもう一度、踏みつけた花のところへいってみなくては気がすまなくなっていた。折れて萎れかけている花を見ると、生きてくれと願わずにはいられなくなっていた。

親兵衛は、生まれて初めて、生命というものを感じていた。死というものを感じていた。無駄と知りつつ、最後の一本にまで添木をしてやって、親兵衛は立ち上った。

そばに誰かがいた。小柄な娘だった。

「ありがとう……」

小さな声で言った。

「踏みつけたのはオレなんだ」

娘に対して、親兵衛は不思議と素直になれた。

「あなたは、あの方が好きなのですね」

娘は顔をうつむけて言った。

「あの方？」

「静姫さま……」

「冗談じゃない！　あんな奴、どうして好きにならなきゃいけないんだ！」

「でも、静姫さまに踏まないでって言われて……」

昨日のやりとりを、娘は霧の中で立ち聞きしていたらしい。

「オレは、あいつに言われたから来たんじゃない！」

親兵衛が怒ったように言った。また踏みつけそうになって慌ててやめる。

「いつかは死ぬから、みんな一生懸命生きているんだと、お前が言った。それが気にかかっていたんだ」

半分は嘘だったが、半分は本当だった。

娘が後を向いた。そのまま身動きもせず立っている。顔を見せている時よりも、後姿に、恥じらいと嬉しさが浮んでいた。

「もう駄目だな、この花は……」

「私がきっと生き返らせます。あなた方がここを去った後でも……」

娘が後を向いたままで言った。

「体の痛みがなくなったら、この谷から出て行った方がいい。いつまでもこの霧の中にいては、また体が悪くなってしまいます」

如満が、谷を上る細い道のところまで二人を案内してくれた。

谷の崖にへばりつくように、かろうじて足がかかるほどの道が上に昇っている。

「この道は、動物が死ぬために降りてくる道です。地上に上るには、この道しかない」

「道が分かっているのなら、どうしてあなた方も谷から上らないのです?」

「こんな怖ろしい顔をしたまま、里の人に混って生きて行く訳にはいきません。私たちはここで死を待つだけのことです。私たちは既に死んでいるのです」

「必ず素藤を討ちます。そうしたら、その顔もきっと元にもどるはずです」

静姫は必死で言ったが、如満たちは同じ表情で二人を見るだけだった。

「気をつけてお行きなさい」

二人は細い道を上った。

死の谷の人間たちがすべて見送りに来ていた。道を上りながら、親兵衛は自分に付添ってくれた娘を探した。礼のようなものが言いたかったが、二人を見送る顔はどれも同じで、娘がどこにいるのか分からなかった。

4

崖にへばりついた道は、はてしなく続いていた。

一歩一歩、用心深く足を運ばなくては、谷へ転り落ちてしまう。そんな細い道が、つづら折れになって続いていた。

「どこまで上るんだ、一体……」

親兵衛が腹立たし気に言ったその時、霧が晴れた。

二人の眼に入ったのは、色鮮やかな森だった。

もう、秋になっていたのだ。見渡すかぎり紅葉の森に、二人はしばらく立ちつくしていた。

「きれい……」

静姫がうっとりとして言った。

「こんなもの珍しくもない！」

二人は、紅葉の中を歩いた。親兵衛は、なぜか逆らわずにはいられない。

静姫が何か言うと、親兵衛は、なぜか逆らわずにはいられない。

二人は、紅葉の中を歩いた。ずっと白一色の世界でいたので、色が鮮やかに見える。ひとつひとつの葉が、こんなにも美しい色を持っていることが、不思議なことに思える。樹も生きている、そのことが、はっきりと感じられた。

「素晴らしい……」

静姫が、森を見廻しながら言った。

「秋になれば紅葉になるのは、当り前のことだ！」

親兵衛は、色づいた塚原の山をハチと二人で走り廻った時のことを、突然思い出した。ハチはもういない……そのことが、胸を締めつけられるような痛みで甦ってきた。

「どうしたのです？」

親兵衛が突然立ち止まったので、静姫が振り返った。親兵衛が、静姫に飛びかかる。

「お前はオレのものだ！」

「何をする！」

「オレのものにすると言ったはずだ！」

「私はお前のものになんかならない！」

「うるせえ！」

親兵衛が、静姫を繁みに押し倒した。

「やめなさい！」

かまわず静姫の胸元を押しひろげようとする。

「何をする！」

「うッ……」

親兵衛が股間を押えた。体を屈めてうずくまる。

静姫が立ち上った。冷やかな眼で親兵衛を見下す。

親兵衛が、股間を押えたまま、ぴょんぴょんと跳ねている。そうしなければ痛みが収まらない。親兵衛は、静姫の膝で股間を蹴り上げられたのだ。

「忘れないで欲しい、親兵衛。私はお前なんかより武芸の心得はあるのです」

「うるせえ！」

怒鳴るとまた痛みが走って、親兵衛はぴょんぴょんと飛んだ。

5

二人は、お互いを見張るようにして歩いた。

親兵衛は、股間を蹴り上げられたことでますます頭にきて、スキがあれば静姫を押えつけようとする。そうはさせないと、静姫は親兵衛を睨みつけるようにして歩いた。

腹がへると、親兵衛は、草の根や木の実を採って食べた。親兵衛は、食い物を探すことに、動物と同じ知恵を持っていた。食べられるものとそうでないものとを、すぐに見分ける。口惜しいことに、静姫にはそれが出来なかった。

「オレのものになりますと言えば、食わせてやってもいい」

親兵衛は、静姫に見せつけるようにして食べる。

静姫は一人で探しに行き、親兵衛の食べているのと同じような赤い実を見つけて口に入れたが、慌てて吐き出した。

「にがい！」

「ハハハハハ……」

親兵衛は楽しそうに笑って、

「やろうか」

と、自分の食べかけたものをさし出す。

「いらぬ」

静姫は林の中へ行くと、今度は細い竹を切って来た。

「それを食うのか……」

親兵衛が笑う。

静姫は、懐剣で竹に小さな穴を開けていく。竹笛が出来上った。

「この笛は、昴星(すばる)の里に伝わる笛なのです。荘助に教えてもらったのです」

「誰だ、荘助って？」

「お前とは関係ない」

「好きな男か？」

「お前よりは、ずっと好きじゃ」

「とにかく、お前はオレのものだ！」

また、親兵衛がわめく。

静姫が竹笛を吹いた。荘助が吹いていたのと同じような、ゆったりとした音色が流れ出す。

親兵衛も、うっとりと聞き惚(ほ)れそうになって、

「子供だましみたいな笛を吹くのはやめろ！」

と、怒鳴った。

「この笛が聞えるのですね、親兵衛？」

「それがどうした？」

「この笛は、心の澄んだ人間にしか聞えないのです。心に闇を持った人間には聞えないのです」

「何？」

「お前は、本当は心の清い人間なのです」

「ワハハハ……」親兵衛は笑った。「オレを無理矢理いい人間にしようたって駄目だ。オレは、そんなものには騙されはしないぞ。オレは必ずお前をオレのものにする。オレにスキを見せるな‼」

その時、繁みのなかから、汚れた顔が現れた。ひとつ、ふたつ、みっつ……総勢で六名ほどである。

静姫が懐剣をかまえた。

親兵衛が木の枝を握った。野盗らしかった。しかし、船虫のところにいた野盗のような鋭さはない。盗賊、物盗り、かどわかし等の横行していた時代だ。汗水流して働くのがいやな奴は、すぐ物盗りに変貌する。

盗賊どもが、じりじりと二人を取囲んできた。

「いい女だ」

一人が言った。

もう一人がうなずいて唇をなめた。他の連中も、あまり賢くない面構えで二人の方に寄って来る。手に手に、なまくら刀を持っていた。

「どこへ行くんだ、二人仲よく」

一人がニタニタして言ったとたん、親兵衛の枝で思い切り顔を殴られていた。

構えたもう一人が、腹を殴りつけられる。慌てて飛びかかった後の奴が、足を払われてひっくりかえった。

親兵衛は攻撃に転じた。落ちた刀を拾い上げて、後の連中に突っ込んで行く。

親兵衛の形相に、一人が尻餅をついた。

かろうじて頭を守るように突き出した刀と、親兵衛の振り下した刀が火花を散らした。

「た、助けて……」

男は、刀を放り出して走った。

他の連中も、逃げ出す。一人が遅れた。

腕に若い娘を抱きかかえている。親兵衛が後を追って走った。

「斬るぞ！」

怒鳴ると、娘を突きとばしてすっ飛ぶように逃げていった。繁みのなかに転がった娘が、哀願するような眼で親兵衛を見上げた。

どこかで攫われて来たのだろう、平凡な百姓娘だった。脅えた眼と無防備に開いた肢が、親兵衛の心をそそった。

「あッ……」

親兵衛はいきなり娘の帯をといた。

娘は、小さな声を上げたがさからいはしなかった。さからう気持などとっくになくしてしまったらしく、観念したように親兵衛のなすがままになっている。

肉づきのいい白い体が露になった。

「何をするのです、親兵衛！」

静姫が驚いたように言った。

「おやめなさい！」

その命令口調が、親兵衛の心を煽った。親兵衛は、自分も褌をはね飛ばした。

「親兵衛！」

「うるせえ！」

「やめないと、そちを刺します」

静姫が、顔をそむけながら懐剣をかまえている。

「やってみろ」

親兵衛は、悠然と娘の中へ入った。

6

「なぜ、あんなことをするのです！」

静姫が怒鳴りつけた。

「したいからだ」

親兵衛は、平然と木の根を噛んでいた。満足気な顔をしている。

「あの娘が可哀そうだとは思わないのですか⁈」

静姫が、いきなり親兵衛の頬を打った。親兵衛は静姫を見た。そして、ニタリと笑った。

「百姓の小倅が、大分、お姫さまらしくなって来たぜ。オレは、お姫さまをこの手に抱きたかったんだ。せいぜいお姫さまらしく気取った顔をしろ。その方が、オレもやりがいがある」

親兵衛は歩き出した。思い出したように振り返って言った。

「そんなに怒っていたのなら、なぜ行っちまわなかった」

静姫には答えられなかった。確かに一度行きかけたのだ。しかし、五十子の言った鋸山がどの方向にあるのか、静姫には分からない。

里へ降りて聞けば、たちまちにして素藤に捕えられてしまうだろう。山を歩くには、親兵衛以上の案内人はいなかった。親兵衛のような男に頼らなければならない自分が、口惜しくてたまらない。

「私は、何が何でも鋸山へ行かなくてはならないのです。蟇田素藤を討たなくてはならないのです」

静姫は、そのために親兵衛といるのだと、自分に言いきかせた。

「目的地まで着いたら、またオレを裏切ろうっていうのか。今度はそうはいかないぜ」

「私は、絶対にお前のものになんかなりません」

「いいか。今度娘がいたら、オレはまた犯す。お前がオレのものになると言うまで、何人でも犯す。娘はお前の身替りだ。そのつもりでいろ」

親兵衛は、さっさと歩いていった。

静姫は山を伝う道をよく心得ていた。通れる道と通ってはならない道を知っていた。腹がへると、どこからか食べられるものを見つけてきた。

静姫が意地を張って食べないのを知ると、眼の前に投げ出してふっといなくなった。口惜しいことに、親兵衛の取ってきたものを食べなくては、静姫は腹がもたなかった。

自分が食べているのを、どこからか覗き見ているのではないかと最初は疑ったが、そんな意地の悪い心は親兵衛にはないようだった。

日が暮れかかると、窪地か洞穴を見つけて来た。枯葉を集めて褥にする。不思議なほど暖かかった。

静姫は懐剣を握って寝た。それを見て、親兵衛は笑った。

「寝込みを襲ったりはしない。安心してちゃんと寝ておけ。眠らないと昼歩くのにさしつかえる」

親兵衛はすぐに眠った。二日目の夜、眼がさめたら横に親兵衛がいた。静姫は、慌てて跳ね起きて、懐剣を握りしめた。

「寝ている時には何もしないと約束したではありませんか！」

「馬鹿野郎！　お前が寝言で悲鳴を上げたんだ。だからやっただけのことだ。オレは何もしない」

　本当らしかった。

「お前は苦し気に呻いていた。城のことや爺のことを言ってな。オレが肩をつかんでやると、安心したように笑った」

　そう言って、くるりと背を向けてしまった。

「お前の寝顔は、なかなか可愛い」

　静姫には、親兵衛という男が分からなかった。いたわりを見せたかと思うと、すぐ攻撃的になる。親兵衛のような男は、これまで静姫のまわりには一人もいなかった。

　その次の日に、山間を歩いていると出作り小屋があった。

　山を切り拓いた小さな畑に、百姓親娘が働いていた。娘は、薄汚れた着物を着ていたが、体には若さが弾む。父を手伝って一生懸命働いていた。

　樹立ちの間から見つめる親兵衛の眼の色が変っていた。獲物を狙う眼になっている。

「この間のよりもいい女だ」

「おやめなさい、親兵衛」

「うるせえ。女はやるためにあるんだ」

　今にも飛び出していきそうになった。

「親兵衛！」

　静姫が鋭い声を出した。

「なんだよ」

親兵衛が振り返った。

「娘の身替りになるって言うのか？」

静姫がじっと親兵衛を見ていた。長い間見ていた。そして、言った。

「なります」

「本当か?!」

「私の代りに、あの娘を不幸にすることは出来ません」

7

「こっちへ来い」

洞穴の奥に、親兵衛は驚くほど多くの枯葉を敷き込んでいた。

洞穴はほんのりと明るかった。

月が出ている。妙に赤い月だった。月明りとはいっても、澄んだ白い明るさではなく、まるで油でも燃やしたような赤い光が洞穴を照らし出していた。

淫猥（いんわい）な空気が、洞穴に漂っていた。

「来い」

親兵衛の顔も赤かった。

静姫は立ちつくした。

「お前は、オレのものになると言ったんだ！　来い!!」

親兵衛が怒鳴った。やさしさのない、ただの粗暴な男に親兵衛はなっていた。

静姫が躊躇していると、跳ね起きて来て枯葉の褥に引きずり込んだ。

「私はお前のものになりません！」

「まだそんなこと言っているのか」

「今からお前に与える肉体は私の体ではない。知らない女の肉体です」

「ごちゃごちゃ訳の分からんことを言うな！」

親兵衛が、細帯に手をのばして来た。

「自分でとります」

静姫は、眼を閉じて細帯をといた。親兵衛がじっと見ているのが分かった。

静姫は帯をといて、着物を脱いだ。

口惜しかった。涙が出た。

「なぜ泣く」

「私はお前のものになんかなりません！」

静姫は、もう一度叫んだ。親兵衛が、枯葉の上に静姫を押し倒した。

帯がとかれているので、着物がはだけた。親兵衛が一気にそれを剝いだ。

「百姓の小倅の体ではないな」

親兵衛の声がいやらしかった。

「お前はオレを憎んでいるだろう。いくらでも憎め。憎んでいる女とやるほどいいものはないと、船虫が言っていた。憎め、オレを憎め！　もっともっと憎め！」

静姫が、じっと親兵衛を見ていた。その眼から、また涙がこぼれた。

「オレのものになるのが悲しいのか？」

親兵衛は楽しんでいる。

「私は、お前のものになんかならない！」

静姫は叫んだ。また、涙がこぼれる。

「泣くな！」

親兵衛が怒鳴った。そして、静姫に触れてきた。

白い清らかな肌だった。胸のふくらみは小さいが、形よく張りつめている。

親兵衛の手が触れて来た。

静姫はじっと眼をとじていた。

閉じた眼からも涙がこぼれた。あとからあとから出てくる。なぜそんなに泣くのか、静姫にも分からなかった。

「泣くな！」

親兵衛が苛立って怒鳴った。

涙はとまらない。親兵衛が、いきなり静姫の頬を打った。

静姫が、冷然とした表情で親兵衛を見つめた。

「泣いている娘を無理矢理犯すのが得意なんでしょう。いやがる娘を無理矢理犯すのが嬉しいのでしょう。早く、私を犯しなさい」

凜(りん)とした声で言った。

親兵衛が自分の着物を投げ捨てた。素裸の親兵衛が静姫の上にいた。

静姫は眼をそらさなかった。眼は涙で濡(ぬ)れていたが、毅然(きぜん)とした顔で親兵衛を見つめていた。

親兵衛も静姫を見つめた。二人の体が一層赤く染った。

「月が……?!」

親兵衛が振り返った。洞穴のすぐ表に、赤い大きな月が昇ってきていた。血に塗(まみ)れたような色をして、洞穴の奥を覗き込んでくる。

親兵衛が立ち上った。

静姫から離れて、洞穴の表に歩いて行く。赤い月に向って、親兵衛は立ちつくしていた。

そのまま身動きもしない。

静姫も見つめていた。赤い月と静姫の間に、親兵衛の逞(たくま)しい裸体が立ちはだかっていた。

親兵衛は、月に向って立ちつくしている。

「着物をきろ」

親兵衛が怒ったように言った。体が震えていた。何かに懸命に立ち向っているように見える。

「どうしたのです？」

「早く着ろ！」

親兵衛が怒鳴った。

仁王立ちになった親兵衛の体には、力が漲っていた。

静姫の眼には、自分と赤い月の間で、親兵衛が闘っているように見えた。

8

山が跡切れていた。一度里へ降りなくてはならない。

「待ってろ」

親兵衛が降りていって、手に百姓の子供の着物を下げて帰って来た。

親兵衛と出逢った時に静姫が着ていたものよりも、もっとボロである。ところどころ破れている。静姫が手にとると、何やら饐えた匂いがした。

「洗わなければ、こんなもの着られません」

「贅沢言うな」

静姫はかまわず小川に着物をつけた。乾き上るまで待つより他はない。

親兵衛も、着ているものを脱いで小川のなかに入っていく。体に水を浴びせかけている。

親兵衛の逞しい体に水滴が散るのを見て、静姫は思わず眼をそらせた。

「お前も体を洗ったらどうだ？」

「そんなこと出来ぬ」

「なぜ？」

城主の娘が、人の見ている前で水浴びなどが出来ると思っているのか。口ではお姫様が抱きたいなどと言っていながら、親兵衛が自分のことをまったくお姫様扱いしないのが、静姫には腹立たしかった。

「ほら……」

親兵衛が、いつの間にか木の実を取って来ていた。ふたつに割ると、赤いみずみずしい粒が一杯に詰っている。

「柘榴（ざくろ）だ」

口に入れると甘ずっぱい味がし、汁が唇からしたたった。小さな粒の歯ごたえが小気味いい。

「おいしい……」

静姫は思わず言った。

「そうか……」

親兵衛も赤い実にかぶりついた。

「あの時、なぜ途中でやめたのです？」

静姫が聞いた。

道中、何度かそのことを尋ねてみたかったのだが、親兵衛の心を煽る結果になりかねないので聞けなかったのだ。親兵衛が、やさしい素振りを見せたので口に出す気になった。

「あの時？」

「どうして無理矢理に犯さなかったのです」

親兵衛はしばらく黙っていた。そして、ポツリと言った。

「声が聞えた」

「声が？」

「あの時、どこからか声が聞えたのだ。お前を犯せ、思う存分なぶりつくせと」

「なぜ、そうしなかったのです」

「オレは、他人(ひと)から命令されるのは嫌いだ。命令されて何かをするのはいやだ。オレはやりたいようにやる」

「誰がお前に命令したのです？」

「分からん……あの時に出ていた赤い月……なぜか、あれがオレに命令しているように思えた」

「それで赤い月を睨みつけていたのですね」

「そうだ」

親兵衛は柘榴にむしゃぶりついた。

そして、ニヤリと笑った。

「犯されたかったのか、あの時」

「馬鹿なことを！」

木の枝に干したものが乾いた。穴だらけのボロ衣装を着ると、親兵衛がまぶしそうに眼を細めて静姫を見た。

「どうしたのです？」

「ボロを着ている方が女っぽいな、お前は」

「百姓のガキだって前には言った」

「今はそう見えない」

静姫は慌てて衿元（えりもと）を合せた。脇（わき）のあたりに穴があいている。

「涼しいか、ハハハハ……」

親兵衛が無遠慮に笑った。

百姓の子供のものらしく、静姫の足が大きく裾（すそ）から出ている。親兵衛の眼がその足をジロリと見た。

「白い足をしている……」

足の方は隠しようがなかった。

「行くぞ」

親兵衛が歩き出した。

山を降りると、田が広がっていた。稲を刈り取った後で、切り株が泥の中に並んでいる。

「泥を顔と足につけろ」

「え？」

「そんな白い顔と白い足じゃ、たちまち見破られてしまう」

「親兵衛」

「何だ？」

「一言いっておきます」

「何を？」

「私も、他人に命令されるのは嫌いなのです」

「………？」

「口のきき方に気をおつけなさい」

「オレに命令しているのか？」

「そうです」

「ハハハ……」

親兵衛が笑った。

「どうやらお前もオレも、他人に命令されるのは嫌いだが、命令するのは好きな性質らしいな」

「私は姫です。そう育てられたのです」

「お姫さま」

親兵衛がニヤニヤしながら言った。

「どうか泥を足におつけ下さい」

すぐに一転して、

「早くしろ！」

と、怒鳴った。

静姫が仕方なく泥を顔や体につけると、

「やっぱりお前にはそれが一番似合う。ハハハハ……」

と、大きな声で笑った。

静姫がいきなり泥をつかんで投げつけた。泥が親兵衛の顔のど真中に命中して、

「親兵衛、お前にもそれが一番よく似合います。ハハハハ……」

今度は、静姫が思いきり笑った。

9

村里を歩いて行くと、路が二つに岐れていた。

真中に地蔵が立っている。地蔵とよく似た顔付の村の老婆が、そばに坐って居眠りしていた。

「鋸山へ行きたい、どっちへ行けばいい」

親兵衛が聞くと、老婆は眠そうに目をあげて、

「どっちでもいける」

と、また居眠りを始める。

「どっちが近い」

と言うと、

「こっちじゃ」

と、居眠りしながら一方の道を差した。

「ありがとよ」

親兵衛が行きかけると、眠そうな声が追いかけてきた。

「そっちの道を行って、生きて帰ったものは一人も居らん」

「早くそれを言え！」

二人は慌てて引き返して、もう一方の道を行くことにした。

しばらく行くと、人だかりがしていた。

村里の路が竹垣で閉ざされていて、通行する人間を、役人らしいのが取調べている。

「関所だ」

「こんなところに……？」

関所のあるような場所ではないのだ。

立ち止まって見ているると、役人は、若い娘だけを調べているらしい。百姓娘であろうと、その背をはだけて覗いている。

「お前を探しているのだ」

二人は引き返した。

しかし、役人のひとりが目敏く見つけた。

「その二人、一寸待て！」

大声で怒鳴る。

親兵衛が走り出した。静姫も走った。

役人たちがいっせいに追いかけてくる。

地蔵のそばで、老婆が同じような格好で居眠りをしていた。親兵衛と静姫は、老婆の言ったもう一方の道へ走り抜けた。

二人が行った後、居眠りしているように見えた老婆が、皺だらけの手を合せて呟いた。

「南無阿弥陀仏……」

細い道を上って行くと、岩穴があった。

役人たちが走ってくる音がする。親兵衛と静姫は、岩穴のなかに走り込んだ。細い岩穴を抜けて行くと、突然穴が大きく広がった。

岩穴というよりも、洞穴である。ひんやりとした風が、奥から流れて来る。不思議なことに、後を追って来た役人たちの声がぴたりとしなくなった。

岩穴の入口で、追って来るのを諦めたらしい。

「生きて帰って来たものは一人も居らん」

老婆の言葉が嘘ではないように思えてきた。

「引き返すわけにはいかん。行くぞ」

親兵衛が、静姫に手を差し出した。静姫は一瞬ためらったが、その手をつかんだ。

「離れるな」

洞穴はどこまで続いているのだろうか。抜ける道があるのか？

「風が来るってことは、出口があるってことだ」

親兵衛は、静姫の手を握りしめて中に入っていった。

外光がしだいに遠くなって行く。洞穴のなかは、何も見えない暗黒の世界になってしまった。

「大丈夫か、親兵衛？」

静姫が、さすがに不安な声を出した。親兵衛は、静姫の手を握りしめて、少しずつ先へ進んでいく。お互いの姿は見えない。二人をつないでいるのは、しっかりと握りしめている手のぬくもりだけだった。

まったく光のない世界、二人とも経験したことがなかった。

「親兵衛」

「何だ？」

「何でもない」

ただ声が聞きたかっただけなのだ。

「怖いか？」

「親兵衛は？」

自分の方から怖いと言うのは、口惜しかった。

「怖い」

意外と素直な答えが返ってきた。

「私も」

静姫も素直に言った。

親兵衛が、静姫の手を一層強く握りしめた。

「離れるな。離れると二度と会えない」

静姫も、親兵衛の手を強く握った。暗黒の世界に、二人は少しずつ入りこんでいく。

「音がする」

親兵衛が言った。

静姫には何も聞えなかった。

「かん高い声だ。誰かがとても高い声で叫んでいる」

「私には何も聞えない、親兵衛」

「近づいてくる。それも、大勢」

「大勢⁈」

「早い。飛ぶように早い」

「私には何も聞えない！」

「伏せろ！」

親兵衛が言った。

這いつくばるように二人が体を伏せたと同時に、頭上で風が巻き起った。

疾風が二人の上を飛び去っていく。風は洞穴の奥に走っていき、また静かになった。

「蝙蝠だ」

親兵衛が言った。

「こうもり？」

「かん高い声は蝙蝠の鳴き声だ」

「私には聞えない声が、親兵衛には聞えるのですね」

「そうらしいな」

「こんなまっ暗のなかを、蝙蝠はどうやって岩にぶつからずに飛べるのです？」

「蝙蝠は眼でものを見るんじゃない。音で見るんだ」

静姫にはどういうことか、よく分からなかった。

「山や動物のことはよく知っているのですね、親兵衛。誰に教わったのです？」

「誰にも教わらん」

そう言ってから、親兵衛はふと考えて、

「ハチかも知れん」

と、言った。

「ハチ？　犬に教えられたのですか？」

「そうだ」

「どうやって？」

「分からん」

そのハチが死んだ。しかも静姫のせいで。親兵衛は、後について来る静姫が、また憎らしくなってきた。

「私を憎んでいるのですね、親兵衛」

静姫が言った。

握り合っている手から、心の動きが伝わっていくようだった。何も見えない世界に二人だけでいることで、相手の気持を鋭く感じることが出来るのかも知れない。

「体と心は別々のものではありません。ひとつのものです」

城にいた時、そんなことを教わったことがある。それが本当のことのように思えて来た。

親兵衛と手をつなぎ合っているだけではなく、心と心をもつなぎ合っている。

「ここを抜けたら、すぐにこの女をオレのものにしてやる。たとえ相手がどんなに暴れようとも」

静姫を憎む心が、親兵衛の気持を煽る。

「私は、お前のものになんかなりません」

親兵衛の心を見透かしたように、静姫が言った。

「オレの心が分かるのか？」

「分かります。そちは、半分は私にやさしくしようと思いながら、半分では私に乱暴しようと思っている」

その通りだった。

「なぜです、親兵衛？」

「そんなことが分かるか」

親兵衛もふと心に浮んだ。

「お前も、半分ではオレを嫌っていながら、半分ではオレのことを好いている」

その通りだった。

心を見透かされて静姫は思わず手を引いた。手を握り合っていることが恥ずかしくなったのだ。

「手を放すな！」

親兵衛が怒鳴った。手が離れると、暗黒のなかでまったく一人になった。そばにいるはずの親兵衛が、はるか遠くへ行ってしまったような気がする。

「親兵衛」

返事がなかった。手であたりを探った。しかし、親兵衛の体には触れない。

「親兵衛！」

静姫が悲鳴を上げた。

岩肌を這う静姫の手を、親兵衛のがっしりした手が握りしめてくる。

「親兵衛……」

思わず安堵の声を出した。

「どんなことがあっても、手を放すなと言っただろうが」

親兵衛の声がやさしかった。

10

暗黒のなかに、小さな光が見えた。岩肌を這うようにして進んでいた二人が、立ち止まる。

「何かが光っている」

「私にも見えます」

さらに進むと、光は一気に増えた。岩床の上にも、天井にも、そして側壁にも、小さな光が無数に光っている。無数の星のきらめく夜空の下にいるようだった。星は地の上にも輝いている。

「星の国に来たみたい」

静姫が言った。

天井ですっと光が動いた。

「あ、流れ星」

しかし、よく見ると、無数の光はどれも少しずつ動いている。二人に向って、じりじりと動いてきているのだ。

二人は思わず息を呑（の）んだ。

「生きものの眼だ！」

親兵衛が言った。

静姫が親兵衛の腕をつかんだ。おびただしい数の生きものが、二人に向って少しずつ近づいてきている。

「蝙蝠ですか？」

「蝙蝠は地を這わない」

岩穴の向うが、少し明るくなった。かすかな光だったが、暗黒に慣れた眼にはとても明るく見える。

洞穴のなかが見えてきた。思ったより天井の高い広い洞穴だった。かすかな明りのなかで、二人はじっと眼をこらした。

「あッ……」

静姫が言って、親兵衛に強くしがみついた。親兵衛も、静姫の手を強くつかんだ。

洞穴の岩肌に、びっしりと小さな生きものがはりついていたのだ。

守宮（やもり）がいた。やすでもいる。蛙（かえる）もいた。蛇らしきもののもいた。信じられない大きさのゲジゲジもいた。岩床の水たまりのなかには、巨大な山椒魚もいた。何匹かが岩の上へ這い上ってくる。その他にも、二人の知らない生きものがいた。

異様な形をしたものが、二人に向って少しずつ動いてくる。

二人の足がすくんだ。

岩穴の向うの明りが近づいて来た。

洞穴が明るさを増す。岩肌が一層はっきりと見えて来ると、二人の体を寒気が走った。

蛇が重なり合うようにして動いてくる。山椒魚が岩肌をじりじりと進んでくる。巨大なゲジゲジが無数にいた。

守宮がポトリと天井から落ちた。一匹が落ちると、次々に雨のように落ちてくる。

天井には、蝙蝠が隙間もないほどぶら下っていた。

「向うから何かが来る」

明るさが増すのは、光が向うから近づいて来るからなのだ。

棒のようなものが幾つか現れた。棒の先がほんのりと光っている。棒を持っているものは人間のようだった。

普通の人間では、考えられないほど異様な形をしていた。足の長さが、手の長さが、頭の大きさが、胴の太さが、他の部分との釣合いを失っていた。手のないものもいたし、足のないものもいた。

静姫の足が震えている。顔が異様に歪んだ人間もいた。

おびただしい数の守宮や蛇も気味が悪かったが、人間たちの方が不気味だった。棒の先が光るものを持って、二人の方をじっと見ている。

「二度と生きては帰れない」

老婆の言葉はこれだったのかと思った。

「闘うより他はない」

親兵衛の手が手ごろな石をつかんだ。どの程度闘えるか分からなかったが、それ以外に生きる道はない。

「刀を抜け」

静姫にも言った。

静姫が懐剣を取り出そうとした。百姓のボロ衣装に着替えたが、懐剣だけは隠し持っている。その手がふと竹笛にふれた。

細竹を切って作った笛を捨てられなくて、そのまま持っていたのだ。

静姫が竹笛を口にあてた。

「そんなもの吹いている時ではない!」

親兵衛が苛立つ。

静姫はかまわず笛を吹いた。柔かな音色が洞穴一杯に流れて行った。人の心を包み込むような、やさしく暖かい音色である。

洞穴のなかでは、笛の音は一層やさしく、ふくらみを持って流れていった。

じりじりと動いていた無数の光が止まった。

光る棒を持った異様な人間たちも、笛の音に耳をすましているように見える。

「聞えるのです！」

静姫が叫んだ。

「ここにいるものたちには、この笛の音が聞えるのです！」

「それがどうした！」

親兵衛が怒って言った。

「この笛の音が聞えるってことは、悪い心は持っていないのです」

「くだらないことを、まだ言っているのか！」

静姫は笛を吹きながら一歩進んだ。

「おい！」

親兵衛がびっくりして言った。

静姫は、笛を吹きながらどんどん奥へ進んでいく。

無数の光が、すっと脇へよけた。

静姫に道をあけている。

静姫を襲って来るものなど、何ひとつとしていなかった。

「おい！　待て、待てよ！」

どんどん進んで行く静姫の後を、親兵衛が慌てて追った。

静姫は、笛を吹きながら歩いていった。洞穴の向うに、二十人余りの人間が立っている。男も女もいるようだが、すべて、異形の人間だった。ほんのりと光を放つ棒のようなものを持っている。

異形の人間たちは、じっと静姫を見ていた。

静姫が笛を下した。

「あなた方は、ここに住んでいるのですか？」

「そうだ」

先頭の男が答えた。潰（つぶ）れたような眼をした恐ろしい顔の男であった。

「この笛の音が聞えるのですね？」

静姫は男の顔を見つめながら言った。体が震えている。

「あなた方は、いい人なのですね？」

「口ではそう言いながら、なぜ我々を怖がる」

男が一歩前へ出た。

親兵衛が手にした石を構えた。男の後にいた人間が、いっせいに動く。

「この人たちはいい人たちなのです、親兵衛！」

静姫が必死で言った。

「石を捨てなさい、親兵衛！」

親兵衛は石を握りしめて、男たちを睨みつけていた。

「捨てなさい、親兵衛！」

静姫が叫んだ。

親兵衛が石を捨てた。

先頭の男の異様な眼が、二人を見つめた。

「ここにいるものは、あなた方に危害を加えたりはしない」

男は、後の人間たちに手を上げた。後の人間たちが、また元の体勢にもどった。

「ここを抜けて、鋸山まで行きたいのです。案内してもらえますか？」

静姫が落着いた声で言った。

男がうなずいて歩き出した。

静姫が、その後に続いた。親兵衛も続いて歩き出した。後にいた人間たちが、二人を取囲む。

親兵衛が気味悪そうにまわりを見た。一度、見世物小屋で異形の人間たちを見たことがあった。その人間たちが、すべてここに集(つど)っているような気がした。

「ここに来たものは、生きて帰ることはないと村の人が言っていました」

静姫が歩きながら言った。

「お前たちが殺したのか？」

親兵衛は心を許してはいなかった。

男が静かな声で答えた。

「この洞穴へ入って来て、私たちの姿を見たものは、その異様な形に驚いて、向うから打ちかかってきます。この洞穴に棲む動物たちにしてもそうです。その形ゆえに、見つかると棒で叩かれたり、足で踏まれたりするのです」

親兵衛も静姫も思わず振り返った。

無数の光る眼が二人を見送っている。

「形が異様なら、その心も異様だと、里の人たちは決めてかかるのです。形が醜いものは心も醜いと、決めてしまっているのです。危害を加えられると、私たちも身を守るために闘わなくてはなりません」

「………」

「あなた方だけです。私たちの心の清いことを分かって下さったのは」

「お前たちはどこから来たんだ？」

「私たちは、生まれてすぐ、この岩穴に捨てられたのです。その形が、他の赤ん坊とは違っている故に、手にかけて殺すかわりに、異様な動物の棲む、この岩穴に捨てられたのです。死ぬことが出来なかったものが、生き残って、次に捨てられた赤ん坊を育てたのです」

男たちは洞穴を下っていった。

岩が奇妙な形で続いている。天井から細く長く垂れ下っている岩もある。岩肌が生きているような襞を作っているところもある。地から伸びて行ったものが、天井から垂れ下ったものと一体となって、石の柱を作っているものもある。

すべてが濡れて光っていた。

「水滴に溶けた岩が、何万年もかかってひとつひとつの岩を作り上げるのです。今でも、岩は少しずつ水に溶かされ、その形を変えています」

男が説明してくれた。

親兵衛は改めて洞穴を見廻した。地を歩いているというよりも、生きものの胎内を歩いているような気がして来た。洞穴は曲りくねって、どこまでも続いている。

突如として、底知れない深い湖があったりする。水は碧（あお）く、どこまでも透み切っていた。

「その光る棒は一体何なのだ？」

親兵衛は、最初から不思議に思っていたことを聞いた。

「これは、我々にとって唯一の光」

男は棒を見せた。棒の先に苔（こけ）のようなものがついている。

「これは、自ら光を放つ植物なのです」

やがて、遠くに鋭い光が見えて来た。

男は立ち止まった。

「出口です」

「我々はここで……」

男たちは、明るい外光に自分たちの姿を晒（さら）すことを嫌っているようだった。

「なぜ、洞穴から出ないのです」

静姫が言った。

「こんなところへ隠れて暮すことはない。なぜ、外へ出て暮さないのです」

「洞穴から出ると、我々は寄ってたかって殺されてしまいます」

「里には悪い人間ばかりいる訳ではない。いい人間もいるのです。あなた方の心が清いことを分かってくれる人たちも必ずいます」

「どんな人間も、心のなかに善と悪とを持っています。人間は、我々の姿に心の悪を見るのかも知れません。だから思わず打ちかかってくるのです」

男は悲しそうに言った。

「そんなことはない！　あなた方が勝手にそう思っているだけです！」

静姫が必死で言ったが、男たちはそれ以上動こうとはしなかった。

「ありがとう」

静姫が言った。

「あんたたちと殺し合いをしなくてよかった」

親兵衛も男に言った。

「この洞穴のなかで闘うかぎり、私たちに敵(かな)うものはいない」

男がきっぱりと言った。

11

二人は洞穴を出た。

地の底に轟くような音がして、見上げるような大きな滝が眼の前にあった。滝の飛沫が、洞穴の出口を霧のように包んでいる。

その下に立つ人間を圧倒するような、大きな滝だった。見つめていると、霧の向うに一条の白い線が、ゆらめきながら立ち昇っているように思える。

二人は、いつまでも滝の下に立ちつくしていた。

静姫がポツリと言った。

「親兵衛、この世には、どうして善と悪があるのです」

滝を離れると、なだらかな稜線が続いていた。

色づいた樹の葉が、二人を包む。色鮮かなこの葉も、やがては地に落ち、雨露に打たれて朽ち果てていくだろう。地と交り合い土になり、春になるとまた、瑞々しい若葉となって萌え上る。

すべてのものは、生まれ、死に、そしてまた生まれてくる。生命とは、生きるということであり、同時に死ぬということでもある。

二人は、なぜかそんなことを考えていた。

山あいの窪地に、突如として大きな阿弥陀仏の顔があった。岩に彫りつけた磨崖仏だった。阿弥陀仏は、どっしりとした顔を草むらに据え、じっと二人を見つめていた。

人の通らないこんな場所に、なぜこんなものを彫り上げたのだろう。これだけの大きな顔を、自然の岩に彫るには十数年もかかるだろう。誰がなんのために、こんなところに仏の顔を刻んだのか。二人は、阿弥陀仏の顔をじっと見ていた。

阿弥陀仏の顔はやさしかった。幾分悲し気にも見える。同時に、荒々しく何かに立ち向っているような力強さも秘めていた。

「人は、心のなかに善と悪を持っているから、これを彫ろうと思うのですね。自分の心のなかの善と悪が闘うから、人は一生懸命仏を作り上げようとするのですね」

静姫が、大きな顔を見つめながら言った。

「でも、善って何？　悪って何？」

静姫は阿弥陀仏に話しかけた。

大きな顔は、じっと二人を見るだけで、何も答えなかった。

12

その夜は、また岩穴に泊った。

「洞穴を出たら、必ず静姫をものにしてやる」

親兵衛は、ずっとそう思っていた。その気持が、いつの間にかなくなってしまっている。

枯葉に埋まりながら、親兵衛は、ハチが死んだことを思い出そうとした。すべてが静姫のせいだ、そう思って静姫を憎もうとした。自分の心を煽り立てようとした。

親兵衛の心に浮んでくるのは、洞穴のなかでずっと握りしめていた静姫の手の感触だけだった。滑らかで柔かくて温かい手だった。その感触が、親兵衛の手に残っている。

「親兵衛」

静姫の声がした。

静姫は、離れたところで、同じように枯葉に包まっていた。

「何だ？」

「起きているのですか？」

「起きている」

「そちらへ行きます、親兵衛」

「何?!」

親兵衛は思わず起き上った。ふわりと甘い匂いがして、静姫がもう傍に来ていた。

「一人では淋しい」

怒ったように言った。

親兵衛はしばらくそのまま動かなかった。

静姫も動かなかった。

親兵衛は何も言わなかった。

静姫も黙っていた。

「あの笛を吹いてくれ」

親兵衛がポツリと言った。

静姫が竹笛を取り出して吹いた。やさしく暖かい響きが岩穴にあふれた。

「いい音色だ」

親兵衛が言った。

「やさしい音がする……」

静姫が吹き続けた。親兵衛はじっと聞いていた。

やがて、静姫が笛を下して言った。

「親兵衛……」

手が親兵衛の体に触れる。親兵衛が、黙って静姫を見つめていた。

「親兵衛……」

静姫が柔かな声で言った。

親兵衛が静姫を抱きしめた。同時に、静姫も親兵衛を抱きしめていた。

静姫の手が、親兵衛の着ているものを取った。親兵衛が、静姫の着ているものを取った。

そして、もう一度見つめ合った。

女に着物を脱がされたことなど、親兵衛は初めてだった。いつもは、一方的に女の着ているものを剝いだ。そして、自分の着物を投げるように脱ぐと、荒々しく女のなかに入っていったのだ。

それが、男と女のすることだと思っていた。

静姫にとっても、男のものを脱がしたことなど初めてだった。男の肌にふれたことも、男の手に触れられたことも初めてであった。しかし、何の怖れもなかった。

親兵衛の手が、静姫の体を撫でていた。なめらかで、やさしく、温かい肌だった。洞穴のなかで握りしめていた手と同じだった。それよりも、一層滑らかで、やさしく、温かかった。

これが女の肉体だと、親兵衛は思った。

静姫の手が、親兵衛の体を撫でていく。どこもが固く引締っている。弾けそうに肉が盛り上っている。不思議と猛々しさは感じなかった。親兵衛の肉体は、その手と同じようにやさしく温かかった。

「いい匂いがする」

静姫が言った。

「お前もだ」

親兵衛も言った。

二人は抱き合って枯葉の中に転がった。枯葉の褥は、暖かく二人の体を包んだ。

親兵衛の唇が、静姫の唇を強く吸った。静姫も吸った。

親兵衛の体が上になった。静姫の体が上になった。

動物がじゃれ合うように、二人は抱き合ったまま枯葉の中を転がっていた。

静姫がくすりと笑った。

「どうした？」

「固いものが、私に当る……」

なぜか、それがおかしかった。

親兵衛が動きをとめた。親兵衛の手が静姫の脚に触れてくる。

声が出そうになって、静姫は、親兵衛の肩にしがみついた。

やがて、親兵衛の体が脚の間に入って来た。固いものが、ゆっくりと体の中に入ってくる。

静姫が、大きく息を吐いて親兵衛にしがみついた。親兵衛の手が、静姫の背を強く抱きしめてくる。いたわるようなやさしさを、静姫はその手に感じとっていた。

「いいか？」

親兵衛が聞いた。

「いい」

静姫が言った。

「オレも、いい」

親兵衛の動きがうねるように大きくなった。そのうねりに合せるように、静姫の体も動いた。固く抱き合った二人の体が、大きくゆったりと動いた。ふたつがひとつに合さってしまったような気がした。

大きな光に体が包まれているような気がする。光に抱かれたまま、静姫は自分の体がどこかに運ばれて行くような気がした。

突然、闇になった。闇のなかにどこまでも落ちていく。静姫は声を上げて、親兵衛にしがみついた。

すぐに光になった。大きく柔かい光が、自分を包んでいる。光は、親兵衛の体から放たれるような気もし、自分の体の中にあるような気もした。

光と闇に交互にゆられながら、静姫は、遠い宙の果てに運ばれていった。

親兵衛が、しっかりと抱きしめてどこまでもついて来てくれた。どこまで行っても、親兵衛と一緒だった。それが嬉しかった。

静姫が大きく叫んだ。親兵衛がその体を抱きしめる。自分の腕のなかで叫び続ける静姫が愛(いと)おしくてたまらなかった。

親兵衛が動いた。

静姫も動いた。

親兵衛も大きく叫んだ。

これ以上ひとつになれないほど、二人は固く抱き合っていた。

親兵衛の抱きしめているものは、静姫の体ではなかった。静姫の生命(いのち)だった。

静姫の抱きしめているものも、親兵衛の体ではなかった。親兵衛の生命だった。

生命のなかに、生と死があった。そのふたつを、二人は、しっかりと抱きしめ合っていた。

第九章　光の矢

1

灌木(かんぼく)の下に、馬の脚が覗(のぞ)いている。大勢の人間が、繁(しげ)みのなかに隠れていた。

林のすぐ下には、山峡を流れる川があった。

親兵衛と静姫が下ってくる。

繁みの中で馬が騒ぐ。馬上の人間が、声を出さずに馬をなだめた。

親兵衛と静姫は、何も知らずに川を下ってくる。

渓流が大きく蛇行していた。曲ったところに澱(よど)みが出来、小さな入江となっていた。入江にかぶさるように繁っている樹(き)に、舟が一艘舫(そうもや)ってある。

「舟がある、親兵衛！」

親兵衛が、水を蹴(け)ちらしながら走っていった。

木樵(きこり)が置き去りにしたものだろうか、半ば朽(く)ちかけてはいたが、乗れないことはない。

「大丈夫だ、少しの間ならもつ」

と、言ったあと、親兵衛が鋭く振り返った。

「どうしたの、親兵衛？」

「誰(だれ)かがいる。大勢の人間が！」

「どこに⁈」

言葉が終らないうちに、灌木のなかから馬が飛び出してきた。枝を蹴ちらすようにして、急斜面を駈(か)け降りてくる。

「乗れ！」

静姫が舟に乗った。

親兵衛が綱を解く。その時には、もう、二人は馬に囲まれていた。

馬上に船虫の顔があった。妖之介の顔があった。奈四郎の顔があった。逸東太の顔があった。他にも大勢の野盗たちがいた。

「親兵衛」

船虫が言った。

「御苦労だったな。よく、静姫を連れて来てくれた」

妖之介が粘るような眼(め)で、親兵衛を見下ろしていた。

奈四郎と逸東太は、相変らず表情のない眼で、親兵衛と静姫を見ている。

「一緒に来るんだよ、親兵衛」

「どこへ？」

親兵衛が睨みつける。

「館山城へさ……その娘には私たちも用がある。用がすめば、お前にも思う存分なぶり尽させてやる」

船虫が、静姫の方に体を乗り出すと、親兵衛が静姫の体を引きよせた。

船虫の眼がキラリと光る。親兵衛の心変りを覚ったのだ。

「言うことを聞くんだよ、親兵衛」

妖しい眼が、親兵衛を見下ろしていた。

「私は、お前を殺したくない」

船虫の眼に残忍な光が宿っていた。その光が、船虫を一層妖艶にさせている。

親兵衛が、船虫を見上げた。

「分かった。女を渡そう」

「親兵衛?!」

静姫が小さな叫び声を上げた。親兵衛は無視した。

「馬はあるか。オレも一緒に行く」

船虫が、野盗たちを振り返る。野盗の一人が馬を連れて来た。

親兵衛が、冷やかな声で静姫に言った。

「舟から降りろ」

言葉が終ると同時に、親兵衛の体が飛んだ。馬を連れてきた野盗に飛びかかると、腰の刀を抜き取っていた。

その刀で、舟の綱を切った。とんと足で蹴る。

舟は、静姫をひとり乗せたまま激流に乗った。

流れに馬を走り込ませて、舟を押えようとした野盗の一人を、水を蹴ちらしながら親兵衛が斬った。

清流に血潮が走る。激流につかりながら親兵衛が物凄い形相で刀を構えた。

「親兵衛！」

流れて行く舟から、静姫が叫ぶ。

「行けッ‼」

親兵衛は振り返りもしなかった。

野盗が、水を蹴ちらして馬を走らせて来る。一人でも静姫に近づけまいと、親兵衛が流れの中を走った。

馬を叩き斬った。

飛沫を上げて、馬が激流に倒れる。

川が赤く染った。

他の野盗が舟を追って走る。

親兵衛も水の中を走った。馬に負けずに走る。

大きく飛んだ。

もう少しで舟にとどこうとしていた野盗の首を、親兵衛の刀が刎ねていた。振り向きざま、もう一人の野盗を下から上へ斬り裂く。

「親兵衛！」

静姫が叫ぶ。

「行けッ‼」

激しく息をつきながら、親兵衛が叫んだ。

「親兵衛！」

「行けッ‼」

野盗の刀が、親兵衛の体をかすめた。流れから飛ぶようにして、親兵衛が馬の背に飛び乗った。後から一気に野盗を貫く。

野盗を馬から叩き落すと、親兵衛はそのまま馬を走らせた。静姫を追う野盗に、馬ごと体をぶっつけていく。流れのなかに、親兵衛と野盗が落ちた。

「親兵衛！」

静姫が悲鳴を上げる。

「そのまま行けッ‼」

全身を濡らしながら親兵衛が叫んだ。その体から、すさまじい殺気が迸り出ている。

眼が獣のように光っていた。

「あの男、なかなかやる」

妖之介が、うっとりとした声で言った。

奈四郎が、鎖鎌を手にして馬を走らせようとした。

「待て！」

船虫が言った。

「舟が行ってしまうぞ、船虫」

妖之介が言った。

「静姫をこのまま逃がす気なのか？」

「あの娘はもどって来る」

「もどって来る?!」

「そうさ。必ずもどって来る」

船虫が、流れのなかに馬を入れていった。ゆっくりと親兵衛に近づいていく。

親兵衛が身構えた。

「親兵衛」

「何だ」

「なぜ、私たちの敵になる」

「そんなこと分からん！」

「静姫に惚れたのかい？」

「…………」

「自分を犠牲にして、女を逃がして得意なのかい？」

「………」

「女に惚れて、何が面白い」

「………」

「残念なことに、あの女はもどってくる」

「もどってくる⁈」

「お前のことが心配で、のこのこともどってくる」

「………」

「それが分かっていたから、逃がしてやったんだよ」

「………」

「人に惚れると、男も女も愚かなことしかしないのさ。自分のすべきことが、しなくてはならないことが、分からなくなるのだよ」

「静姫はもどってきたりしない」

親兵衛の声が弱かった。

「お前にはまだよく分かっていなかったようだね、親兵衛」

船虫が、親兵衛を見つめた。

「この世で強いのは、愛よりも憎しみなんだよ。善よりも悪なんだよ。善が悪に勝つなんて、あれは弱い人間が作り上げたお伽話（とぎ）さ」

船虫の手が動く。一筋の糸のようなものが、きらりと光って激流の上を走った。

親兵衛が、突然、体の力をすべて失ったように、水中に仰向けに倒れた。

2

頭の中が濁りきっていた。

泥水が、頭の中で渦巻いているような気がする。ひどく気持が悪かった。

泥水のなかに、ひとすじの清い流れが注ぎ込んできた。澄んだ流れが、濁った頭の中でみるみる大きくなっていく。

笛の音だった。澄んだやさしい音色が、親兵衛の意識を少しずつ取戻させた。

親兵衛は体を縛られて、出作り小屋に転されていた。

小屋には、親兵衛の他には、見張りの野盗が一人いるだけだった。張り番のくせに居眠りをしている。

笛の音が近づいてきた。

「静姫?!」

親兵衛が思わず言った。

野盗が眠りをさました。

「何か言ったか?」

「何も言わん」

笛は近づいて来た。小屋のすぐそばで吹いている。張り番の野盗は何も気づかない様子で、また居眠りを始めた。

「聞えないのだ！」

親兵衛は思った。

「この笛は心の清いものしか聞えない」

静姫が言っていた。あれは本当のことだったのだ。小屋の表で笛の音がとまった。

「親兵衛……」

小さな声がする。

「そこにいるのですか、親兵衛……」

野盗が眼をあけた。

親兵衛が、大きな声で歌をうたいはじめた。知っているかぎりの今様（流行歌）、戯れ歌を喚き散らしていく。

突然うるさく喚きはじめた親兵衛を、張り番がけげんな顔で見つめた。

「静かにしろ！」

いきなり親兵衛の顔を蹴り上げた。

その時、小屋の戸を蹴破るようにして、静姫が飛び込んできた。

野盗が振り向く。体ごとぶつかっていって、静姫が一気に野盗を刺した。口を押えて仰向けに倒すと、声を上げるすきも与えず、もう一度喉を刺し貫く。

見事な早業だった。

「どうしてもどってきた！」

親兵衛が怒鳴った。

「親兵衛を見殺しにして、私だけが助かる訳にはいかぬ！」

静姫が、親兵衛の縄を切る。

「行け‼　オレにかまわず行け‼」

「一人では行けぬ‼」

「お前が来ることは、向うには分かっているんだ！」

「え？」

「お前には大事なことがあるんだろうが。果さなければならないことがあるんだろうが」

縄が切れた。

「行け‼」

二人が、表に飛び出そうとした。

戸口に、船虫が立っていた。

妖之介が立っていた。

奈四郎が立っていた。

逸東太が立っていた。

「馬鹿な男と馬鹿な女がいる……」

船虫が、二人をじっと見つめていた。

3

川床に、親兵衛が首のところまで埋められていた。

馬に乗った船虫たちが、遠くからそれを見つめている。

静姫は縛られて、船虫の馬に乗せられていた。

「里見のお姫様が、男に惚れて、ただの女になり下ったのかい」

静姫の顎に手をやって、親兵衛の方を振り向かせた。

「大事な男の最期をよく見ておくんだよ」

奈四郎が鎖鎌を廻しはじめた。刃が風を切って不気味に唸った。そのまま馬を走らせる。

浅瀬に水しぶきが上った。

「親兵衛‼」

静姫が叫んだ。

奈四郎は、まっすぐに親兵衛に向って馬を走らせていく。鎖鎌が勢いを増して廻った。

馬が走る。

奈四郎が、親兵衛の頭上から鎖鎌を叩きつけた。

「あッ……」

静姫が顔をそむける。

鎌が空気を切り裂く音を立てて、親兵衛の耳をかすめた。髪が飛び散った。

馬を返した奈四郎がニタリと笑った。仕損じたのではなく、親兵衛の髪だけを斬ることが、最初からの狙いだったらしい。

逸東太が馬を走らせた。刀をふりかざして、親兵衛に向って行く。

親兵衛の傍を走り抜けながら、刀を親兵衛の顔めがけて叩きつけた。

親兵衛の顔から何かが飛んだ。血が噴き出す。

「親兵衛‼」

静姫が悲痛な声で叫んだ。

宙に飛んだ親兵衛の耳が、流れのなかに落ちて来た。血を流しながら、川を流れて行く。

逸東太が得意気に馬をとめた。

妖之介が馬をかまえた。じっと親兵衛を見つめる。

「やめなさい‼」

静姫がありったけの声で叫んだ。

「やめないと私も死ぬ！　親兵衛を殺したら、私も死ぬ！　舌を嚙んでも、死んで見せる‼」

船虫が慌てた。

「妖之介」

馬を走らせようとするのを、寸前でとめた。

妖之介が、あからさまに不満な表情になった。

林の中を、船虫たちの馬が通っていく。

静姫の体を縛り上げた縄を、馬上の船虫が楽しそうに持っていた。

「素藤さまが、お前をお待ちかねだよ。お前の若い張りのある肌を、素藤さまはずっと待っていたんだよ」

後から、不遠慮に静姫を撫でまわした。

「若い体は香ばしい」

静姫の首筋に顔をよせて息を吸った。

「お前の男もいい匂いがした。ねえ、妖之介」

笑いながら後を見た。すぐ後をついて来たはずの妖之介の姿がなかった。

「妖之介は？」

奈四郎が顎で後を示した。

「戻ったのかい、親兵衛のところに？」

奈四郎がうなずいた。

「ホホホホ……しつこい男だねェ、妖之介は」

楽しそうに、後から静姫の体に手を廻した。静姫の耳許に顔をよせて囁く。

「妖之介は、お前の男に気があったのさ。妖之介はねェ、自分が目をつけた男や女を、ぐるぐる巻きにして、じわりと締めつけるのが好きなのだよ。自分の体の下で相手の骨が砕ける音を聞くと、あの男はたまらなく興奮するのよ。ハハハハ……」

繁みの下を、何かが動いていた。

枯葉がバリバリと音をたてる。何か巨大なものが、灌木の下を動いていっていた。繁みのなかにいた鳥が、鋭い叫び声を上げて次々と飛び立った。

川床では、親兵衛が埋められたままでいた。斬りとられた耳から噴き出した血が乾きかけていた。耳から首筋に赤黒い血がこわばりついている。

対岸の林で、続けざまに鳥の声がした。尋常な鳴き声ではない。恐怖にかられた声だ。

向う岸の繁みの中から、ぬるりと渓流に落ちてきたものがある。

巨大な蛇だった。

大きな鎌首（かまくび）をもたげて、身をくねらしながら流れを泳ぎ渡ってくる。冷たく鋭い眼が、じっと親兵衛の方を見ていた。

大蛇は、悠々と流れを渡ってくる。チロチロと赤い舌を見せながら、親兵衛に向ってゆっくりと近づいてきた。

親兵衛の顔と巨大な蛇の顔が、同じ高さにあった。自分に向って体をくねらせて近づいて来る蛇を、親兵衛は、息を呑（の）んで見つめるしかない。

避（よ）けようにも、身動きが出来なかった。

蛇が、親兵衛のすぐ前で止まった。親兵衛の恐れ戦くさまを楽しんでいるようだった。

巨大な体をゆるりと廻して、親兵衛の首に尾を巻きつけてきた。

その時、何か白いものが宙を飛んで来た。蛇に飛びかかっていく。

犬だった。蛇の首に噛みついてぶら下っている。

「ハチ⁈」

親兵衛が大きな声を出した。

林の中から走り出て来たのは、死んだと思っていたハチだった。ハチは、蛇に噛みついたまま放さなかった。

蛇の体がうねった。川床の砂利を蹴ちらして暴れた。川床に砂嵐が巻き上った。

蛇の尾が、親兵衛の首を叩きつけてくる。首がへし折れそうになったほど、重くて太い尾だった。ただ、蛇は、親兵衛どころではなくなっていた。首にぶら下ったハチを振り落そうと必死だった。

ハチは離れなかった。どんなに振り廻されても、歯だけは離さない。

やがて、蛇がハチの体に巻きついた。

蛇の大きな体にぐるぐる巻きにされて、ハチの体が見えなくなった。見えているのは、噛みついている首だけである。

「ハチ‼」

親兵衛が力をふりしぼって叫んだ。

骨が砕ける音がした。ハチの口から血が噴き出した。

その時、林の中から幾人かの人間が駈け出してきた。ハチを追って走ってきたらしい。

蛇は、ハチの体を放すと、対岸に向って身をくねらせていった。

林の中から走り出して来た人間たちが、思わず足をとめて巨大な蛇を見送った。

「蛇が……あんな大きな蛇が……」

毛野の声であった。

「あの犬が締め殺されている！」

大角の声であった。

「途中から我々と一緒になった犬……」

白い毛が血で赤く染ってしまったハチの傍に、信乃と小文吾がかがみ込んだ。

「男が埋められている……」

親兵衛を、道節と現八が見つけた。

「ハチを助けてくれ！　ハチを‼　ハチを見てやってくれ‼」

親兵衛は叫び続けた。

小文吾が血まみれのハチを抱いてくる。毛野と荘助もそばにいた。

「死んでる」

小文吾が悲しそうに言った。

「この犬は、途中で私たちと出逢って、それからずっと一緒だったんだ。この川の近くまで来た時、突然狂ったように走り出したんだ。何があるのだろうと、私たちも必死で後を追ったのだ」

道節たちが、親兵衛を川床から掘り出した。

「耳を斬り落されている……」

信乃が顔をしかめて言った。

「大丈夫か？」

掘り出された親兵衛は、自分のことなどかまわず、ハチの体にむしゃぶりついた。

「ハチ‼　ハチ‼」

親兵衛は泣き叫んだ。

「ハチがオレを助けてくれたんだ！」

血塗(ちまみ)れのハチの体を、しっかりと抱きしめる。

「静姫はどうした？」

「あいつ等に連れて行かれた」

「お前はあいつ等の一味ではなかったのか？」

「あんな奴等(やつら)の一味ではない！」

親兵衛は、ハチの体に顔をこすりつけた。

「生きていたのかハチ……沼で死んだのではなかったのか……」

ハチはもう答えない。

「ハチ！　ハチ！」

親兵衛は、ハチを抱きしめて泣きじゃくった。骨の砕けたハチの体は、ぐにゃりと柔かかった。それがたまらなく悲しかった。親兵衛は、これ以上抱きしめられないほど強くハチを抱きしめた。

その時、ハチの口からポロリと何かが落ちた。

「道節どの！」

現八が鋭い声を出した。

道節が拾い上げた。

小さな玉であった。道節たちの持っているものと同じ玉だった。玉の中に、「仁」という文字が浮んでいる。

「この犬は?!」

道節が聞いた。

「オレが生まれた時から一緒にいる犬だ。オレを育ててくれた犬だ！」

道節は、現八や信乃と顔を見合せた。大角と毛野、小文吾も、親兵衛を見ていた。荘助も見えない眼をじっと親兵衛の方へ向けている。

「お前は私たちの仲間だったのだ、親兵衛」

「仲間？」

「里見の八犬士だ」

道節たちが、それぞれ自分の持っている玉を親兵衛に見せた。親兵衛が思わず七人の顔を見廻した。

「この玉は、何だ？」

「伏姫の八つの光……」

「何?!」

「この玉を持つものは、里見の姫を守るべき運命を持って生まれてきたのだよ」

道節が玉を見つめながら言った。

4

窪地に大きな穴を掘り、親兵衛はハチを丁寧に埋めた。穴を掘ることも、ハチを埋めることも、誰にも手伝わせなかった。ハチに土をかぶせ終ると、青葉の美しい灌木を抜きとって来て、墓の上に植えた。

墓は目立たず、山の一部となった。

「ハチも土に返れる……」

親兵衛は、その前で長いこと坐っていた。

「この山には、あんな大きな蛇がいるのですか？」

親兵衛がやっとハチの墓から離れたとき、毛野が聞いた。

「あれは蛇ではない」

「え？」

「おそらく妖之介という男だ」

「え⁈」

毛野の体が硬直した。背に寒気が走った。

「妖之介……」

肌の上を這いずりまわった妖之介のぬるりとした感触が、まざまざと甦ってくる。

何を思い出したか分かったのか、道節が毛野の肩を抱いた。

「知っているのか、妖之介という男を」

親兵衛が、毛野の顔を見た。

「一度……会ったことがある」

それだけ言うのがやっとだった。声が震えていた。

「そうか……」

親兵衛は、それ以上何も聞かなかった。

「何としてでも、静姫を取りかえさなくてはならぬ」

道節が立ち上った。

「素藤たちに打ち勝てるのは、静姫しかいないのだ」

「そんなに強いのか、あの女が？」

「静姫は光の一族の姫……」

「光の一族？」
「闇に向けて光の矢を放てるのは、静姫以外にはないのだ。五十子さまがそう言っていた」
「光の矢？」
「急ごう、鋸山へ！」

渓流を下って行くと、不思議な形をした山が見えてきた。このあたりは、樹々におおわれた山が多いのに、その山だけは岩肌がむき出しになり、絶壁が天に向ってそびえ立っている。

岩山のひとつひとつが鋸の歯のように尖っており、遠くから見ても、鋸山であることがひと目で分かった。そそり立つ岩肌をどうやって登ればいいのかと思ったが、そばに行くと、人の手で刻み込まれた細い道が、つづら折れのように頂上まで伸びている。

岩肌にへばりつくようにして、道節たちは登っていった。

途中の岩の窪みに、幾体となく小さな石仏が置かれていた。ひとつひとつがすべて違った表情をしている。

五百羅漢だった。

羅漢というのは、釈迦の高弟のことだ。修行を積み、悟りの境地に達した人のことである。ひとつひとつの顔はいかめしさなどなく、ぼんやり口をあけているもの、笑っているもの、横を向いているもの、ただ風に吹かれているようなものなど、様々だ。表情の多様さから、五百羅漢を探して歩けば、死に別れてしまった親しい人達に必ず会えると、人々は言い伝えた。

しばらく上っていくと、風蝕によって出来た岩の窪みに、大仏が彫ってあった。風にさらされ、ほとんど岩の一部のようになって、立ち止まってよく見ないと分からないほどだった。

大仏は結跏趺坐し、手を腹のところで組んで、じっと瞑目していた。そのゆったりとした姿は、人の心を和ませるものがある。

鋸山は、古来から信仰の山だった。不思議なかたちをしたこの山に、人は、人間の力を超えた自然そのものを感じたのかも知れない。

いつ誰が彫ったのか分からない仏が、細い道の行く手に次々と現れた。

切りたった絶壁に、大きな観音像が彫ってある。一体どのようにして彫り上げたのだろう。それを彫ることに命をかけ、一生をついやしたのだろうか。

人は、なぜ、そうまでして仏を彫ろうとするのだろう。

山腹から、ひとすじの滝が、はるか下に向ってまっすぐに落ちていた。一本の白い糸が山腹から伸び、風にそよいでいるようにも見える。

「この山に何がある？」

親兵衛が聞いた。

「四天王(してんのう)の像がある。我々の持っている玉は、その四天王の眼なのだ」

「…………?」

「四天王の眼から光を奪った人間がいる。その時から光の一族の不幸が始まったのだ。われわれ八人は、四天王に光をもどし、闇と戦うために生まれて来たのだ」

頂上に着いた。

突如として、風景が一変した。

白く風化した岩が、異様な形でつらなっている。白い岩は、人がかがんでいるようにも、獣が坐っているようにも見えたりする。硬いはずの岩が、もろくなって所々崩れていた。白い風景のなかに、小さな地蔵や観音像があった。像に着せられた赤い着物が、ボロとなって風に揺れている。

岩山の窪みに、水が溜(たま)っていた。青く澄み切った水が、鏡面のように静まり返っている。強い風が吹いているのに、水面にはさざ波ひとつ立っていなかった。普通の水よりも重い水が、そこに溜っているようだった。

風の音もしない。強い風が吹きつけているのに、あたりは異様なほど静まり返っている。

「この世ではないみたい」

毛野が思わず言った。

「そうだ。この世ではない」

道節が言った。

一同は驚いて道節の顔を見た。

道節の足許に細い溝があった。溝はくねって、白い岩の上を向うへ続いていっている。

溝の石標を、道節が指している。石標もすっかり白くなって、あちこちが剝がれ落ちていたが、かろうじて文字が彫り込んであるのが分かった。

「三途の川」

そう書かれてあった。

一同は、改めて山の頂きを見た。岩が白く爛れ、樹も生えず、生き物ひとついない山頂は、地獄の風景のようだ。

この異様な静けさ。

親兵衛が、岩山の端まで行って、下を覗く。

「注意しろ、足許が崩れるぞ！」

現八が言った。

登って来る途中では、ずっと房総の美しい海岸線や、遠くは伊豆や大島、駿河まで見えていたのに、すべてが見えなくなっていた。さほど高い山ではないのに、視界が雲にさえぎられている。

「ここに、四天王の像があるのか？」

信乃が、あたりを見廻しながら言った。

「探そう。時間がないのだ」

道節たちは、白く爛れた岩の上に足を踏み出した。

突然、空が暗くなった。今までは碧く澄んでいた空に、急に暗雲がたち込め始めた。

あたりが、昼から夜へ急変しようとしていた。

風が吹いた。

道節たちは、四方に散って四天王の像を探した。崖の端へ行くと、岩が崩れて絶壁を落ちていきそうな気がする。

空が黒くなった。手さぐりで進まなくてはならないほど、あたりが暗くなった。

「気をつけて進め！」

道節が叫んだ。

「来てくれ！」

別の方向から、大角の声がした。一同は声のする方に進んだ。

「気をつけろ！　ここは絶壁の頂上だ」

大角がいたのは、雲の上に張り出した小さな崖の上だった。八人がやっと立てる広さしかない。端に寄ると白い岩はぽろりと潰れる。

八人は、寄りそうようにして立った。

小文吾が、眼の見えない荘助の手をしっかりと握りしめている。

大角の足許に、小さな白い岩があった。

「石像だ、これは……」

じっと見つめていると、確かに小さな像のように見える。顔のような部分があり、体のように見える部分があった。鼻は剝がれ落ち、唇は潰れている。体に触れると、ポロリと岩肌がこぼれた。

「ここは、東の頂きだ。これが石像だとすれば、おそらく持国天」

大角が慎重に顔に触れて行った。

眼のところの砕けた岩を、指で撫で落すと、そこにふたつの窪みが出来た。眼窩のようだった。

「これが持国天だとすると、西の端には広目天があるはず。南には、増長天、北には毘沙門天……」

「よし、手分けして探そう」

八人は、四方に散った。

持国天を調べている大角に、親兵衛が尋ねた。

「四天王って何だ？」

「四天王というのは、四方に睨みをきかし、仏法を守る神なのだ」

大角の言った通り、山の頂きの他の三方に、三つの仏像があった。三つとも岩肌が剝げおち、今にも崩れそうで、そう思って見なければ、ただの小さな岩の塊にしか見えない。

そして、三つとも、眼のところに虚ろな穴があいていた。

「確かに眼が抉られている」

広目天のところに立った信乃が、現八に言った。

南の増長天のところには、道節と毛野がいた。

北の毘沙門天のところには、荘助と小文吾がいた。小文吾は、荘助の手をずっと握りしめていたのだが、眼を入れるために、その手を放し、思い出したように言った。

「お前は眼の見えるものよりずっとよく、まわりを感じることが出来るのだったね」

風がさらに強くなってきた。黒い雲が一層低くなる。雲が頂きに訪れようとしていた。

「眼を入れるんだ！」

道節が叫びながら、自分の玉を増長天の眼窩に入れた。毛野が、自分の玉をもうひとつの窪みに入れた。

現八と信乃が、広目天の眼窩に自分の玉を入れた。小文吾と荘助も、毘沙門天の眼に自分たちの玉を入れる。

大角が、持国天に玉を入れた。親兵衛も、同じように入れながら、大角に聞いた。

「この玉のなかの『仁』という文字は、どういう意味なのだ、大角？」

「仁とは人を愛すること……」

大角が答えた。

親兵衛は、静姫のことを思い浮べた。静姫のやさしく温かい肌の感触のことを。

静姫は光の一族の姫だという。それがどういうことか親兵衛には分からなかったが、ずっと自分のそばにいた静姫が、急に遠い存在に思えてきた。

四天王に眼が入った。

八人は、じっとそれぞれの像を見た。

山の頂きが闇となった。

四方に散った八人には、互いの姿さえ見えなくなる。

「何も起らないではないか」

現八が、そばの信乃に言った。

「我々の持っていた玉が四天王の眼だと言うのは、あまりにも都合のいい言い伝えではないのか」

八人を吹きとばすような、強い風が吹く。岩が砕け、石片となって岩肌を走った。八人は、頂きにしがみついて眼を押えた。

その時、増長天のそばで毛野が声を上げた。

「眼に光が……」

今や増長天の眼となった小さな玉が、ほんのりと光を持ちはじめていた。光が少しずつ強くなる。同じことが、他の像にも起っていた。

眼はますます強く光り、まっすぐな光が、闇のなかに一直線に伸びた。

「光が闇を走っている……」

小文吾が、荘助に言った。

荘助がうなずく。

四つの方角から、まっすぐに伸びた光が、青い水をたたえた真中の窪みの上で交叉した。

その瞬間、暗雲を破るように、稲妻が山の頂きに走った。

四つの像から伸びた八本の光が、炸裂せんばかりに強く輝いた。

山が揺れるような激しい雷鳴が轟く。四方の頂きが、今にも崩れ落ちそうな気がした。

道節たちは、四つんばいになって頂きにしがみついた。

光が少しずつ弱くなっていく。

そして、消えた。

道節たちは足許の増長天を見た。

光を失うと、四天王の像は、岩肌の剝がれたただのみすぼらしい石像にすぎなかった。

「何も起らないじゃないか」

親兵衛が言った。

「八字文殊菩薩だ！」

大角が、頂きの真中を指さして大きな声で叫んだ。

窪みの青く澄み切った水の中から、大きな石像が浮び上って来ていた。唐獅子に乗り、
左手に青蓮華を持ち、右手に弓矢を持っている。

大角が、像の傍に立った。

「八字文殊菩薩というのは、八つの真言を持つ女身の神です」

「真言とは？」

「仏の教えです……文殊菩薩は、智慧を司どる神だと言われています。智慧というのは、この世界の真理を知る働きのことです。真理を悟れば、どんなものよりも強い。文殊菩薩は、一切のものを切断する金剛の刀を手に持っているのです」

道節は、文殊菩薩の手から弓矢を取った。透き通るような不思議な弓と矢だった。

「闇を倒せるのは光の矢だけだと、五十子様が言っていた」

道節が弓の弦を引いた。どんなに力を入れても、弦は少しも動かない。

現八が代って引いた。弦はびくともしなかった。

怪力の小文吾が力一杯に引いた。弦はぴんと張りつめたままだ。

「この弓を引けるのは、この世でただ一人、静姫だけなのだ」

「女に引けて、男に引けないってことがあるか」

親兵衛が、道節の言葉に反撥するように弓を引いた。しかし、どんなに力を入れても弓はびくともしなかった。

「これから、館山城に乗り込む」

道節が一同を見廻して言った。

「静姫にこの弓矢を手渡し、闇を倒さなくてはならぬ。静姫の生死は分からない。我々は、静姫の生きていることを信じて、城へ乗り込む他はないのだ。生きて帰れるとは思えない。最後に残ったものが、この弓矢を静姫に手渡すのだ」

「行こう」現八がさりげなく言った。「それが、我々の持って生まれた運命なのだから……」

犬山道節忠与。
犬塚信乃戍孝。
犬飼現八信道。
犬田小文吾悌順。
犬坂毛野胤智。
犬川荘助義任。
犬村大角礼儀。
犬江親兵衛仁。

八人は、勢揃いをして館山城に向った。
八つの体には、不思議な力が秘められていた。野を駈け、山を走るその速さは、普通の人間のものではなかった。八体は、疾風のように、館山城めざして走った。

第十章　闇と光の対決

1

館山城は、海にせり出すように建てられている。

絶壁が一度細くくびれ、ふたたび大きく広がっているところに城がある。はるか下、眼もくらむような断崖には、荒波が浪しぶきを上げて砕けている。

海を睥睨するようにそびえている黒々とした館山城は、悪霊の城と呼ばれるのにふさわしかった。

城の天守閣で、蟇田素藤の紅い眼が、静姫をじっと見つめていた。

「美しい……」

素藤が満足そうに言った。

「艶やかじゃ……肌も白く、こんなに艶々と輝いている」

素藤の細く長い指が、静姫の頰に伸びてきた。

「触ってはならぬ！」

静姫が、凛(りん)とした声で言って、素藤を睨(にら)み返した。

「フフフ……」

素藤が楽しそうに笑った。

「気が強いのう……美しい女(おなご)は、気が強くなくてはならぬ。すぐに手折れる花は、しょせん野の花。手折る人間に何の楽しみも与えてくれぬ」

素藤は、静姫をじっと見つめて、もう一度言った。

「美しい艶やかな肌じゃ……」

船虫たちに城へ連れて来られた静姫は、すぐに湯殿に連れて行かれた。

「きれいになって、素藤さまにお目通りしなくてはねェ」

腰元たちに押えつけられて、着ているものを脱がされていく静姫を、船虫が楽しそうに見ていた。

静姫は暴れた。腰元四人がかりで湯床に押えつける。その上から、透き通った湯が静姫の体にかけられていった。腰元の一人が、糠袋(ぬかぶくろ)で、静姫の体を磨き上げていく。旅の埃(ほこり)が拭(ぬぐ)いとられると、静姫の体はみるみる美しく輝いた。湯が肌ではじける。

「美しい体じゃ」

物欲しそうな眼で見ていた船虫の眼が、ふと静姫の体の上でとまった。馥郁(ふくいく)とした腹部の上を腰元の手が動いていく。船虫がそこを凝視した。

「お前は男を知っているね」

船虫が湯床に降りて来た。

「親兵衛と出来ちまったのかい？」

静姫は船虫を蹴り上げようとした。

腰元たちが力まかせに押えつける。船虫の眼が、じっと静姫の体を見つめていた。

「そうかい、親兵衛と……」

「親兵衛が必ず助けに来てくれる！」

船虫の視線を跳ねのけるように、静姫が叫んだ。

「来るだろうね、きっと……私たちも待っているのだよ」

体を洗い清められた静姫は、湯殿から上ると、白小袖に紅袴を着せられ、天守閣に引据えられていったのだ。


「男を知っているそうだな」

素藤が、白小袖の下の体まで見透すように言った。

静姫が顔をそむける。

「女の肌は、男を知りはじめた頃が一番美しい。今のお前の肌のように、匂うがごとき美しさで輝くのだ」

素藤が、静姫の手をとった。

静姫はその手をひこうとした。しかし、素藤は、ぐいとつかむと、静姫の手を自分の顔の方に持っていった。華奢な手にしては有無を言わさぬ力があった。

素藤は、静姫の手で自分の顔を撫でた。

「つるりとしているであろうが……私の顔も、お前の体と同じようにすべすべしているだろうが……この顔はな、静姫、そなたのような若い女の肌で作ったのだ……お前のように美しい女の白い肌での……顔だけではない、この体もそうじゃ……何十人、何百人という若い女の白い肌で、私の体は出来ているのだよ」

静姫は思わず素藤を見た。すぐには信じられないことだった。しかし、素藤の顔の肌理細かい白い肌は、確かに若い娘のものだ。

「フフフフ……」

素藤がかすれた声で笑った。

「フフフフ、ハハハハ……」

素藤のかすれた笑い声が、天守閣一杯に響いた。

「お前の肌もな、私が貰う。里見の娘の皮を、私の体の一部にする。それが、私のかねてからの望みだったのだ。その望みが、やっと叶った。フフフフ……ハハハハハハ……」

その時、妖之介が上って来た。

「殿」

「何だ」

「堀切(ほりきり)の関所が破られました」

「何?!」

「下久根(しもくね)の関所も……八頭の馬が、関所の柵(さく)を蹴散(けち)らして駈(か)け抜けたとのこと」

「八頭の馬?」

「尋常な速さではなかったそうです。闇(やみ)の中を、ひとすじの光のように走り抜けていったと……」

「光のように……?」

「その速さは、空を飛ぶようであったと……」

「来たか、里見の八犬士」

素藤が低く笑った。

「この城へ、死にに来たか、フフフ、ハハハ……」

素藤の眼のふちが、真紅に染った。

静姫は、素藤の不気味な顔を睨み据えながら、心のなかで叫んだ。

「親兵衛! 生きて……もう一度逢(あ)いたい!!」

2

「陸地づたいに城へ入ることは不可能です」

現八が言った。

親兵衛たち八人は、館山城が目の前に見える坂井の繁みのなかに潜んでいた。

館山城は、自然の地形そのものが堅固な防壁となっている。戦国の世に、性格の穏和な小鞠谷如満が城を守っていられたのも、そのためだった。

城門に通じる路は、切り立った絶壁の上にある。岩肌がむき出しになっていて、樹一本生えていない。城に近づく人間は、櫓から一目瞭然になってしまうのだ。

暗闇に乗じて城に近づこうとしても、細くくびれている断崖は、灯りなしでは歩けない。灯りを持てば、その動きは、城から簡単に見破られてしまう。

「海からまわる他にはないな」

道節も言った。

「早くしないと、静姫が危い」

親兵衛が言った。

八人は、漁師に化け、舟で城へ近づいた。

海から見る館山城は、いちだんと異様だった。一目見ただけで、ただの城ではないと分かる。

如満が城主であった頃は、波静かな碧い海を見下す館山城は、南総一の美しい城として名を轟かせていたのだ。城のまわりは花でおおわれ、城下のものたちも、そんな城を持つことを誇りに思っていたのだ。城を見ることで、穏やかで幸せな気持になれた。海で働く漁師たちにとっても、陸から見てどの位置にあるかを確かめるための重要な目じるしでもあった。

蓑田素藤の時代になってガラリと変った。城は少しずつ陰鬱に見えはじめ、断崖の下の碧く澄みきっていた海が、不気味な底知れぬ色と変り、波の砕ける荒れた日が多くなった。

漁師たちも、城から離れて漁をするようになった。陸から離れることになり危険は増したのだが、城の見える場所で漁をすることは、館山城にじっと見据えられているようで、言いようもなく不気味だったのだ。

「城に近づけば、生きては帰れない」

いつともなく、漁師の間でそんな噂が立つようになった。

誰も漁をしないのだから、魚の数も多いだろうと、城に近づいた漁師が、舟だけを残して行方が分からなくなってしまったこともあった。

「あの城は生きている……」

道節たちは、城下でそんな言葉を何度も聞いた。

断崖の上に立つ黒い城は、ただの建物ではなく、それ自体が生きて海を見下ろしているようにも見える。

道節たちは、出来るだけ舟を断崖に近づけた。砕ける波で岩に叩きつけられる恐れはあったが、そうしなくては、城から見透されてしまう。

小文吾が、巧みに棹をあやつった。うねりに押し上げられ、突き出した岩に叩きつけられそうになると、波にも負けない怪力で舟を海に押しもどした。

「小文吾がいなかったら、海から近づくことは不可能だった」

信乃が、櫓を漕ぎながら言った。

「私の力が初めて役に立ったのです」

脚をふんばりながら、小文吾は舟を押し返した。声が弾んでいる。

舟は少しずつ城の下に近づいた。

「絶壁をよじ登るのか？」

「それしかないだろう」

八人は城を見上げた。

天を仰ぐような高い断崖だった。海底でくびれ、上へ行くほど海にせり出している。

「登れるのか、この断崖が……」

「登るより他はない」

「そんなじれったいことをしていては、静姫が殺されてしまう」

「他にどうしろと言うのだ！」

八人は改めて絶壁を見上げた。

手がかりを求めながら、一歩一歩登るより他はない。うまくいっても半日がかりの仕事になる。途中で見つかれば、ひとたまりもない。

その時、舟のまわりで大きな水しぶきが上った。

崖の上から、何かが放り込まれたのだ。水しぶきは次々と上り、白い塊が波間に浮んだ。

見つからないよう、断崖にぴたりと舟を寄せて、八人は海に放り込まれたものを見つめた。白い塊が幾つも、黒い海に沈んで行く。

「人間の腕です！」

毛野が叫び声を上げた。

「向うのは、ひとの足だ」

大角も言った。

バラバラにされた人間の手や脚や胴が、ゆっくりと海に沈んでいく。八人は息を呑んだ。

その時、水面が騒めいた。

海の底から上ってきたものが、競い合うように放り込まれた餌に飛びついたのだ。海が白く泡立った。

「亀だ！」

親兵衛が叫んだ。

海の底から上ってきたのは、巨大な亀だった。何匹もの亀が、投げ込まれた人間の肉を奪い合っていた。鋭利な歯が、手を引き裂き、足を喰いちぎっていく。

「人喰い亀……」

八人は、呆然としてその有様を見守っていた。

3

大広間の壇上に、素藤が坐り、その後に、船虫、妖之介、奈四郎、逸東太、幻人等がずらりと並んでいた。

幻人のそばには、浜路が坐っている。

繊細な美しさを持つ顔立ちこそ変っていなかったが、これまでの浜路とはどこか違って見えた。浜路の美しさをひき立てていた愁いが消え去っている。澄んだ眼をたまらなく魅力的にしていた、哀しみの色も消えていた。

浜路は、幻人のそばにゆったりと坐っていた。愁いと哀しみの代りに、浜路が体から発散しているのは、男が眼を離せなくなる強烈な色香であった。ただ坐っているだけなのに、白い項から、女の匂いがゆらりゆらりと立ちのぼっている。体全体で男を求めているように見える。

浜路の顔に表情はなかった。

昼間だというのに、大広間は暗かった。何十本もの蠟燭が赤い炎を上げている。炎の後に、黒い兜で顔を被い、黒い鎧を身につけた侍たちが、大広間を囲むような形で坐っていた。

黒い侍たちに囲まれるように、大勢の腰元たちが踊っている。眼にも鮮やかな、きらびやかな衣装をつけている。ただ、顔には表情がなかった。

総出で踊らされる時には、何か異様なことが起きる。それが娘たちには分かっていたのだ。何が起るのかは分からない。しかし、素藤の紅い眼に見つめられ選び出された娘は、どこへともなく連れていかれ、二度ともどっては来ないのだ。

娘たちは、素藤の眼を怖(おそ)れて、顔をこわばらせながら踊っていた。

「死の踊り」

素藤は自らそう名づけた。

「今日は、腰元たちに、『死の踊り』でも舞わせるか」

そういう時の素藤は上機嫌だった。娘たちが自分を怖れ、体をこわばらせて踊るのが、楽しくてたまらない。

「素藤さま」

幻人が後から話しかけた。

「何だ」

赤い酒を飲みながら素藤が言った。

「この浜路が恋い焦れていた信乃という男も、城へ向っているのですか」

「向っているはずだ」

「浜路をその男に抱かせてやりたいのです」

「何？」

「私の仕事が、思い通りに仕上っているかどうか試してみたいのです。この浜路がどれほど見事な毒娘になっているかを。恋い焦れていた男に抱かれて、浜路の体は燃え上りましょう。悶え狂って、全身が汗にまみれる。その汗を口にすれば、男はたちまち死ぬのです。自分の恋する女の体の上で死ぬ、まさに男にとっては、本望ではありませんか。恋する男を死に至らせるほどの交り、これは女にとっても、これ以上ない喜び……」

「なかなか味なことを言うな、幻人」

「おそれ入ります」

浜路は身じろぎもしないで坐っていた。二人の会話は耳に入っているはずなのに、少しも表情を変えない。

「恋しい殿御に、やっと抱いてもらえるんだよ、浜路。よかったじゃないか。せい一杯燃え上っておくれ」

船虫が笑いながら言った。

「浜路の体は、たまらなく男を欲しがっているのです。どんな男にでも、指で肌を撫でられただけで、体の奥底まで濡らしてしまうはず。それなのに……」

幻人は、卑しい笑顔を見せた。

「この娘は、いまだに処女なのです。フフフフフ……」

妖之介はじっと眼をとじていた。幻人たちの交す言葉など何も聞いていなかった。幻人の作り上げた毒娘なんかに、妖之介は何の興味もなかったのだ。

妖之介は、毛野の顔を思い浮べていた。

自分に絡みつかれて、悶え狂った毛野の顔を。

「いやよォ……いやよォ……いやよォ……」

毛野は、妖之介に体を巻かれて揺すられながら、我を忘れて泣き叫んだのだ。その可憐で美しい顔を、妖之介は今まざまざと思い出していた。

「あの毛野が城へ来る」

妖之介は心の騒めきを抑えられなかった。

「今度は、死ぬまで嬲り尽してやる……」

妖之介の眼が、ぬめっと輝きを増した。

「妖之介」

素藤が声をかけた。

「はい」

「お前にも楽しい思いをさせてやる」

素藤は、妖之介の心を見透していた。

妖之介が一瞬驚くと、

「フフフフ……ハハハハ……」

素藤のかすれた笑い声が広間一杯に響いた。

赤い炎がゆらりと揺れた。

腰元たちはいっそう怖れおののき、身ぶり手ぶりを大きくして必死で踊り続けた。

4

城の真下で、舟が大きく揺れていた。

舟底に何か固いものが当る音が、さきほどから続いていた。

岩が舟底に当っているのかと初めは思っていたのだが、それにしてはひっきりなしだった。

やがて、それが人喰い亀であることが分かった。亀が海底から浮び上ってきては、舟底に体当りしているのだ。

音は言いようもなく不気味な響きとなった。

「今に、舟に穴があく……」

親兵衛が冷静に言った。

あの鋭い歯を考えれば、舟底に穴があくのも、それほど時間はかからない。

「早く崖に移ろう」

八人は断崖を見上げた。

「待て」

その時、信乃が言った。

「あそこに洞穴がある」

信乃が指さした。断崖がくびれたところが、海洞になっているように見える。

「ひょっとして、海から城への出入口ではないのか」

小文吾が棹を押した。

舟が洞穴に近づく。海洞は思ったよりも深く続いていた。

舟が中に入ると、荒波が嘘のように引いた。海面が鏡のように動かなくなった。鏡の上を、舟がゆっくりと滑っていく。

舟底を叩く不気味な音は、さらに増えた。舟板一枚の下に、どれほどの人喰い亀が集っているのか。舟底を叩かれ続けながら、舟は洞穴の奥深く進んでいった。

「やっぱり城への出入口がある！」

大角が叫んだ。

洞穴の突き当りに、頑丈な木の扉があった。

「海の深さはどの位だ、小文吾」

小文吾が、海に棹をさして深さを計った。

「気をつけろ、小文吾。海面に手を近づけると、人喰い亀に指を喰いちぎられる」

現八が注意した。

小文吾は、用心深く海に棹を立てた。

「かなりの深さです。この棹では底にとどかない」

小文吾が棹を上げた。亀の鋭い歯でボロボロに喰いちぎられている。

「海が浅くないとすれば、あの扉の下は潜り（くぐ）ぬけられるはずだ」

現八が言った。

「扉の向う側へ潜（もぐ）って、閂（かんぬき）を開けるより他はない」

「人喰い亀がいるんですよ、この海には……」

毛野が言った。

「人喰い亀の数は、どの位だと思う、親兵衛」

道節が親兵衛に言った。生きもののことは親兵衛が一番よく知っていたのだ。

「おそらく、五匹、もしくは六匹……」

親兵衛が喰いちぎられた棹を見つめて言った。

「やはり、崖をよじ登ろう。この海へもぐることなど不可能だ。小文吾、舟をかえせ」

小文吾が舟を返した。

しかし、すぐに八人は声を上げそうになった。洞穴のくびれて細くなったところに、頑丈な格子戸が降り、行手を塞（ふさ）いでいたのだ。

「敵は、我々がここの洞穴に入ったことを知っている……」

断崖近くに舟を寄せても、どこからか見張られているということは覚悟の上だった。それを怖れていては何も出来ない。

舟は洞穴に閉じ込められてしまった。

「こうなったら海へ潜るより他はない。それが死を意味してもだ」

現八がきっぱりと言った。

その時、荘助がいきなり着ているものを脱ぎはじめた。

「何をするんだ、荘助?!」

小文吾が驚いて言った。

荘助が手を動かした。小文吾と仲のよかった荘助は、簡単な会話なら身ぶり手ぶりで出来るようになっていた。

荘助を見つめていた小文吾の表情が変った。

「駄目だよ、荘助、そんなことは!」

「何と言ってるんだ、荘助は?」

道節が聞いた。

「自分が人喰い亀の囮(おとり)になると言っています」

「何?」

「自分が、海の底深く潜って人喰い亀をおびきよせる。その間に、誰かが扉の下へ潜れと」

荘助がまた手を動かした。

小文吾がじっと見つめていた。

「私は、口がきけず眼も見えず、その上、足も立たなかった。皆のおかげで、あんなに速く走れるようになった。それだけで私は充分に嬉しい。だから、私を行かせて欲しい」

「駄目だよ。むざむざ死にに行くようなことを荘助にさせられるか！」

大角と毛野が同時に叫んだ。

しかし、道節と現八は黙って何か考えていた。

「洞穴に閉じ込められた時、誰かが犠牲になるより他はないと私は思ったのだ」

「私もそう思った」

道節と現八が同時に言った。戦うことがどういうことか、二人共、充分に知り尽していたのだ。

「荘助に潜れって言うのか、この人喰い亀のいる海へ！」

親兵衛が怒ったように言った。

「敵は、我々を待ち受けている。我々はいずれは死ぬ。しかし、何としてでも、この弓矢を静姫に渡さなくてはならないのだ。静姫の命のある間に」

道節がきっぱりと言った。

5

城の石の部屋に、静姫が連れて来られた。

静姫は、白無垢の着物をきせられていた。白無垢は、当時は死の衣装である。純白の装いが、静姫の凛とした美しさを一層ひき立てている。

天井も床もそして壁も、磨きぬかれた石で作られているその部屋が、どんなことに使われているのか、静姫には想像もつかなかった。

しかし、部屋に入った瞬間、静姫はその場に立ちつくした。

石の部屋の真中に置かれた、大きな石の台の上に、ふくよかな体つきの娘が、全裸で横たえられていたのだ。

そばに、素藤と船虫が立っていた。

「お前がこれからどんな目にあうか、見せてやろうと思ってね」

素藤と船虫に見下されて、台の上の娘は小きざみに震えていた。

「そんなに怖がることはないんだよ。今に天にも昇るような気持にさせてあげる。何もかも忘れさせてあげる」

船虫の白い指が、盛り上った乳房の上を走った。

「ひぃーッ‼」

それだけで娘は体をひきつらせた。脅(おび)えきっている。

娘の震える唇を、船虫の唇がゆっくりと吸った。

船虫は、長く唇を離さなかった。娘の体に触れようともせず、ただ娘の唇を吸い続けている。

娘の体が少しずつ緩んだ。

船虫の白い細い指が生きもののように体を這(は)いずりまわると、あれほど恐怖で体をこわばらせていた娘が悦楽の声を上げていくのを、静姫は見せつけられた。

「お前も、こうなるのだよ」

船虫が娘の肢を大きくひろげ、濡れて光るところへ指をのばしていった。

船虫の手が蠢く。

「ああ……」

娘はひときわ大きな声を上げたかと思うと、体を突っぱらせるようにして、小きざみに痙攣しはじめた。それと同時に船虫の手の細い銀の針が、娘の耳の下の柔かい部分を一気に刺し貫いた。

娘は、恍惚とした表情のまま動かなくなる。

「どこがお気に召しました、素藤さま」

「背だ」

「分かりました」

船虫が、娘をごろりと転がしてうつ伏せにした。

船虫の手に鋭利な小刀が握られている。その手が娘の背中を走った。

娘は叫び声ひとつ上げなかった。船虫の手にした小刀で背中を切り裂かれた時も、悦楽の続きのように甘い呻き声を上げた。

娘の肌が四角く剝ぎ取られる。

「人喰い亀が、また喜ぶ」

背中を大きく剝がれても、恍惚とした表情を浮かべ続けている娘を見下して、船虫が冷やかに言った。

6

荘助が海に潜ることになった。二番手は大角と決った。

「荘助の次は、私が行く」

小文吾がそう言って聞かなかったのだが、体の大きな小文吾は、海の中では自在に動けない。

「私が行きます」

大角が名乗りを上げた。

「私は、武術があまり得意ではない。城へ入っても皆の足手まといになるだけだ」

「武術が得意でないのは、私も同じです！」

毛野が言った。

「毛野は私よりはるかに身が軽い。道節どのに教えられたおかげで、武術だって人並み以上のものになっている。私は、学問ばかりが好きで武術の方はからっきし上達しないと、父にもよく嘆かれたのです」

大角が、一同を見廻して言った。

「人間にはそれぞれ役割というものがある。その力を発揮出来る場所というものがある。

荘助もそれを知っているからこそ、真先に海に潜ると言っているのだ。私は必ずこの扉を開けて見せる。荘助の命を無駄にはしない」

大角の言葉が終らないうちに、荘助が海に身を躍らせた。

「荘助‼」

小文吾が叫び声を上げた。

舟板を大きく蹴った荘助は、舟のはるか向うに飛び込んだ。そのまま海に潜っていく。

海面が騒めいた。

大きな亀が荘助の体を追っていくのが、洞穴の暗さのなかで化物のように見えた。それも、一匹ではなかった。二匹、三匹、四匹、五匹……親兵衛が推測しただけの数が、不気味に海中に沈んでいった。

「死なないで、荘助……」

毛野が手を合せる。

人喰い亀が荘助を追って行ったのを見定めて、大角が舟から飛び込んだ。

別れの言葉もなかった。

「大角！」

道節が叫んだ。

大角は、一気に扉の下に潜り込んでいった。

海面から二尺あまりのところで扉は閉まっていた。

「これならば簡単に向うに出られる」

大角がそう思った瞬間に、足に何かがからみついた。

網だった。扉の下に、海と同じ色の網が張り渡してあったのだ。もがけばもがくほど、網は大角の体にからみついてきた。

舟の上からは、何も見えなかった。洞穴の中は薄暗く、海は濁っていた。海中で何が行われているか、舟の上からは何も分からない。

「あッ……！」

毛野が悲鳴を上げた。

出口をさえぎっている格子のあたりで、海面が騒めいたのである。

道節たちが息をつめた。

やがて、白く泡立った海面に赤いものが混りはじめた。

血だ。その中に、白い塊がゆっくりと浮び上ってくる。

「荘助の手だ！」

小文吾が、自分の体を引裂かれたような声を出した。

浮び上って来た二頭の亀が、手に喰いついた。波しぶきを上げて、荘助の手を奪い合っている。

「ちきしょうッ‼」

親兵衛が、大きく叫ぶと海に躍り込もうとした。

「親兵衛！」

道節が親兵衛の体をつかんだ。現八も必死でとめた。

二人の眼に涙が浮んでいた。

大角は小刀で網を切った。切っても切っても体にからみついて来る。息が詰った。肺が張り裂けそうになってくる。気が遠くなった。

「もう駄目だ」

その瞬間に、体がふわりと自由になった。最後の一太刀が、体を網から解き放ったのだ。

大角は水を蹴った。体が扉の下を潜(くぐ)った。

一気に浮び上る。水面に顔を出すと、大きく息を吸った。その瞬間、風を切って飛んで来た鎌槍(かまやり)が、大角の喉(のど)を刺し貫いていた。

どこに誰がいるか分からぬまま、大角は、扉に串刺(くしざ)しにされた格好で動けなくなった。

体のほとんどは、海中に沈んだままだ。

「このままでは犬死にだ」

荘助を襲った人喰い亀が、やがてはこちらにも来る。身動き出来ないままで人喰い亀に襲われたのでは、荘助も犬死にではないか。

息が出来ない。意識が遠のいて行く。

荘助のまだ幼い愛らしい顔が、朦朧(もうろう)とした頭の中に浮んだ。その顔が別れを告げていた。

「荘助を犬死にさせたくない」

その一心が、大角に最後の力をふりしぼらせた。

大角は、扉に手を支えて力一杯押した。

槍が扉から抜けた。

大角は、首を槍で刺し通されたまま扉をよじ登った。

それから先のことは、何も憶えていない。閂のところまでよじ登ると、それを握りしめたまま大角は海に落ちた。

閂が音をたてて外れた。

海に沈んだ瞬間、大角は息絶えていた。大角にとっては幸せだったかも知れない。海中深く沈んでいく大角のまわりで、海が騒めいた。荘助を襲いつくした人喰い亀が、大角に襲いかかってきたのだ。

扉が開いた。

「やったのか、大角！」

信乃が叫んだ。

大角の姿はなかった。道節たちが見たのは、海面を染める赤い血だけだった。

7

扉の向うは、広い洞穴になっていた。潮に濡れた岩床が、ゆるやかな坂となって奥へ続いている。もうひとつ、大きな扉がある。

広い洞穴のなかには誰もいなかった。

「なぜ、誰もいない？」

信乃が、用心深く洞穴を見守りながら言った。

「オレたちが来るのを待ち受けているはずだ」

「我々をひとりずつ殺す気なのだ」

道節が、洞穴の奥の大きな扉を睨みつけて言った。

「おそらく、あの扉の向うには敵が待ち受けている」

「敵がそのつもりなら、我々にとっては好都合だ」

現八も、扉を見つめながら言った。

「我々もそれだけ奥へ踏み込める。一人死ぬごとに……」

一同は、ゆっくりと奥の扉に向って進んだ。

水でも湧き出しているのだろうか、深い洞穴の岩肌が濡れてひかっている。

毛野が足を止めた。

高い天井の岩肌を見つめて、

「岩が息をしている……」

と、不思議なことを言った。

道節たちも足を止めた。毛野と同じように天井を見上げて耳をすました。

呼吸音がしている。大きく息を吸い、また吐くような音が聞えて来る。耳をすましていると、洞穴自身が大きく息を吸い、吐いているように思えてくる。

「生きているんじゃないのか、この洞穴は……」

小文吾が洞穴を見廻した。

「百姓たちが、ひそひそと囁き合っていたではないか。あの城は生きていると……あの城は、悪霊の城だと」

六人は息を呑んで、広い洞穴を見廻した。


石の部屋のつるりとした台の上に、静姫が縛りつけられていた。

手を頭上で台に結えられ、足をひろげて結えられてしまうと、もう身動きもならない。

何をされてもさからいようのない姿態に、静姫はなっていた。

「男を知ったばかりの女の肌は、まさに一番艶やかな時……」

船虫が紅袴の紐を解きながら言った。

「この娘は、素藤さまのために美しく生まれてきたのです」

「フフフ……」

「素藤さまのために男と遊牝んだ」

「ハハハハ……」

素藤のかすれ声が石室に響いた。

「何か言い残すことはないか、静姫」

素藤の細く長い指が、静姫の顔を撫でた。

その指に、静姫がいきなり嚙みつこうとし、危ういところで指をひいて、素藤はまたかすれ声で笑った。

「フフフ……生きがいいのう、お前は、ハハハハハ……」

「お前は、まさに素藤さま好みの女なのじゃ。素藤さまにその白い肌をさし上げるために、生まれて来た女なのじゃ」

船虫が、黒髪を撫で廻しながら、静姫の顔を見下した。

「我々が憎いか、静姫。精一杯憎むがいい。心の底から憎むがいい。憎しみこそが、男を強くし、女を美しくする。精一杯美しくなって、素藤さまを喜ばしてさし上げるのじゃ」

「憎しみは、男も女も醜くくするだけだ。愛だけが、男を強くし、女を美しくする!」

静姫が叫び返した。眼からひとすじの涙が流れる。

「フフフ……」船虫が楽しそうに笑った。「美しいのう、お前は……可愛いのう……」

船虫の唇から赤い舌がチロリとはい出て、静姫の眼のふちの涙を舐め上げた。

静姫が暴れた。流した涙までぬぐいとられて、心を蹂躙されたような気がした。

静姫は叫んだ。

「親兵衛!!」

船虫の手が、白小袖の紐を解きはじめる。

洞穴は生きていた。奥へ進むにつれて、呼吸音はさらに大きく聞えてくる。

「何がいるのだ、あの扉の向うには……」

六人は、大きな扉の前で立ち止まった。

扉はぴったりと閉ざされていて、向うの様子は分からない。

親兵衛が扉を押した。大きな扉が少し動いた。

「開いている……」

小文吾が代って扉を押した。

「用心しろ、小文吾。扉に鍵(かぎ)がかけられていないのは、敵が我々を待ち受けている証拠だ」

道節の言葉が終らないうちに、扉めがけて一本の槍が飛んで来た。

物凄(ものすご)い音をたてて扉に突きささる。

小文吾が慌てて扉をしめた。槍の切先が、厚い扉を貫いてこちら側にまで達している。

「すごい！」

思わず毛野が叫んだ。

「しかも、小文吾の喉を正確に狙っている。小文吾が顔を出していたら、あの槍で喉を貫かれていた」

信乃が、切先を見つめながら言った。

現八が、槍を握りしめて一同の顔を見た。

「オレが飛び込んで、この槍の男を殺す」

「現八！」

「おそらく、他の連中も、オレを目がけて槍を放ってくるだろう。その後にすぐ躍り込むんだ。槍にしろ矢にしろ、一度放てば、次に放つまでには一瞬にしろ時間が空く」

「それなら私が行きます。荘助が死んだ時から、次は私の番だと決めていたんです。私なら体が大きいから、向うだって的にしやすいはずだ」

小文吾が笑って言った。

「どの男があんな槍を投げるか、オレには、見当はついている。誰を狙っていいか分からぬ、お前では無理だ」

現八は、昴星の里で出会った奈四郎の引き締った顔を忘れていなかった。

「オレだってあいつ等の顔を知っている。あんなに正確に槍を投げるのは、おそらく奈四郎って男だ。オレが飛び込む」

親兵衛も言う。

「この中では、オレが一番速く正確に槍を投げることが出来る……」

現八が一同を見つめて、静かな声で言った。

「大角も言っていたではないか。人間には、役割というものがある。その力を発揮出来る場所というものがあると……ここは、オレの役割なのだ」

声が力に満ちていた。

「現八……」

道節が現八を見つめて、それ以上何も言わなかった。

「道節どの。後はまかせた」

言い終ると同時に、現八は槍を握りしめて、大きな扉に向って走っていた。扉に体を叩きつける。

現八の体が扉の向うで一回転した。槍を巧みに使って体を起す。

それを待ち受けていたように、鋭い槍が風を切って飛んできた。切先が正確に現八の喉を貫いていた。

その時には、現八の手からも槍が放たれていた。槍はうなり声を上げて、現八に向って槍を投げ終ったばかりの奈四郎の顔面を貫いていた。

現八が一回転したのは、奈四郎の顔面の位置を確認するためだった。起き上ると同時に槍を投げていたのだ。

現八が喉元を貫かれたのと、奈四郎が顔面を突き刺されたのは、ほぼ同時だった。

現八は倒れまいと足を踏んばった。喉を貫いた槍を握りしめて、二、三歩あるいた。

その現八に向って、槍と弓矢が無数に飛んで来た。現八は針の山になった。

その瞬間に、道節たちが飛び込んだ。扉の内に入ると同時に、五人は土を蹴って宙に飛んだ。

驚くべき跳躍力で、道節たちは広い地下室を横切って飛んだのだ。

黒装束の男たちが慌てて槍を持ち直そうとした。矢をつがえようとした。その上に飛び込んで行った五人は、激しい力で黒装束の男たちを斬り裂いた。

それを見とどけるようにして、現八が倒れた。

「狙いが狂った……」

遠くなって行く意識のなかで、現八が呟いた。

「オレは奴の喉元を狙ったのだ」

顔面を刺し貫かれた奈四郎が、音をたてて倒れた。

8

そこは、自然の断崖を利用した深い地下室だった。生暖かく、生臭いけものの匂いが漂っている。

さきほどから聞えていた呼吸音がさらに大きくなる。深い呼吸音は、大きな鉄の扉の向うから聞えて来るようだった。

「城が生きている……」

やはり百姓たちの噂は、嘘ではなかったのだ。

現八の死を悲しむ余裕は、五人にはなかった。気味の悪い呼吸音を確かめている時間もない。

黒い甲冑に身を固めた侍たちが、五人をぐるりと取りまいたのだ。

五人は背を合せ、背後から襲われないように円を描きながら、少しずつ城に通じる階段に向って進んで行った。とにかく、城へ入らなければ。

静姫がどうなっているのか、生きているのか、それさえも分からなかった。

五人は、白刃をつけた水車がゆっくりと回るように、黒い侍たちの中を動いて行った。大勢の敵を相手にして、少しでも味方の被害を喰いとめるために、道節の考え出した戦法であった。

「輪のなかに誰も入れてはならぬ。それさえ厳守すれば、敵がいくら多くても恐れることはない」

道節は言った。

白刃の輪めがけて槍が飛んだ。矢が射られた。

しかし、五人の刀は、宙を飛んでくる槍や矢を正確に叩き落した。

たかが五人、舐め切っていた黒装束の侍たちが、白刃の水車に怖れを感じ始めた。

その時、風を切る鋭い音がした。黒装束の侍たちが慌てて体を伏せた。

遅れた二、三人の侍の頭から、黒い兜が飛んだ。兜は血を迸らせながら宙を飛び、岩壁に叩きつけられた。兜と一緒に、頭部も千切れて飛んだ。

風を切る音はさらに鋭くなった。

逸東太が、その大きな体で、鎖のついた分銅を振りまわしていた。逃げ遅れた侍たちが、その分銅を頭に叩きつけられたのだ。

逸東太は、軽々と分銅を振り廻しながら五人に近づいて来た。

五人が窮地に追い込まれる。五人で作った輪は、群がる敵なら防ぎようがあるが、宙を舞う分銅と闘うすべはなかった。弓矢なら叩き落せるが、分銅を刀ではらいのけることは不可能だ。

分銅の威力は、侍たちの首が三つ、ひとたまりもなくすっ飛んでいったことで明らかだ。

五人はじりじりと下った。

黒装束の侍たちも、今は身を伏せ、分銅の下をかいくぐるようにして逸東太の後に廻っていた。

分銅に首をはね飛ばされてはたまらない。逸東太は、味方の首をはねることなど、何とも思っていない。ただ自分の力を見せるために、分銅を振り廻している。

逸東太と五人の戦いになった。

五人は少しずつ退り、地下室の壁に追いつめられていく。

分銅が鋭い音をたてて襲ってきた。

五人は跳んだ。

分銅が地をかすめ、土煙が立った。五人が体を伏せることを予想して、逸東太は低く分銅を振りまわして来たのだ。五人が体を伏せていたら、次々と頭を分銅で飛ばされていた。

五人が散った。

かたまっていては、自分に向って来る分銅を見定められない。低く来るか高く来るか、見極めないと死が待っている。

五人は、自分に向って来る黒い鉄の塊を、最後の瞬間まで見極めた上で、跳び、伏せ、横に走った。

親兵衛が、すきを狙って逸東太に槍を投げつける。しかし、勢よくまわる鎖にたちまちはね飛ばされてしまった。

五人は前に進むどころではなくなった。地下室一杯に振り廻される鉄の塊から、身をよけることで精一杯だった。

その時、小文吾が一歩前へ出た。

「危い、小文吾!」

信乃が叫んだ。

小文吾が、逸東太めがけて走った。

分銅が唸る。

小文吾の体に鎖が叩きつけられた。分銅の勢いで、鎖は、二巻三巻、小文吾の体に巻きついてきた。重い分銅が、音をたてて小文吾の体に叩きつけられる。

小文吾が唸り声を上げた。

横腹に叩きつけられた分銅で、内臓が砕かれたようだった。

しかし、小文吾は、両手でしっかりと鎖をつかんでいた。力まかせに引く。逸東太が虚をつかれて二、三歩前へ出た。

その首を、小文吾の手がわし摑みにして、逸東太の首を力のある限り締め上げた。

指が首にめり込む。

逸東太が、その手をふりほどこうとあせった。

小文吾の手は喰い込んで離れない。口から血が流れ出ていた。分銅を叩きつけられて内臓が破れたのだ。

逸東太の手が、小文吾の背にまわった。小文吾の背を力まかせに締め上げる。小文吾の口から、血が滝のように流れた。

小文吾が、最後の力を振りしぼって、逸東太の首を締めつけた。

逸東太も、満身の力を込めて小文吾の背骨を締め上げた。

不気味な音が、城の地下室に走った。

小文吾の背骨が砕けたのだ。

「小文吾！」

道節が叫んだ。

その叫びが終らぬうちに、逸東太の首が、がくりと前へ倒れた。大きな体が土煙を上げて地に叩きつけられる。

小文吾も崩れるように倒れた。

「今だ！」

道節が走った。他の三人も走った。

道節たちは、一気に地下室の階段を駆け上って、城の中に入った。

二の丸らしかった。

二の丸は、渦郭式に本丸へ続いている。複雑な形に曲輪が連り、容易に本丸へは近づけないようになっている。

四人は走った。虫のように湧いてくる黒鎧の侍たちを、斬り捨てながら走った。

狭い場所は、四人にとっては有利だった。

その時、どこからともなく笛の音が聞えて来た。やさしい澄んだ音色であった。

昴星の里に伝わる、一節切の笛であった。

親兵衛が叫んだ。

「静姫だ！　静姫が生きている！」

9

静姫は、あられもない格好で笛を吹いていた。

石の台に仰向けに寝かされ、足を台に結えられている。

白小袖の両裾を大きくひろげられ、静姫の匂うような肉体が素藤たちの眼に晒されていた。静姫は、その格好のままで笛を吹いていた。必死で吹いていた。

「何か言い残すことはないか、静姫」

素藤にそう聞かれて、静姫は笛が吹きたいと言ったのだ。

「吹いても音のしない粗末な竹笛をか」

船虫がけげんな顔をした。

静姫が大事に身につけていた竹笛を見て、船虫が吹いてみせろと言ったことがある。それが、本当に笛かどうか確めてみたかったのだ。

静姫は吹いた。船虫たちには何も聞えなかった。心の清いものしか聞えない笛。その笛を、静姫は最後に吹きたかったのだ。親兵衛たちが、この城に近づいて来ているのなら、聞えるはずだ。親兵衛に、自分が生きていることだけでも知らせたかった。

船虫たちも、その笛で、静姫が合図をしようとしていることは覚ったようだった。素藤と何か囁き合ってから、船虫は笛を持って来させた。

「吹くがいい、思う存分……お前の力と、私の力とどちらが強いか試してみるか……この世の善の力と悪の力と、どちらが強いか試してみようぞ」

船虫は妖(あや)しく笑って、静姫の両手の縄を解いた。

静姫は懸命に吹いた。姿態を恥じらっている余裕はなかった。

「親兵衛に聞えますように」

ひたすら、それだけを思って吹いた。

体のすべてを晒したままで笛を吹く静姫を、素藤と船虫が楽し気に見つめている。

船虫が、静姫の足許(あしもと)にまわった。細いしなやかな指が、静姫の足に触れて来る。船虫の指がどんな魔力を持っているか、腰元の狂乱で分かっていた。
船虫の指がそろりと足を撫でてくる。
静姫は笛を吹いた。笛を吹いているかぎり、あの娘のようにはなるまいと思った。
静姫はひたすら吹いた。
船虫の指が、静姫の足の指をひろげ、その狭間を撫でてくる。
静姫は何も感じなかった。
船虫が、両の足指を一本一本舐めるように撫でてくる。
平気だった。
船虫が、口惜しそうな顔で静姫を見てくる。
「お前の魔力もこの笛には勝てぬようだな。笛を取り上げよう」
素藤が言った。
「いえ、そのままで結構です。私の力で、あの笛が吹けぬようにして見せます」
船虫の眼がぎらりと光った。
船虫は静姫の足許にかがむと、いきなり足の指を口に含んだ。
「あ……」
静姫が体をこわばらせる。
船虫の口腔の感触が気味悪かったのだが、それだけのことだった。
静姫は笛を吹き続けた。

船虫が口腔全体で、静姫の足の指を舐めあげてくる。

舌が、指の間を走った。人間の舌の感触ではなかった。細く長く熱い舌が、足の五本の指にからみつくように、自由自在に動く。

静姫の笛が、一瞬とぎれた。船虫の口に含まれた親指の根本から、おぞましい感触がじわりと体を這い上って来たのだ。

「いやだ！」

静姫は思った。

「こんな女に負けてたまるか！」

静姫は力一杯に笛を吹いた。

静姫の、その慌てぶりを見て、素藤の眼が妖しく紅らんだ。


複雑に折れ曲る廊下を道節たちは走った。

一刻でも早く笛の許に行かなくてはならない。

道節たちは、黒鎧の侍たちを蹴ちらすようにして走った。

「離れるな！」

道節は後を振り返って叫んだ。

複雑な渦郭のなかで散り散りになってしまっては、二度と会えない。

しかし、その時にはもう、毛野の姿がなかった。

「毛野！」

道節が悲痛な叫び声を上げた。

後からも黒い侍たちがせまって来る。立ち止まる訳にはいかなかった。

毛野は、迷路に迷い込んでいた。

黒い侍たちの太刀をよけて、一瞬道節たちから遅れた毛野は、道節たちとは別の曲輪に入ってしまったのだ。

慌てて元へ戻ろうとした。しかし、複雑に曲りくねった廊下は迷路となっていて、逆に奥へ奥へと入って行く。

侍たちは追いかけては来ない。

毛野は、迷路となった曲輪のなかで一人もがき続けていた。

奥の一室で、妖之介がじっと坐っていた。

絢爛（けんらん）たる部屋だった。四方の襖（ふすま）が金色に輝いている。金色の襖の上を巨大な蛇がうねり動く姿が、四方の襖のすべてを使って描かれていた。

巨大な蛇は、美しく咲きこぼれる花を踏みにじるように、松の枝にからみついて登っていた。可憐な顔をした小鹿（こじか）に巻きつき、今まさに締め殺そうとしている。色とりどりの花の上で行われている死の光景が、不思議な妖しさで金色の襖に映えていた。

絢爛たる襖絵の真中に、妖之介がただじっと坐っていた。端整な顔がぬめるような艶を持っている。

部屋一杯に、生ぐさい匂いが拡がる。

妖之介は、毛野を待っていた。迷路に踏み込んだ毛野は、やがてはこの部屋にやって来る。どうもがいたところで、出口はここしかないのだ。

妖之介は金色の着物をきていた。よく見ると、着物には鱗状の模様が描かれている。妖之介は、金色の蛇となっていた。

襖が一枚、突然倒れた。

毛野が飛び込んでくる。

「よく来たな、犬坂毛野。逢いたかったぞ」

妖之介がゆっくりと立ち上った。

道節たちは本丸めざして走った。

黒い侍たちがじりじりと下っていく。侍たちはある意図の下に動いているようだった。

道節がそれに気づいた。

「あの男たちは我々をどこかに連れて行こうとしている」

「向うの意図が何であれ、静姫には近づいている。このまま行くより他はないだろうが」

親兵衛は足を止めない。

「用心しろ」

道節が言った。

信乃がうなずいた。

三人だけになってしまっていた。笛の音には少しずつ近づきつつある、それだけが三人を奮いたたせていた。

その笛が突然跡切れる。

「静姫！」

親兵衛が叫んだ。

笛は、またすぐ聞えてきた。

親兵衛はホッとした。だが、笛はすぐに跡切れた。また元にもどる。

「静姫の身に何かが起っている」

親兵衛が、道節に叫んだ。

「急げ！」

三人は、笛の聞えている方向に向って走った。

黒い侍たちは曲輪の角を曲って行く。

三人も曲った。

笛が一段と大きく聞えて来る。

「すぐ、そこだ！」

信乃が言ったとたん、廊下の一方の板壁がぐらりと動いた。板壁の一部が、どんでん返しとなって一回転したのだ。

板壁の一番近くにいた信乃が壁に吸い込まれた。

「信乃！」

道節が板壁を押した。

もうぴくりとも動かない。

信乃は暗闇のなかにいた。

まわりがどんな風になっているか、まるで分からない。

信乃は手さぐりで板壁を押した。どんなに押しても動かなかった。何も見えなかった。

暗闇の世界で、信乃は立ちつくした。向うに赤いものが見える。ゆらりと揺れて近づいてくる。

蠟燭の炎だった。炎はゆらりゆらりと近づいてくる。きらびやかな衣装を着た女が、燭台を手に近づいてきた。

「信乃さま」

女が言った。

その声を聞いて、信乃は思わず叫んだ。

「浜路！」

船虫にくわえられている足指から、得体の知れない感触が静姫の体を這い上ってきた。

船虫の舌が、足の指のひとつひとつにからみついて動いている。熱い舌先に、指の狭間の柔かい部分を舐めつくされるたびに、鋭い電流のようなものが体を走った。

一瞬、笛を吹くのを忘れる。すぐ気を取り戻して、吹き続けた。

「負けるものか！　負けるものか！　負けるものか！」

自分を叱りつけるように吹き続ける。

船虫が顔を上げた。

口が、唾液で濡れている。

静姫の足の指も濡れていた。足をくわえたまま顔を上げた船虫の顔が、一瞬大蜥蜴のように見えた。

10

「この部屋をよく見るがいい、毛野」

妖之介が言った。

「この絵は、私がお前のために描かせたのだよ」

大きく太い蛇にからみつかれている小鹿が、毛野の眼には自分のことのように思えた。

「そうだよ。あの小鹿はお前だよ。私はお前の体に、あんな風に巻きつきたいのだよ。すぐには殺しはしない。なぶり尽した後で、ゆっくりと締めてやる。お前の骨を、この私の体で粉々に砕いてやる」

妖之介が近づいて来た。

毛野は横なぎに刀をはらった。風を切る鋭い音がした。

「なかなか、武術がうまくなったな」

妖之介は顔色も変えなかった。

「私が斬れるかな」

そう言って、自分も刀を抜いた。そのまま近づいてくる。妖之介は巧みに体をよけていた。

毛野が飛んだ。飛びながら妖之介に斬りつける。

「以前の小娘ではないな、お前は」

妖之介の構えが鋭くなった。いきなり横なぎに斬りつけてくる。毛野が飛んだ。妖之介の刀が、毛野の鎧を切り裂く。

道節から武術を叩き込まれた毛野だ。身は誰よりも軽かった。黒装束の侍たちの刃など、少しも寄せつけなかったのだ。

妖之介の粘りつくような剣は、執拗に毛野に向って来た。

毛野は危いところで身をよけた。鎧のあちこちを裂かれながらも、体には傷ひとつ負わなかった。

しかし、妖之介と眼が合った瞬間、毛野は息を呑んだ。

妖之介の眼が笑っている。ぬめっとした眼が満足そうな冷笑を浮べている。

毛野を斬れないのではない。斬ろうとすれば斬れるのだ。毛野の鎧だけを切り裂いたのは、故意にしていることなのだ。毛野をなぶって楽しんでいる。

妖之介の白刃が飛んで来た。よける間もなく、毛野は着ているものを切り裂かれた。

妖之介の眼が、さらに冷たく輝く。

自分は妖之介になぶられているだけだ。毛野は思った。自分が必死で向ってくるのを、妖之介はただ楽しんでいる。疲れるのを待っているのだ。

妖之介の白刃がひらめいた。

毛野が、突然、その白刃のなかに飛び込んだ。

「何をする！」

妖之介が慌てて刀をとめようとした。

その時には、妖之介の刃は毛野の体にぐさりと喰い込んでいた。

毛野の体から血が飛沫（しぶ）いた。血飛沫（ちしぶき）のなかで、毛野の剣が力一杯突き出された。その刀は、妖之介の喉の真中を見事に貫いた。

毛野は、相手の刀が自分より数段上だと覚った瞬間、死を選んだのだ。そうするより他に相手を倒せないことを覚ったのだ。

「毛野……」

喉元から血を吹き出しながら、妖之介が毛野を見つめた。

「毛野……」

もう一度言って、妖之介はゆらりと倒れた。

毛野が、そばにゆっくりと倒れた。襖絵(ふすまえ)のなかの金色の蛇が、二人をじっと見つめている。

絢爛たるその部屋は、美青年と美少女にふさわしい死場所だった。

11

「こんなところにいたのか、浜路?!」

「信乃さまに会いたかった」

「ここに捕われているのか？」

「はい」

浜路は燭台を下した。

「信乃さま、私を抱いて」

「何？」

「私は、信乃さまに、どんなに抱かれたかったか分からない」

「何を言っているんだ、こんな時に」

「もう、私たちはどこへも逃げられません。命のあるうちに私を抱いて、信乃さま」

浜路はきらびやかな着物を脱ぎはじめた。

「浜路?!」

「私は、死ぬ前に一度、信乃さまに抱かれたいのです」

浜路は着ているものを脱いだ。艶やかな肉体が、赤い炎に照らされて暗闇に浮びあがった。炎のせいで、体のふくらみがいっそう際立って見える。ひとつひとつのふくらみの影が、ゆらりゆらりと妖し気に揺れる。輝くばかりに美しく、色香に満ちた女体であった。

信乃も魅き込まれるように見つめた。

「抱いて、信乃さま」

浜路が、信乃に抱きついてきた。

体のすべてを、信乃に押しつけてくる。甘い女の香りが信乃の体を包んだ。

「ここへは、誰も来ませぬ、信乃さま。私は信乃さまに抱かれてから死にたい」

「しかし……」

言いかけた信乃の唇を、浜路の紅い唇が塞いだ。

蕩けるような甘さが、信乃の口のなかにひろがってくる。

浜路の指が、信乃の鎧の下から這い込んで来た。信乃の固くなったものを、柔らかな指が一杯に握りしめる。

「信乃さま……」

浜路が喘ぎ声を出した。

「駄目だ、浜路……」

浜路が、信乃の体からずり落ちた。

「来て、信乃さま」

倒れるように仰向けになる。

「来て……」

女体が大きく開いて喘いだ。

信乃がまじまじと浜路を見た。昔の浜路ではない。昔よりも、はるかに妖しく美しい女体になっている。

「浜路……」

信乃は、浜路のそばにかがみ込んだ。

「どうしたのだ、浜路！」

「追手がすぐ来ます。その前に、私を抱いて……そうしなければ、私は、あの世でも信乃さまとは離れ離れのままなのです」

浜路が甘く切な気な声を出した。

「浜路……」

信乃は思わず浜路を抱きしめた。

「ああ……」

それだけで浜路が呻き声を上げた。

「鎧をとって、信乃さま、早く……」

「浜路……？」

浜路の手が、もどかし気に信乃の鎧を解いた。

信乃の固いものが、浜路の体に触れると、

「嬉しい、信乃さま！」

浜路はたまらぬような声を出した。あまりの変り様に、信乃はもう一度浜路を見つめた。

浜路の紅い唇が大きく開いている。舌が唇をゆっくりと舐める。

女体がうねった。大きくうねった。

そのうねりは、信乃の疑惑を吹きとばし、激しい渦に巻き込むのに充分な、甘美なうねりだった。

信乃も思わず浜路を抱きしめていた。

「あ……あ……あ……」

浜路の体が弓なりにそった。


蠟燭の炎は、暗闇の隅にはとどかなかった。

暗黒のなかで、一人の小男がひっそりと坐っていた。

幻人だった。

満足気に眼の前の痴戯を見つめている。

浜路は幻人の言う通りに動いた。信乃を誘惑の渦のなかに巻き込んでいく。

赤い炎に照らし出された二人の姿が見える。

信乃の体にからみついた浜路の白い体。それは、幻人にとってこの上ない見世物であった。

「あ――ッ」

浜路が奈落（ならく）の底へ落ちていく。

信乃が動くたびに、浜路は耐え切れない大きなうねりに押し上げられていく。頂きから
まっさかさまに落される。そして、また一気に押し上げられる。

浜路の全身から汗がほとばしり出た。

「汗を舐めるんだ、信乃、その汗を！」

暗黒のなかで幻人がつぶやく。

浜路が、信乃の体にしがみついた。

女体に小きざみな痙攣が走る。

「死ぬ……」

浜路の体が柔かく崩れた。

信乃は、浜路がいとおしくてたまらなくなった。自分の体の下で、忘我の状態になる女
体をいとおしく思わない男はいない。

「浜路……」

信乃は柔かくなった浜路の体を抱きしめて、汗ばんだその体に唇をよせた。

幻人が思わず立ち上った。

その瞬間、信乃の手が刀を摑んでいた。暗闇のなかを、白刃が飛ぶ。幻人の小さな体を

貫き通した。

血の匂いが暗闇を走った。浜路が思わずはね起きようとした。

「浜路！」

信乃が押えつけた。

「どういうことだ、浜路?!」

「知りませぬ……」

「奴は、さきほどからそこにいたんだ。私たちを見ていたんだ。奴が動かなければ、私も気づかぬままだった」

幻人が立ち上ったことが、暗闇の空気を揺るがして存在を感づかせたのだ。

「誰だ、奴は？」

「知りませぬ……信乃さまが、あまりに激しく責めるので、私の体は、はらこんなに汗ばんでしまいました。信乃さま、私の体を舐めて」

甘い声で言って、浜路は信乃にしがみついた。その手を信乃が捕えた。

「お前の汗は、毒の匂いがする……」

「え……？」

「あの男の血と同じ匂いがする……」

「…………」

「私にははっきりと分かるのだよ、その匂いが……」

「………」

浜路の体がこわばった。

「浜路、お前は何者になってしまったのだ」

「………」

「私のせいなのか、浜路。私のせいなのか」

「信乃さま………」

浜路がゆっくりと動いた。信乃とはまだつながったままだった。

浜路が喘ぐ。喘いで、すべてを忘れた。浜路は、自分の裏切りを信乃に覚られたことなどすぐに忘れて、大きな喘ぎ声を上げた。

信乃が、そんな浜路を冷やかに見下していた。その眼に涙が浮んでいる。

信乃が動いた。

浜路が体をのけぞらせる。

その白い喉を、信乃は両手でつかんだ。ひときわ大きく動くと、一気に白い首を締めた。

「ああ……」

浜路の体が大きく痙攣した。

悦楽の絶頂で、浜路はもっとも愛していた人間の手にかかって死んでいった。

浜路にとって一番幸せな死であったかも知れない。

これまでに浜路が辿(たど)って来た悲惨な運命を、信乃は、何も知らないままだった。

12

襖を蹴破るように飛び込むと、そこが本丸の大広間だった。

館山城の腰元たちが、幾度も「死の踊り」を踊らされた場所だ。

蟇田素藤が、黒鎧の侍たちを従えて、道節と親兵衛を待ち受けていた。

「よく来たな……」

白い顔に、眼が紅く輝いている。

道節も親兵衛も、素藤を見るのは初めてだった。その妖し気な形相に、二人共、一瞬立ちつくした。

「里見の八犬士、とうとう二人になったか、フフフ……」

かすれ声が大広間一杯に響いた。

「静姫は、どこだ！」

親兵衛が叫んだ。笛は跡切れがちになりながらも、大広間のすぐ近くから聞えてきていた。

「会いたいか、静姫に？」

「どこだ、静姫は！」

「もう、そろそろ往生する時だ」

笛の音が突然やんだ。

「フフフ……船虫が勝ったようだ。善の力よりも、悪の力の方が強かったようだな、ハハハ……」

「静姫は、どこだッ!!」

「お前の、足の下だよ」

突然、足許の床が崩れた。親兵衛が体を立て直す間もなく、床に開いた穴に落下していった。

「親兵衛！」

親兵衛は暗闇のなかを滑っていった。暗黒の中に作られた滑り台に乗るように、体が廻りながら落下していく。

突然赤い光の中に出た。

幾本もの蠟燭に照し出された、石造りの部屋だった。

真中の台に白い女体が横たわっている。そばに船虫がいた。

「船虫?!」

台に横たえられている美しい女体を改めて見た。

「静姫?!」

粗末な竹笛が落ちている。

静姫は眼を見開いたままじっとしていた。親兵衛の声も聞えないようだった。ただ、恍惚とした表情を浮べている。

船虫が耳の下の柔かい部分から、長い銀の針をゆっくりと抜き取った。

「静姫には、お前の声など聞えぬ。静姫は、私たちの思うままなのだよ」

船虫が静姫の耳許でささやいた。

「うつぶせにおなり」

静姫の体がけだる気に反転して、白い尻がむき出しになった。

「あとは、この美しい白い肌を、素藤さまに差上げるだけなのだよ」

道節は、素藤の妖し気な紅い眼を睨みつけていた。

「お前は、何者なのだ?」

「フフフ……」

「お前の正体は、何だ!」

「正体? そんなものはお前たちの世界で言うこと。私たちには正体というものなどないのだ」

そのまま道節に近づいて来る。刀も持ってはいない。白絹の衣装をだらしなく着ているだけだ。道節が刀を手にしていることも承知の上で、無防備に近づいてくる。

道節が思わず下った。無防備さに、逆に怖さを感じた。

「フフフ……」

素藤が楽し気に笑った。そのまま近づいて来る。

道節が刀を叩きつけた。

手ごたえはあった。白絹の着物が斬り裂かれ、白地に血が迸った。

素藤は平気な顔で立っていた。

「血の匂いは、たまらぬ……」

楽し気な顔をしている。

道節は愕然とした。

「これが、私の正体なのだよ」

素藤がかすれ声で言った。

「私は、御霊様の代りを勤めているだけ。御霊様が生きているかぎりは死なぬのだ」

「御霊様？」

「この城の主だ」

13

親兵衛が刀を構えた。

「お前を斬る、船虫」

船虫が表情も変えずに言った。

「私を斬れば、静姫の意識は二度と戻らぬ。それでもいいか、親兵衛」

「何？」

「静姫を救うには、たったひとつだけ方法がある」

「どんな方法だ！」

「教えてほしいか」

「教えろ、船虫」

「人からものを聞く時にはちゃんと頼むのだよ、親兵衛」

「…………」

「刀を下げてね」

「教えてくれ、船虫」

「ホホホホ……お前はこの静姫に、そんなに惚れているのかい」

「教えてくれ」

「お前を斬れ」

「何？」

「自分の刀で、自分自身を斬れ！」

「…………」

「静姫を救うのは、ただひとつ、愛する男の血潮だけだ」

「…………」

「自分の刀でその胸を切り裂いて、お前の血を静姫の体にそそぐのだ。そうすれば、静姫の意識はもどる」

「ほんとうか？」

「嘘かも知れぬ」

「何?!」

「試して見たらどうだ。自分の体を自分で切り裂いて」

「…………」

「私の言っていることが嘘か真実か、命を賭けて試して見たらどうだ」

　船虫が笑っている。

「こんな娘のことなど忘れるのだよ、親兵衛。たった一人の女などに囚われてどうする？　静姫のことなど忘れろ、親兵衛。そうすれば、この世のすべての女が、お前のものになる。私たちの味方になれば、どんな女でも思いのままにすることが出来る」

　親兵衛は、船虫をじっと見つめていた。そして、いきなり刀をふり上げると自分の胸に突き刺した。

「親兵衛！」

　船虫が叫んだ。

　親兵衛の胸から血が飛沫く。

　石の台の上に横たわる静姫の白い体に、親兵衛の赤い血がふりそそいだ。

「お前は馬鹿だ、親兵衛……」

　親兵衛が刀をさらに抉った。

血が静姫の体を染める。静姫の体が動いた。血塗(ちまみ)れの体で台の上に起き上った。

「静姫?!」

「親兵衛!」

船虫が動いた。

親兵衛が、自分の体にささっていた刀を抜きとって横なぎに払う。

船虫の首がポロリと落ちた。崩れるように石の台の下に倒れる。

船虫の体が、みるみるしぼんでいった。部屋の隅に飛んだ妖艶(ようえん)な首が、一気に皺(しわ)だらけの老婆(ろうば)に変っていく。

「静姫、この弓を引くんだ」

最後の力をふりしぼって、背に結えつけてあった弓と矢を静姫に投げると、親兵衛も石の下に倒れた。

「親兵衛!」

静姫が石の台を駈け降りた。

「死なないで、親兵衛!」

「弓をひくんだ、静姫……その弓はお前にしか引けない……その弓でしか、素藤に勝つことは出来ない……」

静姫は、白小袖を身にまとうと、足を踏んばって、弓をひいた。

誰にも引けなかった弓が動く。

「そうだ、静姫……」

親兵衛が最後の力で見守る。

静姫が弓を一杯に引いた。

弓が光を放った。

矢も光った。

それ自体が光を持つように、内からみるみる光を帯びて来た。

静姫の体も光を放っていた。

弓をひいたそのままの格好で、静姫はまばゆいばかりに光った。

静姫が、弓を頭上に向けた。

そして、一気に矢を放った。

石室の天井が砕けた。

光の矢は、さらに天井裏のからくりをも打ち砕いて、まっすぐに飛んで行く。

静姫の体も光を追って飛んだ。

光る矢を追って、静姫もまたひとつの光の矢となって飛んで行った。

静姫の体に、血まみれの親兵衛がしっかりと抱きかかえられていた。

14

素藤が黒鎧の侍から刀を取り上げた。

道節めがけて突き進んで来る。

道節は逃げた。斬っても死なぬのだ。逃げるより他はなかった。

道節に何度も斬りつけられて、素藤の白絹の着物は真紅に染っていた。

それでも平気な顔をしている。眼のふちを紅く染めて、道節を追って走る。

道節の頭上で、素藤の白刃がひらめいた。

その一瞬、白刃を迎え撃つ音がした。

信乃だった。その刃が、危いところで素藤の白刃を受けとめていた。

「無事だったのか、信乃⁉」

「オレがこいつを殺す。浜路のために生かしてはおけぬ！」

信乃が、素藤めがけて跳び込んだ。

「危い、信乃！」

道節が叫んだ。

信乃の太刀(たち)は、素藤の首を切っていた。

しかし、白いつるりとした首が横に切り裂かれただけで、素藤は平然と立っている。

「…………?!」

驚いて一瞬立ちつくす信乃の体を、素藤の刀が真上から斬りつけた。

信乃の体から血が迸る(ほとばし)。

「血じゃ！　血じゃ！」

返り血をあびながら、素藤が嬉しそうに笑う。
信乃は血を噴きながら倒れた。
「許せ、浜路……」
それが、信乃の最後の言葉であった。
素藤が、血塗れの刀を道節に向けてくる。
その時、床が砕けた。
驚く素藤の眼前に、親兵衛をしっかりと抱きかかえた静姫が、おどり上って来た。
「静姫?!」
静姫の体はまばゆいばかりに光を放っていた。
素藤も黒鎧の侍たちも思わず眼をそむけた。
「地下室の大扉をその矢で射て下さい。そうしなければ、素藤は死なぬ」
道節が叫ぶ。静姫が大広間から走り出た。
黒い鎧の侍たちが行く手をふさいでいる。
静姫は、抱えていた親兵衛を下すと、光の弓をふりしぼった。
侍たちのど真中に、まっすぐに放つ。
矢はひとすじの光となって走った。
行く手をさえぎるものを次々と砕きながら、まっすぐに走った。
静姫が、親兵衛を抱えてその後を飛んだ。

素藤が静姫の後を追う。初めてうろたえている。

　道節が立ち塞った。

「ここから誰も出さぬ」

　素藤が、物も言わずに道節を斬った。

　道節の体が血で染る。しかし、広間の虎口からは動かなかった。体を血で染めながら、素藤の行く手を塞いでいた。

「どけッ‼」

　素藤が斬った。

　ぐらりとなりながら、道節は倒れなかった。

「私は死なぬ！　お前の最期を見届けるまではな」

　顔面を血で染めながら、道節はニタリと笑った。


　静姫は、親兵衛の体を抱えながら、一気に地下室へ走った。

　親兵衛は動かない。

「死なないで、親兵衛‼」

　静姫は叫んだ。

　地下の大扉の前まで来た。

大きな呼吸音が、大扉の向うから聞えて来る。

静姫は大扉に向って立った。

大扉にめがけて、力まかせに弓を引きしぼる。

静姫の体が弓矢と一体になって光を放った。

追って来た黒い侍たちも、そばに寄れずに立ち竦(すく)んだ。

静姫が矢を放った。鋭いひとすじの光が、大扉に向ってまっすぐに走った。光は大扉を粉々に砕いて、その奥に突き刺さっていった。

獣の吠(ほ)えるような声がした。

城全体が揺いだ。城が身を振るわせるように揺いで、石畳や壁が崩れ落ちて来た。

黒い侍たちが慌てて身を伏せる。

砕けた大扉から、どろりと何かが這い出してきた。

血の匂いがした。けものの匂いがした。闇の匂いがした。

地下室に、喘ぐような呼吸音が轟いた。黒いどろりとした塊が、喘ぎながら地下の大扉から流れ出してきた。

どろりとしたものが蠢いている。蛇の首のようなものが、繊毛(せんもう)のように表面を被っている。そのひとつひとつに紅い眼が光っている。

黒い塊は無数の鎌首を動かしながら、地下室一杯に拡がって流れ出てきた。

侍たちが慌てて地下室から逃げ去った。

黒いどろりとしたものは、静姫めがけて地下室一杯になって流れ出てきた。大きな呼吸音がしている。生臭い匂いが、地下一杯にひろがる。

静姫は走った。親兵衛を抱えて走った。

海へ続く洞穴へと駈け降りていった。逃げ路はそこしかない。

静姫は走った。

海へ通じる扉に体を叩きつけるようにして、地下室から出た。

黒い塊が後を追う。

海へ通じる洞穴を、静姫は走った。

地下室の扉から、黒い塊が噴き出すように流れ出てくる。

洞穴一杯になって、静姫を追ってくる。

海へ飛び込むより他はなかった。

黒い塊が物凄い勢いで襲いかかってきた。海洞一杯になって押し寄せてきた。数えきれない蛇の首のようなものを蠢かしながら、静姫めがけて一気に向ってきた。

黒い塊は、闇そのもののように思えた。

静姫が、水際で立ち止まると、最後の矢をつがえた。

静姫が矢を射る。

闇が鎌首をもたげ、静姫を吸い込もうとしていた。黒い塊の真中に、光る矢が突き刺った。

大きなうなり声がして、海洞全体が揺れた。

静姫は、親兵衛を抱えて海へ飛び込んだ。

城が揺れ、柱や梁(はり)がくずれ落ちた。

その中で、血塗れの道節が、素藤の首を捉(とら)えて離さなかった。侍たちが何度も斬りつけたが、道節は手をゆるめなかった。

「お前の……最期を……見届けてやる……」

虫の息で言い、最後まで手を離そうとしなかった。

その手が急につるりと滑った。

道節の手が滑ったのではない。

しっかりとつかんだ素藤の皮膚ごとすべったのだ。素藤の顔から皮膚が次々とはがれ落ちていく。溶けるように失(な)くなっていく。

肉がむき出しになった。その肉も、崩れるように流れ落ちていく。

つるりと異様なほど輝いていた素藤の体が、腐肉の塊となって、道節の眼の前に転がった。

「これがお前の正体か……」

そう呟きながら、道節も息絶えた。

海の中を光が走った。

人喰い亀も、その光を怖れて底に沈んだ。

静姫は、親兵衛をしっかりと抱きかかえて、海中を走った。

断崖の外へ出ると、大きな渦が巻いていた。

静姫は、あッという間にその渦のなかに巻き込まれていった。

渦は、静姫を底へ底へと運んで行く。

息が苦しい。

どこまで運ばれて行くのか、自分でも分からない。静姫は、親兵衛をしっかりと抱きしめていた。

親兵衛と一緒なのだと思った。

静姫は力一杯叫んだ。

「死ぬな、親兵衛！　親兵衛が死んだら、私も死ぬ‼」

第十一章　光の城

新しく築城した館山城の天守閣に、静姫がひとり坐(すわ)っていた。

碧(あお)い海が穏やかにひろがっている。

眠くなるような穏やかな春の海である。

海を見下す断崖(だんがい)に立つ館山城も、黒々とした不気味な城ではなく、見る人の心を和(なご)ませる美しい城に変っていた。

静姫は、美しい城の美しい城主だった。

城下のものたちは、美しい城を持つこと以上に、美しい城主を持ったことを喜びとしていた。

大きな渦のなかに巻き込まれて行った静姫は、親兵衛をしっかりと抱きかかえたまま意識を失っていった。

気づいた時には、見知らぬ小島の波打ちぎわに倒れていた。

「親兵衛！」

静姫がまっ先に探したのは、親兵衛の姿だった。

親兵衛は、静姫のすぐ横に倒れていた。

静姫は、親兵衛の体を離さなかったのだ。

親兵衛の顔は土気色に変っていた。

「親兵衛！」

静姫が揺さぶったが、もう動かなかった。

海の向うに断崖が見えた。断崖の上で煙が上っている。館山城が炎を上げて燃え上って
いたのだ。

今の静姫には館山城などどうでもよかった。

「親兵衛！」

静姫は親兵衛の体を揺さぶった。

親兵衛は何も言わない。

静姫は、親兵衛の胸をはだけて顔をつけた。

鼓動がかすかに聞えた。

静姫がいきなり胸をはだけた。白いふくらみが露（あらわ）になった。

静姫は、波打際に揺れている木片を取ると二つに折った。そして、尖（とが）った切先を乳房の
ふくらみに突き刺した。

弾みのあるふくらみは木片の切先をはじいた。静姫は何度も突きさした。

白い乳房から血が吹き出してきた。

静姫は、乳房を親兵衛の口許に持っていった。

親兵衛の口に血を滴らせる。自分の血に人を蘇生させる力があることを、静姫が知っていた訳ではない。しかし、静姫は、無意識のうちにそんな行動をとっていた。

静姫は、血のにじむ乳房を親兵衛の口につけた。

「吸って、親兵衛。私の血を吸って。それだけの力があれば、命は助かる」

親兵衛の唇は動かなかった。

静姫の血がその唇に滴る。しかし、親兵衛はもう、その血を飲み込む力もないようだった。

「吸うのよ、親兵衛！」

ひとすじの血が、親兵衛の唇を伝って流れ込んでいった。

白いふくらみの下で、親兵衛の唇がかすかに動いた。

「親兵衛！」

親兵衛の唇が、今度ははっきり動いた。

「吸って、親兵衛！　そして、生きるのよ！」

静姫は叫んで、血のしたたる乳房を、強く親兵衛に押しつけていった。

親兵衛の喉元がごくりと動いて、静姫の血を呑み下した。

親兵衛は蘇生した。静姫の血を一杯に吸って。

「親兵衛！　親兵衛！」

親兵衛が眼をあけた時、静姫は体をしっかりと抱きしめて離さなかった。

愛するものの血で、静姫は失った意識を取り戻した。

親兵衛もまた、愛するものの血で生き返った。

夜になった。

海の向うに赤い炎が見えている。館山城がまだ燃え続けている。血塗られたような色の炎を上げて、暗黒の浜の向うでいつまでも燃え続けていた。

親兵衛は、道節が死んだことを覚った。

信乃も。

毛野も。

現八も。

小文吾も。

大角も。

荘助も。

皆、死んでいったのだ。

親兵衛と静姫は、その赤い炎をいつまでも見つめていた。

そして、しっかりと抱き合って眠った。

翌日、一人の漁師が島へ来た。

静姫の姿を見ると、慌てて舟を漕いで去って行った。

その翌日、大勢の漁師たちが小島に向って舟を漕ぎよせて来た。漁師たちは、静姫が何者か知っているようだった。

静姫と親兵衛は、館山にもどった。

静姫の許には、多くの人々が集ってきた。

その中には、かつての館山城城主・小鞠谷主馬助如満もいた。素藤が滅んだことにより、如満たちも顔を取り戻したのだ。

如満は、一族と共に静姫に従うことを誓った。

「館山のためだけではない。下総国すべてのためです」

如満は、集って来た人々を指揮して新たに築城を始めた。

如満の一族の中に、かつて親兵衛を看病してくれた娘もいた。顔が戻ると、愛嬌のある明るい娘であった。

娘は、親兵衛を見て恥ずかしそうに笑った。

「城へなんか入りたくない」

静姫が言った。

「このまま親兵衛といたい。姫には戻りたくない」

静姫の本心だった。

「私は親兵衛のものになると約束した。私は親兵衛だけのもの。他の誰のものでもない！」

「これだけ大勢の人間が姫のために働いているのです。その人々を捨てて行く訳にはいきません」

親兵衛が改まった口をきいた。

静姫が誰も引けなかった弓矢をひき、その姿が光り輝くのを見た時から、親兵衛は、静姫が自分とは違う人間であることを悟っていた。

静姫は、ひとりの男のために生まれてきた人間ではなかった。多くの人間のために生きる運命を担って、生まれてきた人間だった。

自分は静姫を助ける立場の人間にすぎない。

「荘助が死にました……大角も死にました……小文吾も、現八も、毛野も、信乃も、道節も……姫は、もう姫一人のものではありません。親兵衛ひとりのものでもありません」

親兵衛ははっきりと悟ったのだ。

静姫にもそのことは分かっていた。

自分がしなければならないことは、一人の女として男を愛し通すことではなく、光の一族の姫として人々に明るい希望を与えることだった。

「親兵衛！」

静姫は、自分から親兵衛にしがみついていって、親兵衛の口を吸った。普通の女でいられるのも、これで最後かも知れないと思った。

親兵衛も激しく静姫を抱きしめた。

口が離れると、静姫が切な気な顔で言った。

「もう一度、親兵衛」

そして、また唇が離れると、

「もう一度」

今度は、泣き出しそうな顔で言った。

城が出来上った。明るく白い、美しい姫にふさわしい城だった。

人々に見守られて、静姫は城に入った。

それを見届けると、親兵衛は何処（いずこ）へともなく去っていった。

天守閣を爽（さわ）やかな風が吹き抜ける。

静姫は風のなかに坐っていた。

体にやさしく吹きよせる風のなかに、静姫は、親兵衛の声を聞いていた。親兵衛の肌を感じていた。

親兵衛がどこへ行ったのか、静姫は知らない。

しかし、自分に何かあった時には、自分が困った時には、親兵衛は風のごとく現れて自分を助けてくれる。

静姫は、それを確信していた。

天守閣の向うには、海が果てしなく続いている。風は海一杯にひろがって、静かに天守閣を包(くる)んでいた。

静姫は、そのなかで、いつまでも坐り続けた。

(完)

解説　星よ、導きたまえ。

細谷正充

解説のタイトルにした右の言葉は、一九八三年に公開された角川映画『里見八犬伝』のキャッチ・コピーだ。ある一定以上の年代の人なら、薬師丸ひろ子が弓を引き絞っているポスターと共に、思い出すだろう。本書『新・里見八犬伝』は、その映画の原作だ。といっても最初から映画化前提の作品である。一九八二年十一月に角川書店から、上下巻のノベルズで刊行された。

原作者であり、映画を監督した深作欣二と共同でシナリオを担当した鎌田敏夫は、一九八四年一月に出た「バラエティ」の臨時増刊号に掲載された談話の中で、「第1稿を基にして原作を書き、その原作から2稿、3稿の脚本を書きました」といっている。なお作者は、テレビドラマ『金曜日の妻たちへ』を始め、多数のヒット作を持つシナリオライターだ。一九八〇年の『刑事珍道中　ニッポン警視庁の恥といわれた二人組』から小説にも乗り出し、本書が二作目となる。

滝沢馬琴の『南総里見八犬伝』（以下、原典と記す）は、江戸時代後期に二十八年の歳月をかけて執筆された大伝奇小説だ。安房(あわ)里見家の伏姫(ふせひめ)と、犬の八房(やつふさ)の深き縁から生まれた八犬士。それぞれ、仁義礼智忠信孝悌の珠を持ち、身体のどこかに牡丹の痣がある。さまざまな苦難に見舞われながら、運命に導かれるように集結した八犬士は、里見家討伐の兵を起こした扇谷　定正たちを破り、勝利の凱歌を挙げる。という大きなストーリーに、八犬士を始めとする多数の人物のエピソードが絡まり、波乱万丈の物語となっているのだ。八犬士の設定などが、以後の日本のエンターテインメントに多大な影響を与えたことは、周知の事実であろう。本書は、その原典をベースにしながら、自由奔放に改変し、新たなエンターテインメント・ノベルに仕立てたのである。

とはいえ前半は、かなり原典を意識しており、お馴染みのエピソードを使いながら、八犬士がしだいに集結する様子が綴られていく。その一方で悪役側に、大量のオリジナル・キャラクターを投入。先の談話によれば、「原典では八犬士に比べると、悪の側が全然強くない。悪の側をもっと強く魅力あふれる存在にしようとして、蟇田素藤の率いる妖界軍団も人数を増やしちゃった」とのことである。もちろん船虫のように原典から流用されているキャラクター（かなり改変されている）もいるが、八犬士の対になるように悪役側も八人揃えられているのだ。そして両陣営が入り乱れて、波乱のドラマが展開するのである。

これに関連して注目すべきは、八人目の犬士である犬江親兵衛だ。彼は八犬士のひとりであると同時に、素藤たちと同様の闇の魂を持っている。つまり悪役側の八人目でもあるのだ。人間は光と闇を内包しており、どちらに傾くかは本人次第であるというのが、本書のテーマに繋がる重要なポイントになっている。それを象徴するのが親兵衛なのだ。

もちろん他の八犬士たちも、重要な役割を持っている。再び談話から引用させてもらおう。「これは書いているうちに発見したんですが、八犬士のそれぞれが、物語が展開していくにつれて、自分とは何かを考え、自分を探していく話になっているんです。悟るというのも一種そういうところがあるでしょ。自分を見つけた時に初めて自由になる世界なんです」と述べている。誰の心の中にも、光と闇がある。そんな人間が生き方を選ぶには、自分自身を見つけるしかない。これが本書のテーマといっていい。

そのようなテーマを際立たせるためだろう。物語の後半は、親兵衛が大きくクローズアップされる。素藤たちに滅ぼされた里見家の生き残りである静姫と出会い、いつしか魅(ひ)かれていく親兵衛。さまざまな想いを抱えながら、八犬士のひとりとして、仲間たちと共に素藤たちが支配する奇怪な城で、死闘を繰り広げるのだ。後半は原典から大きく離れているが、そんなことは気にならない。八犬士＋静姫と素藤たちの戦い——光と闇のハルマゲドンを、堪能してしまったのである。

さらに濃厚な官能描写も見逃せない。冒頭から官能シーンがてんこ盛り。なかでも驚いたのが犬坂毛野と、やがて彼の宿命の敵となる白井妖之介のセックスだ。共に両性具有者（！）である毛野と妖之介の異様なセックスに驚いた。女装で育てられたという原典の毛野を踏まえながら、大胆不敵にキャラクター造形を飛躍させ、しかもテーマと通底するセックス・シーンを創造する。この手の物語の官能描写は、物語の彩りに過ぎないことが多いが、作者は深い意味を持たせているのだ。

また、犬塚信乃の義妹・浜路の彷徨も忘れがたい。その美貌を狙われ、あちこちで悲惨な目にあう浜路の転落の軌跡が、サブ・ストーリーとして本書を豊かなものにしている。静姫が光のヒロインなら、浜路は闇のヒロイン。この対比にも作者の意図が込められているのはいうまでもない。どこもかしこも読みどころが満載。脂の乗り切ったシナリオライターが、その力を傾注した、大伝奇エンターテインメント・ノベルなのである。

最後に本書について、持論を提示しておきたい。谷恒生の『魍魎伝説』と並んで、現代伝奇バイオレンスの先駆けになった作品ではないかと思っているのだ。もちろん舞台は現代ではなく、原典と同じ室町期である。しかし容赦のないアクションと、濃厚な官能描写。そして物語を彩る伝奇の趣向は、本書刊行の数年後に現代伝奇バイオレンスのブームを作ることになる、夢枕獏や菊地秀行作品と通じ合うものがあるのだ。そしてその影響を受けたエンターテインメント作品は、現在まで続き、多くのファンを獲得している。だから、星よ、導きたまえ。令和の読者の元に、この物語を。本書の真価が理解されるべき、機は熟したのである。

（ほそや・まさみつ／文芸評論家）

本書は一九八二年十一月にカドカワ・ノベルズとして刊行された作品を定本としました。今日では差別的表現とされる用語が使用されています。しかし、この作品の時代背景を考慮し、また差別的意図を持って書かれたものではないことなどを考え、発表時のままといたしました。

（編集部）

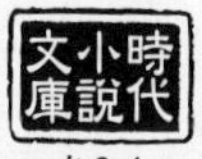

か6-4

新・里見八犬伝 下

著者 鎌田敏夫

2021年4月18日第一刷発行

発行者 角川春樹

発行所 株式会社 角川春樹事務所
〒102-0074 東京都千代田区九段南2-1-30 イタリア文化会館

電話 03(3263)5247[編集] 03(3263)5881[営業]

印刷・製本 中央精版印刷株式会社

フォーマット・デザイン&シンボルマーク 芦澤泰偉

ISBN978-4-7584-4400-2 C0193

http://www.kadokawaharuki.co.jp/[営業]
fanmail@kadokawaharuki.co.jp[編集] ご意見・ご感想をお寄せください。